J.S. MARGOT

QUASE KASHER

Encontros com
judeus ortodoxos
depois de *Mazal Tov*

Traduzido do neerlandês por
Mariângela Guimarães
1ª edição – São Paulo

Título no Brasil
Quase Kasher

Minjan © 2021 by Margot Vanderstraeten
Originally published by Uitgeverij Atlas Contact, Amsterdam

Traduzido do neerlandês por Mariângela Guimarães

Capa: Marcelo Girard
Imagem de capa: Eddy Verloes | www.verloes.com

Revisão de texto: Marina Coelho
Editoração: S2 Books

Direitos exclusivos de publicação somente para o Brasil adquiridos pela AzuCo Publicações.
azuco@azuco.com.br
www.azuco.com.br

FLANDERS LITERATURE

Este livro foi publicado com o apoio de Flanders Literature (flandersliterature.be)

Dados Internacionais de Catalogação na Publicação (CIP)
(Câmara Brasileira do Livro, SP, Brasil)

Margot, J.S.
  Quase Kasher / J.S. Margot ; tradução Mariângela Guimarães. -- 1. ed. -- São Paulo : AzuCo Publicações, 2024.

  Título original: Minjan.
  ISBN 978-65-85057-27-1

  1. Holandeses 2. Judaísmo I. Título.

24-208334   CDD-296

Índices para catálogo sistemático:
1. Judaísmo 296
Tábata Alves da Silva - Bibliotecária - CRB-8/9253

QUASE KASHER

Este livro é baseado em pessoas e fatos reais. Figuras públicas são mencionadas com nome e sobrenome. Outras pessoas foram, a seu pedido ou não, anonimizadas com o uso de recursos literários maiores ou menores. Para alguns dos personagens qualquer semelhança com figuras existentes é mera coincidência.

"Como podemos imaginar como deveriam ser nossas vidas sem a luz da vida dos outros?"

James Salter
Light Years

"Se você difere de mim, meu irmão, longe de me prejudicar, você me enriquece."

Antoine de Saint-Exupéry
Cidadela

"Adoro o encontro."

Tahar Ben Jelloun
Em uma entrevista comigo

Sumário

O vernissage 13
    No Hoffy's, Dan, Moshe, Naomi, Dahlia e o senhor Schwarz

A palestra... 117
    Com Esther, sr. Markowitz, Dahlia, Naftali, Laurence, Deborah e o jogador de futebol israelense

O lockdown 261
    Com Esther, Dan, Silvain, Hoffy's, Leah, Dahlia e Naftali, Jonathan e sua futura esposa

Agradecimentos 361

Glossário 365

O vernissage

No Hoffy's, Dan, Moshe, Naomi,
Dahlia e o senhor Schwarz

Um

Já estou andando de bicicleta há pelo menos uma hora quando decido ir comer alguma coisinha no Hoffy's e aproveitar a oportunidade para perguntar sobre as tarifas de *catering* deles: se eu quiser contratar este restaurante para atender o vernissage, é melhor saber o quanto este deleite gastronômico irá custar.

Mesmo num dia frio e cinzento de inverno como este, gosto de passear pelo Bairro do Diamante de Antuérpia. A atmosfera nesta região, onde mora a maioria da comunidade judaica ortodoxa, é diferente da do centro da cidade, onde, como em qualquer outro lugar do mundo, as ruas de comércio são tomadas por grandes multinacionais: Starbucks, McDonald's, H&M, Zara, Mango, Five Guys... Juntas, essas cadeias globais dão a impressão de que se trata de uma cidade grande, quando na verdade estamos principalmente cara a cara com o grande capital.

Nas ruas desordenadas do Bairro do Diamante é diferente. Ali, como numa cidadezinha à moda antiga, não faltam pequenos comércios e negócios familiares: padeiro, açougueiro, peixeiro, farmacêutico, vendedor de brinquedos... administram lado a lado suas lojas muito pessoais. Seus pais e avós vêm de todos os cantos do mundo, dos Cárpatos ucranianos a Portugal, da Romênia aos Estados

Unidos. O caráter internacional deste bairro não é determinado por multinacionais, mas pelas pessoas que vivem e trabalham ali. Na rua se ouve todas as línguas, mas principalmente iídiche e hebraico. É um paradoxo: neste *shtetl*, nesta cidadezinha isolada dentro da cidade, borbulha um cosmopolitismo em escala humana.

Paro minha bicicleta em frente à drogaria Bilsen, na diagonal do Hoffy's, do outro lado da rua. Nos mais de trinta anos que frequento o Hoffy's, raramente deixei a bicicleta em frente à vitrine deles, ou mesmo daquele lado da rua. Por causa da fachada de vidro e do medo de danificá-la. Também não descarto que os homens que ficam parados na calçada em frente ao restaurante e *take away* do Hoffy's tenham um papel nesse meu comportamento atípico. Hoje não há nem sombra deles, provavelmente porque o tempo está tão feio. Mas em todos os dias um pouco mais quentes do ano eles são, assim como os picles e o *gefilte fish*, um ingrediente tradicional do restaurante Hoffy's. Eles sempre ficam ali em grupinhos de três ou quatro, observando e batendo papo. Dirigem-se aos clientes que entram e saem, conversam com os transeuntes – parecem conhecer todos – e fofocam em iídiche. Às vezes tenho a impressão de ouvir húngaro: uma língua ininteligível, cheia de palavras movidas por sílabas tônicas iniciais bem evidentes.

Não faço ideia de quem são esses homens devotos. Funcionários do restaurante ou do serviço de *catering*? Clientes? Parentes? Talvez sejam do negócio vizinho: Jakobson Têxteis, qualidade a preços módicos – a fachada da loja dá uma impressão mais fútil do que as roupas de baixo e outros produtos têxteis essenciais que a Jakobson vende.

Os homens usam roupas hassídicas típicas. A severidade religiosa de seus ternos sóbrios e sobretudos de cetim inconscientemente me impele a manter distância. Aquele eterno e invariável preto e branco, nunca uma peça de roupa vermelha ou verde, uma *kipá* com estampa barroca, muito menos um lencinho florido ou gravata borboleta de poás. Em vez disso balançam dos dois lados de suas calças as franjas brancas – lembrança dos mandamentos de Deus – do *talit* pequeno, o xale retangular de oração que eles usam sob a camisa.

Nesse bairro, que fica em grande parte na área de código postal 2018 de Antuérpia, as cores vibrantes dos grafites aparecem nos tapumes que delimitam os terrenos baldios e escondem os prédios em ruínas. Nos últimos anos, tanto os tapumes quanto os grafites aumentaram aqui: se o diamante vai mal, o grafite vai muito bem.

O Hoffy's também traz seu colorido próprio. Os três irmãos Hoffman – Moshe, Yanki e Yumi – são considerados há décadas como os embaixadores da cozinha judaica. Seus pratos tradicionais preparados na hora – *borscht*, quibe, coxas de frango à moda sefardita – enchem o balcão refrigerado que fica à esquerda da porta de entrada; ele começa na vitrine do restaurante e só termina cinco metros adiante, perto da cozinha. As especialidades, lindamente arrumadas em tigelas, travessas e pratos, seduzem todo mundo que entra ou passa por ali.

A primeira mesinha à direita, na parte da frente do restaurante, se tornou meu recanto cativo ao longo dos anos, com a cadeira que oferece uma excelente vista do balcão refrigerado, do caixa e do serviço de *take away*.

Faz tempo que não preciso mais pedir o cardápio aqui. Certamente não quando venho sozinha. Moshe – com um avental engomado marrom-escuro sobre uma camisa branquíssima – me pergunta se estou com muita ou pouca fome, se prefiro algo salgado ou doce. A partir destas respostas ele toma as rédeas, o que combina com ele. Moshe é o chefe da cozinha deste estabelecimento e, às vezes penso, de toda a rua.

Ele sempre fica contente em me ver. Para dar as boas-vindas, põe a mão direita sobre o coração, como fez agora, se inclina ligeiramente e me conduz ao meu lugar. Quando ele não está disponível, fico na mesinha de trás, em outra cadeira com excelente vista do restaurante.

É uma tarde no meio da semana. O horário do almoço já acabou. Só três mesas ainda estão ocupadas. Além de mim, do outro lado da passagem entre as mesas, estão sentadas uma senhora muito idosa e outra de uns sessenta anos, provavelmente sua filha; elas têm a mesma testa arredondada e o mesmo aspecto um pouco sofrido, que se instalou principalmente ao redor de seus olhos e bocas. Ambas usam peruca, embora um olho não treinado não perceba isso imediatamente. A da mãe é austera e antiquada, e tem uma touquinha ou boina azulada presa com um alfinete.

Na mesa atrás de mim, dois jovens empresários bebem chá. Um deles grita tão alto em seu celular, em francês, que seu companheiro de mesa o aconselha a continuar a conversa lá fora; uma ordem sutil que ele obedece, mas não sem gritar ainda mais alto a caminho da porta e assim deixar claro para a sua companhia, e ao mesmo tempo para todo o restaurante, que vai se ausentar por no máximo cinco minutos, "*Cinq, tu m'entends, je reviens dans cinq minutes*".

Duas garotas que acabaram de pagar a conta perguntam aos irmãos Hoffman se podem tirar uma foto com eles perto do balcão. Só Yumi está disposto. Ladeado pelas jovens beldades loiras e sempre vestido com seu distinto jaleco, feito do mesmo algodão marrom que o avental de Moshe, com bolsos e abas com debrum bege, ele olha risonho para a câmera do celular que seu irmão está pronto para disparar. Depois de Yanki fotografar com um celular, ele repete o processo com o da outra garota. Yumi continua a sorrir.

Moshe está ocupado fazendo telefonemas atrás do balcão. Ele vai algumas vezes até o salão, que examina rapidamente. Ouço quando ele diz "Knokke"[1] e "*bar mitzvah*". Provavelmente eles fornecerão um bufê *kasher* naquele balneário, ainda que possam muito bem ser dois bufês: nas festividades judaicas em que a doutrina religiosa

---

1   Praia no norte da Bélgica. (NDT)

é estritamente interpretada, homens e mulheres têm bufês separados.

"Ouço falar bastante do seu livro sobre nós, judeus", diz Moshe quando põe à minha frente um leque de sobremesas – strudel de maçã, salada de frutas e sorvete.

Dou um sorriso. Para ele e para o prato bem à minha frente. "Isso é boa ou má notícia?" pergunto. O strudel e o *lokshen kugel* parecem particularmente irresistíveis.

"Não faz diferença."

"Faz, sim."

"A vida não é diferente de um circuito elétrico", ele diz. "Só polos opostos podem criar eletricidade. Mudança, vida nova, só acontece quando reações positivas e negativas se encontram."

Ele faz essa afirmação em um tom que não difere daquele que usa ao apresentar os pratos de seu cardápio aos clientes.

"O senhor leu o livro?" faço a pergunta totalmente dispensável. Sei muito bem que a grande maioria dos judeus hassídicos não quer se rebaixar à literatura mundana, com exceção de alguns movimentos, como o Chabad-Lubavitch – na sinagoga deles, na avenida Belgiëlei, tem um grande retrato de seu último falecido rabino, Menachen Mendel Schneerson, originário da Ucrânia e radicado em Nova York. Schneerson se formou em engenharia na Sorbonne, em Paris, e nunca se esquivou da literatura "do mundo exterior". No Brooklyn, hoje em dia, vê-se sua imagem e seus seguidores por toda parte.

"Não consigo ler, tenho muito o que fazer", Moshe se desculpa. "A senhora conhece uma loja onde eu possa comprar tempo?"

É sempre assim com Moshe. Ele aborda uma pergunta pela tangente, com uma mistura de humor, drama e sabedoria. Ou ele as responde com outra pergunta.

"O senhor se lembra que seis meses atrás eu estava aqui com Christophe Busch, o então diretor recém-empossado da Caserna Dossin?" pergunto a ele. Eu tinha convidado o administrador do Museu do Holocausto e dos Direitos Humanos para um almoço no Hoffy's.

Moshe faz que sim com a cabeça: "Com certeza."

"Aquela vez eu mostrei a ele o portfólio de Dan Zollmann nesta mesma mesa. Com todas as fotos que Dan fez da vida cotidiana da comunidade hassídica de Antuérpia."

"Eu ainda me lembro disso. E eu contei à senhora sobre o pai de Dan Zollmann, que infelizmente já faleceu há algum tempo. Ele sempre vinha aqui. Eu me lembro até que foi ele quem deu a Dan, seu filho caçula, a primeira máquina fotográfica. Dan Zollmann é um homem especial, com um grande e especial talento."

"Desde então nós nos tornamos bons amigos", digo.

"Então a senhora sabe como ele é especial."

"Vai haver uma exposição na Caserna Dossin, em Mechelen", revelo. "As fotos de Dan vão ser exibidas junto com fragmentos de *Mazal Tov*."

"*Mazal tov*! Boa sorte!", ele ri. "Mas coma, por favor. Ou todas estas delícias vão esfriar." Ele dá um risinho e sai para cumprimentar novos clientes.

No serviço de *take away* há um constante vai-e-vem, principalmente da clientela religiosa. Este não é um horário de pico, mas vejo sacolas cheias saindo do balcão sem que haja nenhuma transação de pagamento. Solidariedade com os menos afortunados é um dever no judaísmo e, como sempre nesta religião, esse dever tem que ser cumprido diariamente.

A senhora idosa na mesa ao lado da minha não consegue comer sozinha; parece já não saber como. Sua filha leva colherada após colherada até sua boca, pacientemente, sem dar atenção a mim ou aos outros presentes. A idosa não fala. Sua filha, ou quem quer que seja a outra, fala com ela em hebraico. Parece um diálogo, ainda que não haja nenhuma resposta. Algumas vezes ela acena gentilmente com a cabeça em minha direção e eu gentilmente retorno o cumprimento.

"Quantas pessoas vocês esperam no vernissage?" Moshe pergunta meia hora depois, quando vê que meu prato já está vazio e eu o elogio por seus doces. "A imprensa também estará presente?"

Até onde eu sei, Moshe é o único judeu hassídico belga não envolvido com política que não faz objeções a aparecer frequentemente em jornais e revistas. Também não se esquiva nem um pouco do rádio, da televisão e das redes sociais. Desde que o restaurante e *catering* Hoffy's tenha destaque, de preferência junto com as lojas dos outros membros da família Hoffman.

"Esperamos umas cento e cinquenta pessoas", eu falo. "E esperamos que cerca de um terço delas sejam judias, tanto praticantes quanto não-praticantes. Por isso queremos ter vocês como fornecedores *kasher*. Tendo o Hoffy's como referência, conseguiremos atrair os mais religiosos."

Ele esfrega as mãos no avental dando risada.

Falo com ele sobre três datas possíveis.

"Tem uma tarde de sexta-feira no meio", ele diz. Sua voz soa indignada de uma maneira engraçada. É como ele me olha também. Com olhos penetrantes e logo abaixo bochechas infladas e uma boca sorridente.

"Puxa", digo, batendo o indicador direito em minha têmpora. Eu sei, mas sempre esqueço. Na sexta à tarde começam os preparativos para o *Shabat*. O dia de descanso é sagrado em todos os meios judeus ortodoxos.

Com o mesmo tom difícil de decifrar, no qual ecoam tanto paciência quanto protesto e indignação, Moshe me deixa claro uma segunda vez que os costumes judaicos não estão em meu padrão automático de pensamento. Isso acontece quando declaro que o "cheesecake judaico" não pode faltar no vernissage.

"É melhor não servirmos isso", ele diz.

"O senhor acha muito pesado?"

"Os judeus tendem a almoçar mais pra tarde do que pra cedo. Se a senhora quiser organizar a recepção por volta das quatro horas, o almoço ainda não estará completamente digerido."

"Mas alguns vão querer esse clássico, absolutamente."

"O que a senhora acha de frutas? Ou do strudel de maçã sem laticínios que a senhora acabou de comer, não estava bom? Sorbet de limão ou melão?"

"Acho que o cheesecake é essencial."

Ele infla novamente as bochechas.

Só então percebo que não levei em conta certas leis dietéticas. O Hoffy's é um restaurante de carnes. Segundo as leis judaicas, depois de comer carne os judeus devotos devem respeitar um período convencional de espera de três a seis horas antes de poderem comer ou beber produtos que levam leite. Não há laticínios na cozinha do Hoffy's. Por isso aqui eles nunca servem leite com o café. Aos que fazem questão de leite é servido leite de soja. Por isso eles não servem cheesecake.

"Puxa", digo de novo, e desta vez um pouquinho envergonhada.

Moshe balança a cabeça sorrindo. Ele pega atrás do balcão um livro alongado, abarrotado de recibos, formulários e papéis, uma agenda do tipo que não se vê há anos.

"Acho que eu deveria ler o livro da senhora", ele diz agora, com as sobrancelhas erguidas de modo pensativo,

Quase Kasher

que sobem acima da armação dos óculos e ainda assim expressam algo aprazível. Ele rabisca alguma coisa na agenda e de novo fecha, é um momento quase solene.

Quando um pouco depois visto meu casaco de plumas quentinho, noto a senhora idosa sozinha na mesa. A sobremesa acabava de ser servida: sorvete de baunilha – sem leite ou creme! – e muita fruta. Ela não espera que sua companheira de mesa, sua filha, volte. Leva à boca, na qual repousa um sorriso de felicidade, colheradas cheias de sorvete, uma atrás da outra. Por um momento. Porque a temperatura extremamente fria deve ter provocado dor no dente. Assustada, ela arregala muito os olhos por uns trinta segundos e coloca as duas mãos no alto da cabeça. O sorvete escorre pelo queixo, pelo colo. Acho que ela está chorando.

Dois

Dan Zollmann é o fotógrafo da capa de *Mazal Tov - Minha surpreendente amizade com uma família de judeus ortodoxos*. Não que Zollmann tenha feito a foto – *Dancing in the rain* – especialmente para mim. Ela já existia muito antes que esse livro viesse à luz.

Dancing in the rain é um retrato de um homem hassídico, envolto em um sobretudo de cetim preto, de costas para nós, com seus cachos soprados pelo vento. Ele usa um chapéu preto meio alto e meias pretas sob calças bufantes na altura dos joelhos. Em um duelo com o vento, ele segura com uma mão um guarda-chuva aberto – preto – na altura do quadril esquerdo; com a outra mão ele evita que as rajadas de vento arrebentem as varetas. Nesta imagem o vento sopra sugerindo abertura e fechamento, irradiando tanto alegria quanto recato, representando não só Antuérpia, mas o mundo todo.

Eu não conhecia Zollmann. Mas na minha busca por uma capa que combinasse com aquele livro, todas as fotos que selecionei como candidatas no Google, sem exceção, eram dele. Só que eu não encontrava seu contato em lugar nenhum. Suas fotos estavam por toda parte, mas ele nem sequer tinha um site, nada.

Liguei para jornais e revistas que tinham publicado fotos dele: ninguém conseguiu me arrumar seu número. Quando eu perguntava onde ele morava, a resposta que eu recebia é que muito provavelmente era em Antuérpia – de fato Zollmann tinha trabalhado por dois anos como fotógrafo convidado da cidade. Mesmo assim a municipalidade não sabia dar nenhuma informação sobre ele. Ele tinha recebido algumas premiações significativas por seu trabalho: mas nas instituições que o premiaram também dei com o nariz na porta. O Museu Judaico de Amsterdã dedicou uma aclamada exposição às suas fotografias. Mas um e-mail e um telefonema ao museu não me levaram a lugar nenhum. Ou talvez sim: Zollmann tinha publicado livros de fotografia. Encontrei os livros online, mas minha busca por pontos de venda foi mais difícil. Fiz contato com a editora, que me dispensou dando uma desculpa qualquer.

Dan Zollmann parecia não existir. Aos poucos fui tendo certeza de que ele deveria ser a criação de alguma mente engenhosa. Ou um judeu ultrarreligioso que se isolava em sua própria comunidade. Esta última hipótese me pareceu a mais provável. Seu trabalho mostrava o cotidiano da vida privada dos judeus hassídicos como eu jamais havia visto antes. Quem podia fotografar essas pessoas e suas tradições tinha que fazer parte deste mundo no qual livros sagrados e rabinos têm o monopólio da verdade.

Pelo que pude investigar na internet, o fotógrafo inclusive assistia a *tishes*: palavra em iídiche para as "reuniões de mesa" hassídicas com *rebes* importantes. Em algumas de suas fotos centenas de homens estão cantando e rezando com um *shtreimel* em um salão de festas montado ao ar livre, organizado como uma arena, com uma arquibancada inclinada de cada lado, como se esperaria em um estádio esportivo na periferia da cidade. As centenas de homens escutam o líder espiritual sentado à cabeceira de uma mesa enorme na qual só há garrafas de água. Pelos edifícios ao fundo posso deduzir que o encontro aconteceu nas imediações das avenidas Charlotta e Brialmont, que ficam no meio do bairro judaico, entre as fileiras de casas e a um pulo do parque municipal.

Com sua câmera, Zollmann visitava salas de estar e sinagogas que normalmente não admitem curiosos. Assim ele conseguiu fotografar dois ciclistas hassídicos usando *shtreimels* embaixo da ponte da estação sem que eles virassem o rosto para ele. Ele devia ter um bom relacionamento com os pequenos empresários judeus, como os Seletskis, os livreiros mais antigos de Antuérpia, um negócio que era passado de pais para filhos. Em algumas fotos, o velho Seletski está enterrado em seus livros hebraicos e iídiches. O homem fez tantas pilhas, montou torres de livros tão altas que elas parecem sustentar o teto e sua alma.

Zollmann devia ser um deles. Ainda mais porque, cercado por esta ortodoxia, podia se permitir o humor – um privilégio que só cabe aos iniciados. Como nesta imagem: um pai hassídico e seu filho, vestidos tradicionalmente de preto e branco, andam pela neve esvoaçante; entre eles pende uma sacola de plástico vermelho-vivo brilhante do MediaMarkt com os dizeres AFINAL NÃO SOU LOUCO. Ou esta foto: um jovem devoto anda de bicicleta por seu bairro. Quando ele percebe que Zollmann está apontando a câmera para ele, rapidamente desvia o rosto da lente, o que faz com que ele fique, inesperadamente, cara a cara com a visão proibida de uma morena de calças jeans justas que passa pela calçada com suas pernas longas e esguias.

No fim, foi um funcionário extremamente gentil do secretariado da congregação judaica *Shomrei Hadass* que me ajudou a encontrar o número de telefone de Dan Zollmann.

"Me desculpe, mas o senhor poderia primeiro me dizer o que significa *Shomrei Hadass*?", perguntei ao telefone. "O que quer dizer?"

"É hebraico."

"Sim, isso eu entendi. Mas o que significa?"

"Significa 'Guardiões da Fé'. E ainda existe uma segunda congregação israelita em Antuérpia."

"Uma congregação israelita?"

"Israelita ou judaica, como queira. Antuérpia tem duas grandes congregações."

"Já moro há algumas décadas nesta cidade e é a primeira vez que ouço falar disto."

"A senhora já precisou fazer algum apelo às nossas congregações?"

"Eu não sou judia. Mas também nunca li a respeito disso."

"Deve haver mais coisas sobre as quais a senhora nunca leu, certo?" Ele disse de um jeito simpático, que soou como uma piada.

"Qual o nome da outra congregação?" quis saber.

"*Machsike Hadass*, 'Mantenedores da Fé'. Mas nem todos os judeus são membros dessas congregações, se é isso que a senhora está pensando. Há muitos judeus que não querem pertencer a nenhum grupo. Porque são ateus. Ou porque não querem pagar a contribuição para a filiação, isso também é possível." Ele riu.

Não ousei perguntar quanto custava. Já tinha ouvido algumas vezes que os judeus ortodoxos doam uma determinada porcentagem de seu salário ou rendimentos à congregação e em troca disso têm uma vida judaica bem-organizada. A comunidade, portanto, é formada por congregações. Será que cada membro paga a mesma contribuição, ou será que o valor é baseado na renda? Eu queria saber, mas deixei minha curiosidade de lado. Eu sabia o quanto as pessoas nesses círculos são cismadas e não queria despertar desconfiança. Se este homem desse um Google no meu nome, descobriria rapidamente que eu sou jornalista. Ele poderia pensar que eu estava tentando surrupiar informações dele, quando eu apenas queria o telefone de Zollmann.

"Então temos guardiões da fé e mantenedores da fé?" perguntei.

"A maioria das correntes hassídicas é membro do *Machsike Hadass*. Deus está no volante de suas vidas. Na nossa vida, de judeus ortodoxos modernos, Deus está feliz no banco de trás."

Ele tinha uma voz que soava jovial e enérgica. Eu me perguntava qual a sua aparência. Se usava *kipá*. Se tinha barba.

"Será que é melhor procurar Dan Zollmann na outra congregação?"

"Posso dar o número dele para a senhora."

"Isso seria fantástico. Quero perguntar a ele sobre os direitos autorais de uma de suas fotos."

"Pra uma conversa assim a senhora realmente tem que falar diretamente com ele."

"O senhor o conhece? Ele é piedoso?"

"Ele é uma pessoa peculiar."

"O que o senhor quer dizer com isso?"

"O que a senhora quer dizer com piedoso?"

"Quando digo piedoso quero dizer hassídico."

"As pessoas não são todas piedosas à sua maneira, minha senhora?"

Houve um momento de silêncio. Ao menos na linha. Ouvi ao fundo que o homem falava com alguém em neerlandês. Não consegui entender nada.

"A senhora conhece a história do náufrago judeu que fica preso durante anos em uma ilha deserta...?" Lá vinha ele de novo.

"Ahn..."

"Com o material que o náufrago encontra na ilha, ele constrói uma casa, uma sinagoga, um estábulo, uma barraca de mercado. Ele continua construindo e reformando, uma casinha depois da outra, até fazer quase um bairro inteiro. A senhora ainda está aí?"

"Estou ouvindo", eu disse. Já conhecia a história que ele ia contar. Já tinha ouvido pelo menos umas dez vezes, cada vez em uma variante ligeiramente modificada: por que scrá que os homens judeus gostam tanto de se expressar através de piadas?

Certo dia passa um navio. O judeu é resgatado. Os marinheiros, *goym* como chamamos os não-judeus, olham espantados para o vilarejo que Samuel construiu sozinho. Pouco antes de embarcarem para partir, um dos marinheiros se vira para ele e diz: 'Não entendi uma coisa, meu caro. Por que você construiu duas sinagogas se você é o único morador e o único crente aqui?'"

Ele se cala.

Eu aproveito o silêncio para formular a resposta. "Esta, diz o náufrago, e aponta para um dos templos, esta é a minha sinagoga. E aquela construção ali, aquela é a sinagoga onde eu nunca vou pôr os pés."

"A senhora compreende a sabedoria profunda desta piada?" perguntou o homem, que não se deixava abalar.

"Me diga."

"No judaísmo, a consonância existe única e exclusivamente durante o canto na sinagoga, minha senhora. E até mesmo sobre isso pode haver discussão."

Eu estava com papel e caneta prontos para anotar o número de Dan Zollmann.

***

Quando toquei a campainha de Dan Zollmann, levei em conta que eu poderia dar com o nariz na porta: um fotógrafo ultraortodoxo jamais daria permissão para que sua foto fosse usada na capa de um livro sobre uma família ortodoxa moderna, escrito por uma ateísta que ainda por cima é *goy*.

Além do mais, Zollmann tinha sido bastante breve e objetivo ao telefone, a ponto de ser desanimador. Combinamos dia e hora. Ele me passou seu endereço. Logo depois já disse: "Então agora vou me despedir da senhora, até logo." E em seguida desligou.

Que orientação dentro de sua fé exigia que um homem fosse tão breve com uma mulher ao telefone, me perguntei enquanto ia de carro até sua casa. Quem ordenava que uma conversa assim não podia durar mais que o estritamente necessário? Seria por isso que em todas as suas fotos apareciam apenas homens, porque ele não podia se dirigir a mulheres?

Ainda assim eu tinha uma centelha de esperança. Dan Zollmann morava em um município da região metropolitana de Antuérpia. Judeus hassídicos, de qualquer movimento ou orientação, quase sempre moram no *shtetl*. E Zollmann morava fora do *eruv*, a área delimitada que ilustra tão bem que a união entre Deus e o mundo moderno, para ter durabilidade e ser suportável, requer tanto exercício de equilíbrio como qualquer casamento.

O *eruv* é uma espécie de cerca que transforma uma determinada área externa em parte da casa. Isso é muito importante, pois no *Shabat* e outros dias festivos, judeus devotos podem realizar uma série de ações bem definidas que são proibidas fora de casa; como empurrar um carrinho de bebê, carregar compras... Quando uma área externa é transformada em uma casa imaginária, eles também podem realizar essas ações dentro daqueles limites. Esta maior liberdade faz uma enorme diferença, principalmente para famílias numerosas.

Em Antuérpia, ao contrário de Nova York, Londres, Paris ou Amsterdã, a cidade inteira fica dentro do *eruv*, que é controlado semanalmente por rabinos, e cujo cercado contínuo consiste tanto de limites naturais – o rio Escalda – quanto arquitetônicos – ferrovias, muralhas da cidade. Onde falta natureza e intervenção humana, ele é complementado por um fio sagrado estendido na altura das árvores e cujo estado é constantemente controlado, especialmente em casos de tempestades e vendavais. Se um raio abrir um buraco no *eruv* em um *Shabat* ou em um feriado, os judeus ortodoxos têm um problema sério.

No alto do umbral da porta, à direita, um pouco acima da campainha, havia uma *mezuzá*, um tubinho com uma citação da Torá em pergaminho para proteger a casa contra o mal.

Dan Zollmann veio abrir a porta pessoalmente e me cumprimentou com gentileza, sem olhar para mim. Quando me guiou até a sala de estar bem iluminada, que parecia existir especialmente para as visitas, seus olhos também evitaram meu olhar.

Ele batia no meu ombro, era um pouco pesado demais para a sua altura, e calculei que tivesse uns cinquenta anos. Ele não tinha *peiot* nem usava *kipá* sobre os cabelos grisalhos. Vestia uma calça de veludo cotelê marrom-claro. Sob um blusão de lã verde, aparecia uma camisa xadrez bege e verde.

Ele me apontou uma poltrona e desapareceu.

Em uma mesa grande, bem ao centro, uma pequena pilha de pratos, duas xícaras, um punhado de talheres e um pacote de guardanapos estavam a postos. Além disso, se destacavam quatro tarteletes – duas com maçã, uma com arroz doce e uma com recheio de chocolate – rodeadas por uma série de tigelinhas de vidro e cristal cheias de tâmaras, amêndoas, macarons e uvas. Pinturas com temas judaicos e fotos emolduradas enfeitavam as paredes. Acima da porta, ali onde nas casas católicas há o costume de pôr uma cruz com Jesus de guarda, ficava pendurado o retrato dos três homens após a oração: reconheci a foto das minhas pesquisas na internet sobre seu trabalho. Em uma prateleira de madeira escura, dezenas de miniaturas representavam ofícios raros ou extintos, de vendedores ambulantes a relojoeiro, de sapateiro a lapidário de diamantes. Todas elas profissões que deram vida e diversidade ao bairro judeu ortodoxo de Antuérpia no começo do século XX e que fizeram daquela parte da cidade um lugar onde principalmente os judeus pobres, fugidos da Europa Oriental, se sentiam em casa.

Um gato-maracajá deixou claro para mim que eu estava em seu reino.

Tive tempo mais que suficiente para examinar aquela sala de recepção. Zollmann não voltava. Ele demorou tanto que eu comecei a me sentir desorientada. Nenhum barulho ressoava na casa. Só o gato, que se espichava na minha bolsa, na poltrona ao meu lado. Fiquei tentada a enxotar o bichano, mas não tive coragem. Tinha medo das costas arqueadas e patas prontas para o ataque. E o sr. Zollmann podia aparecer na porta a qualquer momento. Peguei algumas castanhas, uma tâmara e umas três uvas.

Para minha alegria, encontrei o livro de fotos de Zollmann, *Shtetl*, aberto sobre o aparador ao lado da mesa. Coloquei-o à minha frente e folheei. Depois de ter folheado duas vezes atentamente, cheia de admiração, e depois de ter lido que o hassidismo surgiu na Europa Oriental como reação ao judaísmo intelectual tradicional, o silêncio da casa começou a me dar nos nervos. Continuei lendo. Aprendi que Israel ben Eliezer foi o primeiro *rebe* hassídico e que seu êxito no século XVIII se deveu principalmente ao seu carisma, com o qual conseguiu cativar inúmeros judeus proletários. Me esforcei para decorar o nome Israel ben Eliezer. E para gravar mais uma vez a diferença entre haredi e hassídico. Todos os hassídicos são haredim. Nem todos os haredim são hassídicos. Também há haredim que não querem ter nada a ver com o hassidismo e detestam "o baile a fantasia" dos hassídicos. Pelo menos em termos de vestimenta, eles se mesclam à massa moderna e secular. Esses ultrarreligiosos são chamados de *litvaks*; seu movimento começou na Lituânia.

Voilà.

Achei que Zollmann me deixou na incerteza por tempo demais. O gato também achou, ele agora se espreguiçava no meio da mesa e parecia estar tão à vontade ali que presumi que tivesse assistido a bacanais romanos em uma vida passada.

Decidi chamar Dan Zollmann no hall de entrada.

Ele desceu a escada. Não veio depressa, como seria de esperar de alguém que conhece a própria casa e os degraus. Veio em passos curtos, olhando bem onde pisava com seus chinelos de couro. Como se não tivesse absoluta certeza do chão sob seus pés.

"Tive que verificar como estará o tempo nos próximos dias. Tem um anticiclone vindo da Rússia em nossa direção. O vento ameno vai acabar." Ele foi para a sala.

"Isso é importante para as suas fotos?" perguntei, sem conseguir avaliar bem a situação. Talvez ele tivesse uma fotorreportagem planejada nos próximos dias e o clima e o vento tivessem importância crucial.

"O vento ameno vai acabar."

"Eu gostaria muito de ouvir mais sobre o seu trabalho", eu disse. "Acho muito bom."

"Fico feliz."

"Não conheço ninguém que faça fotos tão íntimas da comunidade hassídica."

"Entendo. Não há ninguém fazendo o que eu faço."

"Falei por telefone por que eu queria conversar com o senhor. Escrevi um livro e gostaria muito de comprar uma de suas fotos para a capa."

"Qual das tortinhas você prefere?"

"Todas parecem gostosas."

"A intenção não é que você coma todas."

"Vou pegar uma com maçã", ri achando graça, "elas parecem deliciosas."

"Tem duas."

"Uma basta", respondi.

"A outra é pra mim, você sabe. Maçã é uma delícia."

"Ainda mais numa tortinha assim."

"Elas são da Lebleu, a melhor padaria de toda a região. Fui buscá-las especialmente quando soube que você viria." Ele me tratou de maneira informal desde o princípio.

"Obrigada, isso é muito gentil da sua parte", respondi.

"Se você não tivesse vindo, eu mesmo comeria todas."

"Lebleu não é uma padaria *kasher*." Desviei de novo a conversa. Era hora de ir direto ao assunto.

"Mas é a melhor padaria", ele respondeu.

E imaginar que um anticiclone estava vindo do sudoeste da Rússia em nossa direção!

***

Dan Zollmann vive isolado do meu mundo e daquele dos hassídicos. Mesmo com todos os dados possíveis de contato, ele é e continua sendo difícil de contatar. Não é a sua religião que lhe impõe restrições. Como fotógrafo, Zollmann consegue ter acesso à mais fechada comunidade de judeus hassídicos e há mais de dez anos navega despreocupadamente por sua rigorosa vida religiosa, e tudo tem a ver com seu autismo e grande talento. Ele é um fotógrafo excepcional porque é quem ele é. Ele pode tudo, quase tudo, porque é quem ele é. Está sempre com sua câmera pendurada no pescoço, que ele mantém tão reto que sua cabeça parece nunca poder se movimentar com agilidade. Há uma rigidez em sua motricidade, uma espécie de contenção, como se ele quisesse manter todas as partes do corpo o mais perto possível de si o tempo todo.

Ninguém pode acusá-lo de voyeurismo ou de segundas intenções. Seu jeito direto e desarmante é a sua força.

Sua franqueza é sua carta branca. Mesmo as portas mais fechadas se abrem para ele.

O fato de conseguir esboçar e ordenar o mundo através de sua lente, de poder se esconder atrás de sua câmera quando transita em meio às pessoas, lhe dá a segurança que ele precisa para lidar com o caos. Seu irmão, com quem ele mora, também representa esse tipo de segurança. Assim como as tortinhas – o recheio de frutas de sua preferência depende da estação do ano e da padaria. Mas se houver dez tarteletes e só uma for de maçã, ele dirá, se preparando para colocá-la em seu prato: "Alguém tem que fazer este sacrifício."

Três

Temos todo o quarto andar à nossa disposição; o último andar inteiro do novo Memorial, Museu e Centro de Documentação sobre o Holocausto e Direitos Humanos, popularmente conhecido como Caserna Dossin – embora o novo prédio na verdade tenha vista para a caserna de mesmo nome.

Dan e eu estamos na balaustrada desse novo edifício. Eu aponto para o prédio do outro lado da rua e conto que ele serviu como *Sammellager* durante a Segunda Guerra Mundial.

"O que significa *Sammellager*?"

"Campo de agrupamento. É alemão. Os judeus, ciganos e homossexuais eram reunidos ali por ordem dos nazistas. Depois eles eram colocados nos trens e deportados diretamente para Auschwitz-Birkenau."

"Familiares meus também", ele diz.

"Não sei."

"Não, não é uma pergunta. Estou dizendo. Familiares meus partiram daqui. Do lado da minha mãe. E do lado do meu pai. Você entende."

Esta deve ser nossa décima visita à Caserna Dossin, se já não for a décima quinta. Nossa exposição conjunta está pronta. Dentro de alguns dias acontece a abertura da *Buren2018*: o nome da exposição se refere tanto ao código postal do Bairro do Diamante quanto ao ano em que estamos.

Dan nunca disse uma palavra sobre a ligação de sua família com a Caserna Dossin e a Segunda Guerra Mundial. Uma vez ou outra, revelou um pouco sobre a morte de sua mãe. Contou que ela morreu faz alguns anos e que está enterrada ao lado de seu pai, no cemitério judeu de Putte[2], que ele visita de vez em quando. "Putte não fica nem a meia hora de carro de Antuérpia. Chego mais rápido a Putte que a Bruxelas. Mas Putte fica nos Países Baixos. Nos Países Baixos não existe alta gastronomia e em Bruxelas, sim. Países Baixos? Alta gastronomia? Entendeu?" Depois dessa piada, que era uma de suas favoritas, ele deu risada. Há algumas semanas, toda vez que ele conta uma piada, me olha com expectativa e só desvia o olhar quando eu tenho uma reação. Assim que dou risada, seus lábios se franzem, como se ele estivesse tirando um anzol dos cantos da boca.

Ele fez uma série sobre rituais fúnebres da religião judaica. Não selecionamos nenhuma dessas fotos para a exposição: queremos colocar a vida sob os holofotes, a morte já está mais que presente neste prédio.

As congregações judaicas de Antuérpia compraram cemitérios logo além da fronteira da Bélgica com a Holanda porque a Bélgica não oferece garantia de concessão

---

2   Vilarejo cortado pela fronteira entre Bélgica e Holanda.

eterna e os judeus piedosos, de acordo com sua fé, devem descansar em solo judaico consagrado para sempre ou até a ressurreição dos mortos.

Já conversamos muitas vezes sobre essa série de fotografias. A imagem mais impressionante mostra um recatado grupo de homens hassídicos andando com guarda-chuvas atrás de um carrinho de mão simples sobre o qual está um modesto caixão.

Não sei por que justamente essa cena me emociona tanto. Tem a ver com a simplicidade, eu acho, com a não dissimulação da morte ou dos mortos, com aquela essência zen. Nada de flores ou coroas, nenhum caixão mais luxuoso que seis tábuas do tipo mais comum de madeira; nenhum falecido religioso embarcando para sua próxima viagem em seu melhor terno ou seu vestido mais bonito; as lápides também não têm nenhuma pompa. Essa total ausência de vontade de mais uma vez superar o outro, postumamente, me comove. Assim como alguns rituais que fazem parte desta despedida. Ainda que eu tenha consciência que, aos olhos de um leigo, a grama é sempre mais verde do outro lado, mesmo que cresça em um cemitério.

Entre uma coisa e outra, Dan me contou que a pessoa falecida é enterrada com uma mortalha de algodão branco. O sepultamento ocorre, de preferência, no dia da morte: a solução ideal para situações familiares complexas. Se um judeu morre em Jerusalém pela manhã, à tarde ele ou ela já foi enterrado.

No judaísmo não existe um momento para prestar as últimas homenagens. Uma vez morto, ninguém mais precisa ver você, uma questão de não violar a integridade psicológica do falecido, de não revelar sua impossibilidade de se defender ao ter seu corpo exposto. Cartões de pêsames? A maioria dos judeus não costuma enviar: desta forma, seguramente evitam problemas com nomes que possam faltar em um cartão desse tipo, ou com a ordem em que membros da família e seus parceiros são mencionados ou não. Um vaso de flores ou uma planta? Esqueça: nenhuma vida pode crescer sobre um morto. Já a proibição de música em funerais, na minha opinião, deve ter sido um equívoco do Todo-Poderoso, não pode ser outra coisa.

Após o enterro, há um período de luto estipulado em sete dias. No *shivá*, as orações em todo o mundo são feitas de acordo com formulações estabelecidas. Amigos e familiares levam sopa, bombons, *latkes* e outras coisas quando vão visitar e fazem tudo para ajudar os enlutados a se concentrar mais em sua perda, para que possam ficar profundamente tristes – consolo é para os fracos. Por isso a tradição que prescreve que as pessoas próximas devem se sentar durante sete dias em banquinhos baixos, duros e desconfortáveis: é melhor sentir a dor do que camuflá-la. Enlutados não usam sapatos de couro, pois calçados confortáveis não os aproximam do significado mais profundo da vida e da morte.

Não construa um dique contra a sua tristeza, cave um leito. Mas, como visitante, tenha tanto respeito por aquele leito individual para que o enlutado não fique ainda mais triste com o seu próprio sofrimento – este ditado existe há milênios. Quem perde um ente querido fica temporariamente isento de todas as obrigações religiosas e não pode trabalhar durante sete dias. Enlutados não precisam sequer prestar atenção a suas roupas, é justamente por isso que existe um ritual de rasgar uma camisa ou blusa quando alguém morre: não importa o seu aspecto, qualquer aparência é permitida.

Dan também fez fotos comoventes deste ritual.

Ele prometeu me levar a Putte qualquer dia. Nunca entrei nestes cemitérios judaicos. Existem três, um ao lado do outro: cada um de uma congregação judaica diferente. Já fiquei algumas vezes em vão junto aos portões fechados, ornados com a Estrela de Davi. Não se pode simplesmente entrar. É preciso saber o código de acesso ou ser acompanhado por alguém que conheça o código e possa ler e compreender as instruções escritas em hebraico no portão.

"Não paguei o ticket do estacionamento", diz Dan. Ele me tira de um momento de absorção.

"Quase vinte-e-seis-mil pessoas partiram daqui", digo, retomando o assunto. "Todos entre o verão de 1942 e o outono de 1944..."

Com todos os nossos encontros, aprendi que pode ser sensato simplesmente continuar falando sobre o tema que estava sendo tratado. Em determinado momento ele engata novamente. E ele sempre ouve, lembra e aprende mais do que a gente imagina.

Ele faz fotos da caserna do outro lado da rua. Daqui da balaustrada, a velha caserna parece uma confortável casa de fazenda com pátio interno; a fachada sóbria e as janelas simétricas emanam harmonia – portanto, paz.

Este *Sammellager* foi convertido em um moderno complexo de apartamentos não faz muito tempo. O local onde milhares de cidadãos inocentes foram reunidos como gado e levados para as câmaras de gás sem chance de retorno, agora é morada de pessoas que "querem desfrutar tanto da cidade quanto do sossego". O pátio interno onde todos os prisioneiros eram agrupados, atrás do portal de granito belga em forma de arco, foi magicamente transformado em um parque enternecedor, com bancos e tudo.

Os serviços públicos locais e nacionais envolvidos não fizeram nenhuma objeção a este plano de reocupação. Acharam uma ideia ótima colocar esta paisagem criminosa em uma embalagem contemporânea de bela aparência. Mechelen é uma cidade geograficamente atraente. Os nazistas também acharam isso naquela época, não podiam imaginar um local mais interessante estrategicamente para um centro de deportação do que essa caserna próxima à ferrovia e no meio do caminho entre Bruxelas e Antuérpia, exatamente entre as duas cidades belgas onde vivia a maioria dos judeus.

"Não paguei o ticket do estacionamento."

"Nós já vamos até o carro, Dan. Você já esteve na caserna do outro lado da rua?"

"Já. No Memorial do Holocausto. Ali na ala direita. Ali não mora ninguém. É um lugar silencioso. Familiares das vítimas podem procurar o que quiserem ali. Cartas, fotos. Não são imagens bonitas, você sabe. Mas outras lembranças, nomes, anotações. Caso elas pelo menos existam. E a gente pode rezar no memorial, ou rememorar, o que é uma forma de oração."

Faço um gesto com a cabeça, concordando, e não consigo conter um sorriso. Não é tão estranho: considerar o ato de rememorar como forma de oração, acender velas na cabcça, não para Deus, mas para a lembrança, como sinal de ligação com algo que é maior do que nós.

A ala direita de fato abriga o centro em memória da *Shoah*, o Museu Judaico da Deportação e Resistência. Foi um sobrevivente da *Shoah*, e não o governo belga, que liderou a criação deste memorial. Natan Ramet, que fugiu da Polônia para a Bélgica com seus pais quando era criança e aos dezessete anos foi colocado num trem para a Europa Oriental, considerou que era seu dever, após ter sobrevivido milagrosamente, não apenas manter a memória do genocídio viva, mas também nutri-la.

Não acredito em fantasmas. Na esquina da rua onde eu moro havia na Idade Média um cadafalso que era muito utilizado. Entre os executados e a minha presença ali se estendem vários séculos. Fico feliz com este cerca de meio milênio que existe entre mim e aquelas atrocidades.

Mas não faz nem oitenta anos, uma vida humana média de um cidadão ocidental, que pessoas foram deliberadamente mandadas desse *Sammellager* para a morte coletiva com o conhecimento de tantos cidadãos belgas. Será que os atuais moradores deste quartel reformado, ao longo do dia ou da noite, durante o sono, sentem de alguma forma a intensidade de todas aquelas vidas assassinadas, daquelas existências interrompidas e histórias pessoais sufocadas?

"Se eu não tiver o ticket do estacionamento, vou levar uma multa. Você tem alguma moeda de dois euros?"

"Talvez lá embaixo, na carteira que está dentro da minha bolsa. Vou pegar lá no guarda-volumes daqui a pouco. Você está vendo algum policial ou fiscal controlando?" eu pergunto. Da balaustrada podemos ver quase todas as ruas circunvizinhas. "Você não paga com o celular?"

"Eu coleciono moedas de dois euros."

"Não sabia."

"Tenho até do Vaticano."

"Com o papa?" dou risada, apontando para a sala de exposições atrás de nós, onde as fotos dele estão expostas.

"Quando a gente coleciona, precisa colecionar tudo. Não dá para dizer: a do Vaticano eu não quero. Ok. Se a gente não for sair agora, é melhor inspecionar as fotos mais uma vez. Já ficamos tempo suficiente na sacada."

"Nós acabamos de fazer isso, Dan. Pela terceira vez hoje. Elas estão todas bem penduradas, retinhas."

Mas cinco minutos depois estamos passando mais uma vez por todas as paredes da exposição e ele toca de novo as molduras com os dedos, sessenta no total. Nós as agrupamos por tema. "A oração matinal". "*Yeshivot*, escolas religiosas". "Pequenos negócios". "Rituais". "Datas festivas". As fotos são acompanhadas por passagens de *Mazal Tov* em três idiomas: neerlandês, inglês e hebraico. Escolhi propositalmente trechos com algum humor. Optei por excertos que parecem contradizer a foto que acompanham, uma combinação que, espero, fará o visitante se questionar. No centro estão penduradas várias citações que devem demonstrar a diversidade do judaísmo ou que indicam explicitamente que a comunidade de judeus hassídicos é a mais visível em nossas ruas, enquanto em quantidade, certamente se considerarmos o mundo todo, eles constituem uma pequena minoria.

Dan trouxe um nível de bolha, mas mesmo sem essa ferramenta ele nota qualquer diferença mínima – o nível de bolha nunca está completamente nivelado. Quando ele me visita em casa, a primeira coisa que faz é ir em pequenos passos ritmados até os quadros nas paredes e arrumá-los um por um para que fiquem mais retos. Rearranja as molduras que estão encostadas sobre o console da lareira. Mais de uma vez, ele põe embaixo um livro que pega na estante, escolhido pela espessura: porque do contrário o jogo de linhas não está certo, na opinião dele.

Colocamos os folhetos – também em três idiomas – em pilhas bem arrumadinhas. Decidimos que mais tarde iremos juntos colar alguns cartazes em Mechelen e em Antuérpia. Todo o material impresso da exposição traz a foto do judeu ortodoxo com o guarda-chuva, *Dancing in the rain*.

Dan e eu financiamos a exposição com recursos próprios: dos folhetos às traduções, dos cartazes às fotos emolduradas e textos impressos, até os releases para a imprensa e websites. O acordo com o museu foi claro. Teremos este espaço expositivo à nossa disposição, gratuitamente, por seis meses, e durante a montagem e desmontagem podemos contar com a ajuda de um funcionário do museu. Todo o resto tinha que ser resolvido por conta própria.

Nos demos por felizes com esse acordo, que foi um grande presente. Nenhum outro museu teria comprado a ideia tão depressa ou tido um espaço disponível tão prontamente. Além do mais, nosso tema exige um contexto bem pensado. O documento humano que Dan e eu propomos em palavras e imagens precisa do ambiente histórico e seguro que este museu oferece. E tanto Dan como eu podemos contar com o suporte e ajuda de nossos familiares mais próximos, voluntários dedicados e apoiadores desde o início.

Nos últimos meses, em parte devido à estreita colaboração que a exposição exigiu, nós nos tornamos mais e mais ligados um ao outro. Ele tem dias, horas e momentos em que mal se percebe que sua mente singular faz reviravoltas. Nessas ocasiões ele fala comigo, argumenta com perspicácia, dá respostas e faz perguntas que demonstram empatia.

Em outros dias Dan permanece em outra órbita, vive num universo inacessível para mim e é impossível encontrá-lo em qualquer lugar que seja, em qualquer sintonia.

Gosto cada vez mais de estar em sua companhia. Onde quer que ele vá, põe em questão o código social dominante, e esse efeito tira a tensão e é libertador. A gente não é obrigada a nada na presença de Dan. Nada é esperado de você. A surpresa está sempre à espreita: nunca se sabe que argumentação ele irá proferir naquele dia. Além disso, sempre esperamos ansiosamente para ver como o mundo exterior reagirá a ele. Há uma desconfiança que, em geral, logo muda para um interesse generoso e divertido. Curiosidade que se transforma em calorosa complacência. Ele raramente evoca olhares rudes ou zangados.

Pego carona com ele com frequência. Ele é um motorista calmo que averigua de antemão para onde precisa ir, como deve dirigir e onde pode estacionar, embora seu carro tenha um moderno sistema de GPS integrado. Mudanças repentinas em seu plano minucioso podem deixá-lo confuso, então ele tenta evitá-las tanto quanto possível.

Uma tarde, quando estávamos a caminho de Mechelen, ele parou numa banca de jornais que conhecia. Ele tinha planejado isso. Enquanto ele entrava e saía da banca, eu, que do banco do passageiro tive a impressão de que o carro ia para trás, puxei o freio de mão. Quando logo depois ele quis dar partida, toda espécie de alarme com bipes e luzinhas piscando disparou. Mais que depressa, soltei o freio de mão e todos os alarmes pararam imediatamente, mas alguma coisa também disparou na cabeça de Dan. Ele ficou muito zangado comigo. Era uma raiva que beirava o choro e na qual ecoavam solitude e medo de perder o controle.

"Então você tem moedas de dois euros no fundo da sua bolsa", diz Dan, enquanto pendura cartões postais ilustrados com prendedores de roupa em um varal que estendemos por uma parede inteira da exposição. Ele mesmo desenhou os cartões e mandou imprimir. Embaixo das impressões ele deixou um espaço em branco para que os visitantes escrevam comentários sobre nosso trabalho. Ele pensou até nas canetas, duas caixas cheias que ele colocou em um minicesto junto ao varal. Ele me pede para regular o volume das vozes infantis mais uma vez. No grande espaço aberto em que a mostra pode ser visitada, o tempo todo se ouvirá ao fundo um som baixinho de vozes de crianças brincando. Nós queremos assim. Animação no último andar deste museu da morte.

"Foram lançadas moedas novas na Alemanha e em Andorra. Talvez você tenha uma dessas. Vamos lá pra baixo. Agora."

"Queria só dar uma passadinha na direção da Caserna Dossin", eu digo.

"Melhor fazer isso outra hora. Agora vamos ver suas moedas. E depois vamos para o carro. Não quero levar uma multa."

***

De repente vejo Moshe. Eu o reconheço pelas costas.

Às vezes encontro com ele em Antuérpia quando, entre as horas de pico de seu restaurante, ele caminha com outros judeus até a sinagoga e eu passo de bicicleta na outra direção pela rua Lange Kievit, embora isso não seja oficialmente permitido.

"Você não pode rezar em casa ou no restaurante?" perguntei uma vez.

"Nós rezamos em um *minyan*", ele respondeu. "Você sabe o que é um *minyan*, não sabe?"

"Não."

"Ah. Quando nós rezamos, formamos de preferência um grupo de no mínimo dez homens com mais de treze anos. Sem pelo menos dez homens, sem um *minyan*, não podemos fazer determinadas partes da oração. E isso é uma pena, preferimos que não aconteça."

"Formam um *minyan* todos os dias?"

"Três vezes por dia." Ele riu.

"Não me parece fácil."

"É muito fácil."

"Antigamente, quando eu era criança, eu achava que ir uma vez por semana à igreja já era pedir demais."

"Sinto muito em saber."

"Para mim não tem importância."

Fui andando com ele.

"É claro que o *minyan* também é uma maneira de nos encorajar a encontrar uns aos outros todos os dias", comentou. "É um estímulo para não deixarmos um ao outro sozinhos, ainda que seja apenas durante a oração."

"Todos os Hoffmans reunidos já são mais de dez."

Ele deu uma risadinha. "Um *minyan* pode ser formado em qualquer lugar. Você nunca viu um grupo de ao menos dez judeus rezando num aeroporto, virados para o leste, em direção ao templo de Jerusalém?"

"Já", concordei. A imagem surgiu de novo à minha frente. Já não me lembro em qual aeroporto. Um grupo de homens judeus que, antes de pegar o voo, se reuniu com seus livros e xales de oração. Um deles se aproximou do meu companheiro, Martinus, e perguntou: "*Minchá, minchá?*" Naquela época não sabíamos que *minchá* era a oração da tarde. Martinus balançou a cabeça negativamente, porque não tinha ideia do que queria aquele homem, que seguiu andando pela fila. Hoje imagino que ele estivesse procurando um décimo homem. E ele deve ter encontrado, pois um pouco mais tarde o grupo estava rezando voltado para Jerusalém.

"Os judeus não fazem nada sozinhos", disse Moshe. "Nem mesmo rezar. E ir até a *shul* é realmente uma forma de terapia para mim", completou. "Sempre converso com as pessoas lá. Ontem mesmo tive uma ótima conversa com um jovem que eu não conhecia. Eu estava um pouco apreensivo. Tinha muitas preocupações. Tive uma conversa longa e interessante com esse rapaz, sobre a vida, seus filhos, meus filhos, tudo pelo que vivemos, tudo com o que nos preocupamos. Depois da oração e dessa conversa, me senti mais leve e mais forte."

Penso nisso tudo quando vejo as costas de Moshe, que mesmo hoje, neste último andar tão quente da Caserna Dossin, está envolto em seu sobretudo escuro, que provavelmente foi feito sob medida para sua robustez. Cai nele como uma luva.

A alfaiataria impecável de Moshe é mais exceção do que regra nos círculos hassídicos. Fazer roupas sob medida custa caro e há famílias hassídicas numerosas que não têm dinheiro ou não o têm em abundância. Além disso, fazer roupas sob medida implica em uma concessão ao prazer mundano, ainda que em menor grau que a moda e o luxo, e os hassídicos e haredim não querem se ocupar com este tipo de trivialidade.

Moshe está usando seu chapéu preto de copa redonda. Só aqui na exposição, que tem muitas fotos de homens usando *shtreimels*, percebo que nunca o vi com um desses chapéus tão grandes de pele de zibelina, que é um acessório tradicional dos judeus hassídicos casados. Meu conhecimento sobre os movimentos hassídicos é muito pequeno para deduzir a partir do formato do chapéu, do vinco ou da copa arredondada, do material, do debrum ou das costuras a que grupo pertence o usuário: Geer, Satmar, Lubavitch, Belz, Vizhnitz. Também não consigo deduzir a qual movimento a usuária pertence pelo comprimento do cabelo, pelo corte, a cor da peruca ou pelo formato e tamanho de um eventual acessório sobre a peruca.

Moshe veio se inteirar pessoalmente das preparações para o vernissage no próximo domingo. Quer conhecer as possibilidades logísticas do espaço. Onde tem água? Onde podemos preparar os pratos? Tem geladeira? Quem cuida do guarda-volumes? Qual o tamanho da sala?

Ele olha de longe para uma foto que Dan fez de dois de seus irmãos. A imagem está bem no centro de uma parede dedicada aos pequenos empresários judeus. Os irmãos de Moshe estão com a barriga projetada para frente, descontraídos e com um riso contagiante, na frente da Padaria Heimisch, que fica na mesma rua de seu restaurante, um pouco mais adiante. O bolo mármore dessa padaria é delicioso, *heimisch*, como os caseiros. Um irmão usa suspensórios sobre a camisa branca, o outro não. Um está com as mangas arregaçadas, o outro não. As camisas de ambos são muito grandes. As calças pretas e colossais estão puxadas acima do umbigo. Eles perderam a cintura com o passar dos anos. Ambos têm sacolas de plástico branco nas mãos. Suas *kipot* pretas são grandes e cobrem dois terços de suas cabeças calvas.

"Procure os sete erros", diz Dan Zollmann, que foi para o lado de Moshe. Moshe dá uma risada sonora e discreta. Só os hassídicos conseguem rir efusivamente de maneira contida.

Um grupo de adolescentes se juntou em volta de Dan e Moshe. A exposição ainda não foi oficialmente inaugurada, mas este espaço superior é aberto durante todo o ano a todos os que visitam o museu.

As fotos coloridas de Dan Zollmann atraem os jovens. Eles têm uns doze, treze, talvez quatorze anos, e apontam para algumas imagens que olham bem de perto. A julgar pelo sotaque, eles vêm de Flandres Oriental, de uma cidade grande, suponho; é um grupo bem variado, de diferentes origens.

Por seu jeito bagunceiro, tenho a impressão de que eles se separaram de uma turma maior. A exposição permanente do museu é tão estarrecedora quanto impactante. Nem todo mundo quer e pode ver. E não importa de que lado a questão seja considerada: o Holocausto não tem nenhum destaque na vida dos adolescentes de hoje. Ouvimos com frequência de guias e professores que não é fácil despertar o interesse por esse tema em jovens dessa idade. Como adolescentes que são, eles têm coisas muitíssimo mais importantes na cabeça e no coração. Podem ouvir centenas de vezes os números dos transportes para Auschwitz, podem olhar pela enésima vez as terríveis fotos em preto e branco em que prisioneiros magérrimos dos campos de concentração, com órbitas oculares mais escuras que a morte, estão morrendo vivos atrás de grades mais grossas que seus dedos – para eles a história só ganha vida quando é contada por pessoas que a viveram.

"O senhor é um deles?", pergunta um dos garotos a Moshe. Ele aponta para uma série de fotos em que homens hassídicos estão rezando e seus rituais e atributos de oração são retratados.

"Você quer dizer, se eu sou um judeu hassídico?"

"É."

"De fato, sou um dos cerca de seis a dez mil que vivem em Antuérpia."

"Uau, dez mil, é muito."

"É muito e não é. Aqueles dois homens que eu estava olhando agora são meus irmãos. Trabalhamos juntos no nosso restaurante."

Os adolescentes sussurram e dão risinhos.

"Seus irmãos são mais velhos ou mais novos que o senhor?"

"O que vocês acham?"

Eles vão de novo até a parede com os irmãos. As suposições ressoam em coro. Moshe põe logo fim àquilo. Responde que ele é o mais velho e ainda acrescenta que vem de uma família com onze irmãos e só uma irmã. Consternação. Doze filhos? Eles não conhecem nenhuma família assim!

Moshe diz: "Existem, mesmo hoje em dia, famílias hassídicas com mais de doze filhos. Os filhos são importantes para nós."

Ele dá explicações sobre as fotos de homens rezando. Explica os atributos, os filactérios de couro, os *tefilins* com duas caixinhas de couro preto, uma das quais é amarrada pelos judeus devotos na testa – o espírito – durante a oração matinal nos dias de semana, e a outra no braço esquerdo, perto do coração, enquanto o filactério preto é enrolado de uma maneira específica no antebraço e na mão. As caixinhas contêm versículos da Torá escritos em pergaminho.

Um garoto diz que é muçulmano, e que ele, seu pai e seus irmãos, assim como Moshe, têm sua própria maneira de rezar. Moshe conta a ele que tem bons clientes que são muçulmanos praticantes.

"A carne no seu restaurante é *halal*?" pergunta o jovem.

"Tudo o que é *kasher* é *halal*", responde Moshe. "Já recebemos inclusive imãs em nosso restaurante."

Sobrancelhas se erguem. Alguns resmungam. Um outro garoto agora diz que também é muçulmano. E um outro pergunta, um tanto durão, mas também curioso: "O que é *halal* é *kasher*? Acho que não."

"Você tem razão", Moshe responde. "*Halal* não é o mesmo que *kasher*. A não ser que estejamos falando sobre frutas e verduras."

"Homens precisam de carne", um deles ri.

Moshe continua imperturbável. "Temos bons clientes da comunidade indiana. Hindus. Eles são vegetarianos. E como nós servimos muitos pratos de legumes e verduras que são sujeitos a regras rígidas, eles gostam de comer em nosso restaurante. Judeus devotos não podem comer nenhum ser vivo, vocês sabiam? E os insetos são impuros. Nossa alface não pode ter nenhum bichinho. É por isso que alguns hindus preferem comer conosco. Eles respeitam todos os seres vivos, de maneira que não querem ter, nem mesmo por acidente, uma mosquinha na boca."

Algumas meninas e um menino dão risinhos e se empurram com os cotovelos.

Moshe apresenta a mim e ao fotógrafo aos jovens.

Dan Zollmann não sabe se deve escolher entre estar orgulhoso ou tímido. Ele fica balançando a cabeça a uns quatro metros do grupo, que ele observa com olhar concentrado. Me sentei estrategicamente na única mesa no centro da sala e fiquei fazendo anotações.

Moshe seria o guia perfeito.

Os estudantes perguntam por que ele não tem cachinhos.

Ele mostra os seus. Seus cachos não pendem ao longo de suas têmporas, mas ficam enrolados atrás da orelha, invisíveis para o mundo exterior. Os adolescentes podem vir olhar atrás de sua orelha, se quiserem.

Uma das garotas repara que não há mulheres nas fotos.

"Tem três fotos com mulheres", Dan interfere.

"Três de cem", diz a garota.

"Três de cinquenta e seis", diz Dan.

"Qual o motivo?"

"É difícil."

"Por quê?"

"É difícil. Só é possível fazer isso no *Purim*."

Moshe tenta ajudar Dan. "*Purim* é o carnaval judaico. No carnaval nossas portas e casas ficam abertas para todos. Nos outros dias do ano, não. E talvez pareça estranho ou incomum para alguns de vocês, mas entre nós as mulheres ficam recolhidas da vida pública. Elas desempenham um papel importante em casa. Na nossa comunidade, as mulheres são as pessoas mais importantes que existem, e acredite em mim, ninguém quer discutir com nossas esposas, mães ou filhas, elas sabem muito bem o que fazem e como fazem, sabem o quanto são imprescindíveis para a nossa vida."

"E o seu restaurante?", pergunta uma mente afiada. "Mulheres da sua religião vão lá?"

"Você quer dizer, com suas famílias?"

"Não, quero dizer com seus amigos e amigas."

"Você não vai ver facilmente mulheres hassídicas com amigas por lá. Elas comem em casa, ou na casa de parentes, não no restaurante. Mas elas vão buscar comida pra levar."

"E as judias não-hassídicas? Elas vão?" se intromete um garoto.

"Todo mundo é bem-vindo. Somos um restaurante como qualquer outro."

"Então o senhor pode olhar para outras mulheres, mas a sua esposa não pode ver ninguém." A mente afiada – uma menina – está de novo com a palavra.

Moshe ri. "Você ainda é jovem. Ainda não consegue compreender tudo."

Moshe Hoffman tem algo de especial. Seus pais sobreviveram à *Shoah*. O pai de Moshe já tinha uma família na Hungria, onde ele vivia originalmente. Depois da guerra, não sobrou ninguém e ele foi para Antuérpia. Ali conheceu a mãe de Moshe – húngara –, que também tinha um passado. Ele se casou novamente. Juntos eles formaram uma família em Antuérpia e tiveram nada menos que doze filhos, dos quais Moshe é o mais velho. "A melhor resposta à *Shoah* é viver de acordo com a Torá. E ter muitos filhos."

Acho que se pode ver em Moshe que ele sente o peso de uma tragédia que seus outros irmãos – conheço quatro deles no total – parecem sentir muito menos. Ao mesmo tempo, ele parece ser o que manteve o espírito mais jovem.

Ele é, sem dúvida, um empresário nato. Que o Hoffy's seja conhecido, nacional e internacionalmente, como o embaixador da cozinha judaica na Bélgica, também se deve ao fato dos Hoffmans, particularmente Moshe, saberem vender seus produtos e não hesitarem em apresentar um pouco de folclore para seus clientes não-judeus.

Aqui, nesta exposição, Moshe não pode ser acusado de agir com segundas intenções. O preceito "o cliente sempre tem razão" não está presente. Não há qualquer motivo financeiro ou reflexo profissional na atitude cordial que ele teve com esses adolescentes.

"Gostei deste encontro com os estudantes", diz Moshe enquanto revemos mais uma vez o que ficou combinado para o *catering* e depois que Dan lhe pediu para esvaziar os bolsos e a carteira em busca de moedas de dois euros – infelizmente não havia nenhuma interessante.

"O senhor tem que fazer isso mais vezes", encorajei, "devia informar os jovens sobre o seu mundo com mais frequência. O senhor faz isso muito bem."

"Obrigado", falou, fazendo uma ligeira reverência com uma mão sobre o coração. E continuou com voz suave: "Sabe, ainda esta semana uma mulher hassídica veio ao restaurante. Bem, ela não entrou. Ficou na porta e reclamou em iídiche que eu tinha que parar de falar com os *goym*, pois ninguém vai se beneficiar se deixarmos todo mundo entrar no Hoffy's. Questionou por que é que ainda tínhamos que dar tantas explicações para não judeus sobre leis, tradições e costumes judaicos seculares... 'Fique quieto, fique quieto, faça isso por nós', ela disse, 'feche a boca, esqueceu o que aconteceu nos anos 1930 e 40?'"

Ele me lança um olhar interrogativo e um tanto atormentado. "Acontece com frequência", continua Moshe, com um misto de combatividade e simpatia no olhar. "Dentro da comunidade hassídica que, como a senhora sabe, tem muitas peculiaridades, há pessoas que acreditam que não podemos nos abrir. Elas acham que não podemos admitir ninguém 'de fora'. Que é melhor deixarmos esse pote fechado. Mas nosso restaurante é aberto para todos, e eu vejo todos os dias que uma porçãozinha de diálogo tem o mesmo efeito nas pessoas que as vitaminas nos nossos pratos. Se quisermos seguir adiante unidos e com solidez, precisamos de mais que boa comida, também necessitamos de uma boa porção de diálogo e confiança. É melhor deixar que o mundo exterior veja um pouco do nosso interior – e podemos começar pelas pessoas que vêm deliberadamente comer em nosso restaurante. Se essa postura me render críticas, tudo bem."

Ele ri. Suas bochechas ficam avermelhadas. Suas roupas pretas, a barba e o chapéu parecem lhe dar a legitimidade do uniforme. Como se tudo o que ele diz fosse coberto com uma camada de seriedade e tivesse mais autoridade por causa de sua aparência.

Não tem nenhuma moeda especial de dois euros na minha bolsa nem na minha carteira.

E atrás do limpador de para-brisa do carro de Dan não tem nenhuma multa.

Quatro

O vernissage é um sucesso.
Não que eu tenha lembranças coerentes daquela tarde. Só me lembro bem de alguns fragmentos desconexos. É sempre assim nas festas: quem está no centro das atenções fica em um estado de excitação e nervosismo incompatível com a concentração.

Era um dia ameno e claro, exatamente como Dan assegurou várias vezes. E lá estava o sr. Schwarz. "Vim dos Estados Unidos para Antuérpia, me casei com uma antuerpiense. Minha família é originalmente da Hungria, mas acho que você já sabia disso. Judeus com um sobrenome que significa uma cor quase sempre têm raízes na Hungria. Grün. Weis. Braun. Roth."

A língua materna do sr. Schwarz é iídiche. Ele usa roupas surradas, uma calça preta desbotada, larga e comprida demais, um blazer com ombros caídos e mangas que passam da palma da mão. Os *tsitsiot* se enroscam por baixo de sua camisa. Ele passa a impressão de ser uma pessoa desinformada, mas seu olhar não é assim; é alegre e curioso, quase como o de uma criança.

Me dou conta que o sr. Schwarz é um daqueles homens que fica parado em frente à vitrine do Hoffy's.

Ele diz: "Eu sou *mashguiach.*"

Não faço ideia sobre o que ele está falando e isso deve ter transparecido em meu semblante. Mas me surpreende que ele fale comigo em público. Em estabelecimentos hassídicos costumo ver atendentes do sexo masculino desviarem o olhar das mulheres. Alguns fazem isso de maneira discreta, quase imperceptível, outros optam por evitar radicalmente. Não este sr. Schwarz. Ele olha diretamente para mim.

"*Mashguiach.* Supervisor de *kashrut.* Trabalho para o rabinato." Ele diz antes que eu peça uma explicação. E fala em inglês, entremeado com alemão e iídiche.

Demora um pouquinho para que eu entenda, mas o sr. Schwarz é um árbitro no campo da culinária *kasher*, seja a partida na cozinha de casa ou fora. Ele controla se as antigas leis alimentares, carregadas de inúmeros tabus, são cumpridas. Não tenho dúvida de que ele leva sua tarefa a sério. O rabinato que supervisiona o Hoffy's está entre os mais rígidos. Tudo no hassidismo está entre os mais rígidos.

Enquanto assimilo a função do *mashguiach,* fico pensando que a comunidade judaica se distingue como nenhuma outra em inventar empregos para pessoas que teriam dificuldade ou impossibilidade de arrumar trabalho. Assim como os comunistas, me vem em mente, e penso nas mulheres que, quando visitei Havana, Varsóvia e depois Moscou, trabalhavam como ascensoristas, como se as pessoas que entrassem no elevador não pudessem elas mesmas apertar um botão. É claro que essas ascensoristas, além de apertar um botão, também garantiam uma espécie de controle social. Na minha opinião, a comunidade religiosa judaica apela para um mecanismo semelhante: através de um sistema engenhoso de solidariedade estruturalmente organizada são criados empregos que, considerados puramente do ponto de vista da eficiência, não precisariam existir. E que, fora a oportunidade de trabalho, garantem um maior controle social e religioso.

Há os discursos. O prefeito fala sobre os desafios da sociedade multicultural e sobre o direito de poder ser diferente. Veerle Vanden Daelen, vice-diretora da Caserna Dossin, demonstra em meia hora que é especialista na comunidade hassídica local como mais ninguém. Sem nenhuma folha de papel ou anotação, ela conta fervorosamente sobre o renascimento da Antuérpia judaica ultrarreligiosa depois da Segunda Guerra Mundial.

Há Moshe. Ele está atrás dela, à direita, com o rosto voltado para suas costas e o público. Parece descontraído. Os aperitivos e bebidas só serão servidos depois dos discursos. Tudo está bem preparado. Ele e sua equipe passaram horas nos bastidores para deixar tudo em ordem.

Quando Veerle Vanden Daelen fala, ele é todo ouvidos. De vez em quando balança a cabeça concordando, admirando e se surpreendendo. Não sei se o que mais o surpreende é o conhecimento dela ou o fato de que Veerle Vanden Daelen, uma jovem *goy*, conseguiu penetrar tão fundo a comunidade hassídica a ponto de poder estudá-la de todos os ângulos.

Há uma menina ortodoxa de uns seis anos – saia na altura dos tornozelos, meia-calça, blusão fechado até o pescoço; ela passa zumbindo com seu patinete pela sala de exposição e ninguém chama a atenção.

Há vários homens entretidos em uma conversa, alguns telefonando, como se estivéssemos em um mercado.

Há Dan Zollmann. Ele caminha em meio ao público com seus passos curtos e movimentos cerimoniosos. A máquina fotográfica balança sobre sua barriga, que se projeta ligeiramente sob a camisa branca bem engomada que ele está vestindo com seu terno novo. Ele foi ao cabeleireiro e ao barbeiro para esta ocasião. Parece estar muito sereno, como se sua pele tivesse sido esfoliada e ele tivesse passado alguns dias em um spa. Ele está tão empenhado e alegre que se esquece de fazer fotos.

Há a minha presença. Faço um breve discurso. Também em nome de Dan Zollmann, que chamo de meu *rainman* particular. Na metade da minha fala, que li de uma folha impressa, menciono a citação que Elzira Schneider, a personagem principal de meu livro *Mazal Tov*, me escreveu em um e-mail sobre esta exposição: "Como você sabe, para a nossa família, a Caserna Dossin marcou o início de um longo e terrível pesadelo."

Sei há mais de trinta anos que muitos membros da família de Elzira, por parte de pai e de mãe, foram deportados da Caserna Dossin para Auschwitz-Birkenau.

Quase Kasher

Conversei com a Senhora Pappenheim, sua avó. Me sentei ao seu lado. Tomei chá com ela. Me dei conta de que ela era a primeira sobrevivente dos campos de concentração que eu conheci pessoalmente, que toquei, a primeira pessoa com um número tatuado no braço a quem dei um aperto de mão. Mas quando, de trás do púlpito, passo os olhos pelo público presente, não é a velha Senhora Pappenheim que imagino em minha frente, mas a mocinha que ela era quando foi colocada no trem. Essa imagem me dá um nó na garganta. Nunca antes tinha imaginado aquela avó como uma moça ou uma menina. Era como Elzira, jovem e vivaz. Tão cheia de entusiasmo pelo futuro, tão ávida por felicidade, tão brilhante. Na minha imaginação, ela não perde os filhos de vista nem por um segundo. Ela os carrega no colo, segura pela mão. Seu vestido tem uma Estrela de Davi presa com um alfinete. Ela anda devagar, graciosa, elegante, como as mulheres de hoje já não conseguem mais.

Também leio uma citação do Senhor Schneider que faz alusão à ambivalência em torno desta reunião. "Nós conhecemos o nosso passado. Ele está no nosso presente e é justamente um dos motivos pelos quais nos agarramos de maneira tão incansável às nossas tradições. Nossos pais foram assassinados por serem quem eram. Temos a obrigação moral de resistir por eles. Para defender a vida deles, que é a nossa." As frases do Senhor Schneider soam mais profundas e poderosas do que quando eu as escrevi. Continuo a dizer e a escrever Senhor. Com letra maiúscula e por extenso. Senhora Schneider e Senhora Pappenheim também não saem da minha boca ou da minha caneta sem a maiúscula.

Os Schneiders e seus parentes não estão pessoalmente presentes aqui e agora. Nenhum deles mora mais na Bélgica. Os pais fizeram *aliá*, a emigração para Israel.

Há os membros da direção da Caserna Dossin. Alguns políticos proeminentes, de origem judaica ou não. Vários membros da *Shomrei Hadass* estão presentes. Poucos da *Machsike Hadass*. Alguns judeus seculares. Pergunto sobre o funcionário da secretaria que me deu o telefone de Dan: parece que ele não compareceu.

Praticamente todos os judeus presentes tiveram avós, pais, tios e tias, irmãs e irmãos deportados deste local para os campos de concentração com uma placa numerada pendurada no pescoço. Só me dou conta disso naquele momento.

Há o brinde coletivo. No andar mais alto do Museu do Holocausto as taças se erguem e ressoam os votos de "*L'chaim!*", à vida.

Alguém, um homem sem *kipá*, vem até mim e pergunta: "Você sabe o que significa '*l'chaim*' em hebraico?"

"Claro", respondo.

"*L'chaim* significa 'à vida'."

"Eu sei", digo.

"E você também sabe por que dizemos '*l'chaim*' quando levantamos os copos para fazer um brinde?"

"Ahn..."

"Os alemães dizem '*zum Wohl*', à sua saúde. Os franceses também: '*santé*'. Os holandeses dizem '*proost*'. Quase todo mundo brinda à boa saúde. Nós brindamos à vida. Por quê?"

"Diga, por favor."

"Nós sabemos muito bem que nossa vida pode ser mais vulnerável que nossa saúde."

Eu balanço a cabeça, sem palavras.

E ele diz: "Ao brindar à vida lamentamos a morte de todos aqueles que tiveram coragem de viver como judeus até o último momento. Nós continuamos suas vidas através da nossa."

Há o homem que, assim que os aperitivos são servidos, me pergunta: "É *kasher*?" Ele põe na boca uma panquequinha recheada com cogumelos e ervas frescas e em seguida toma um gole de gaspacho servido num copinho. Talvez ele esperasse que a comida *kasher* tivesse um sabor diferente da não-*kasher*, ou que a aparência fosse diferente. Não faço ideia se seu comentário era de decepção ou alívio.

Há a mulher que vem até mim, põe uma tigelinha de *gefilte fish* na minha cara e diz: "Eu sempre achei que *gefilte fish* era peixe recheado. Assim como a gente faz frango recheado. Mas é um bolino, como uma mousse de peixe. Que delícia!"

Uma mulher que está bem perto de nós escutou. Ela se vira em nossa direção: "Antigamente, *gefilte fish* de fato era peixe recheado. Com frequência, carpa. Mas esse tempo passou. As mães de hoje em dia não têm nem tempo nem disposição para a lida da casa como manda o figurino. Atualmente, *gefilte fish* é mousse de peixe, geralmente comprada pronta. A mousse não tem espinhas; tirar as espinhas de um peixe com garfo e faca, se não me engano, é considerado um trabalho, e no *Shabat* e outras festividades não se pode trabalhar."

Há o *catering* do Hoffy's; uma delícia. No fim, a família de Dan fez a escolha das bebidas e aperitivos. Eles insistiram em pagar os custos. Optaram por um cardápio requintado e generoso para mais de duzentos convidados. Não permitiram que eu visse a conta.

Há Dan e Moshe.

Dan diz a Moshe que gostaria de um chá gelado.

"Ah, que pena, Dan, nós não trouxemos chá gelado. Suco de laranja. Água. Espumante. Vinho. O que você gostaria de beber?"

"Eu queria chá gelado."

"Posso oferecer alguma outra coisa?"

Dan esfrega as mãos devagar e com calma, um gesto que lhe é habitual. O som da pele sobre a pele avisa que virá um recado importante: "Não, obrigado. Se não tem chá gelado, eu não tenho sede."

Há a imprensa. Eles filmam Moshe. Ele diz, convencido: "Espere um pouco", quando a câmera se volta para ele. Na cozinha improvisada, onde mais de mil aperitivos são preparados na hora por dois funcionários, Moshe pega um prato com antepastos variados e coloridos. De novo em frente à câmera, ele segura o prato na altura do peito, ao lado do logotipo do Hoffy's bordado em seu avental: "Agora vocês podem filmar."

Há Moshe de novo, que traz algumas vezes um prato de aperitivos e coloca na minha frente dizendo que eu preciso comer, porque a festa já começou e eu posso relaxar.

Há um homem que vem até mim. Ele se apresenta. Conta que nasceu antes da guerra e que visitou Auschwitz pela primeira vez há apenas sete anos, o inferno onde dezenas de seus familiares, tias, tios, primos e primas, foram assassinados – não apenas sua família belga, mas também sua família polonesa. Quem de nós não tem raízes na Europa Oriental? Ele diz que jamais quis visitar aquele local sinistro. Não precisava ver com os próprios olhos aquele lugar de perdição. Mas seus filhos sentiram necessidade de pisar naquele solo. Eles viajaram juntos a Auschwitz, passando por Cracóvia.

E quando, junto com seus filhos, passou de barracão em barracão no campo de extermínio, para sua surpresa e indignação, teve uma sensação de vitória: não uma vitória sobre si mesmo, mas uma vitória sobre o mal. O fato de ele e seus descendentes estarem ali e propagarem orgulhosamente o seu judaísmo fez com que ele se sentisse feliz no lugar mais triste do mundo.

Há o sr. Schwarz de novo. Quando Martinus e eu saíamos do museu naquela noite, passando pela livraria da Caserna Dossin, ele estava debruçado sobre o balcão.

Perguntei que livro ele estava lendo.

Ele respondeu: "Não estou lendo, estou olhando." Ele me mostra a capa. É um livro de história sobre a Bélgica durante a Segunda Guerra Mundial. Com fotos. Ele folheia. Me lembro da foto de uma mulher. Com a mão na boca e olhos cheios de horror, ela passa por um campo repleto de pessoas assassinadas, como árvores arrancadas pela raiz. Uma foto de um grupo de crianças magérrimas que, apesar de tudo, reluzem de coragem; em seus uniformes listrados de prisioneiros, elas gritam para os libertadores russos que estão no portão do campo.

O sr. Schwarz absorve aquelas fotos como alguém que não come há semanas.

"O senhor nunca viu isto, não é?", diz Martinus. "Não sabe nada a respeito."

"É verdade", ele responde.

Fico pasma com a resposta. Não sei o que me toca mais fundo: o fato de ele saber pouco ou quase nada sobre o Holocausto, ou o fato de o sr. Schwarz, por estar aqui por acaso, ser confrontado com imagens que ficarão em sua memória para o resto da vida.

Como muitos judeus hassídicos – mas não todos – o sr. Schwarz não recebeu uma educação profana regular. Ele não sabe praticamente nada do mundo moderno, que no universo de grupos muito ortodoxos costuma ser considerado território perigoso. Ele conhece apenas o mundo religioso, o da Torá e do Talmude. Ele nunca teve aulas de história ou qualquer visão cronológica de outras culturas e povos. Apenas a história bíblica.

É bem possível que na Caserna Dossin o sr. Schwarz esteja pela primeira vez em uma livraria sem obras religiosas.

***

Um dia após o vernissage, recebo o telefonema do sr. V., conselheiro da Casa de Sua Majestade o Rei da Bélgica – seu título oficial. O sr. V. me liga em nome da rainha. Ele quer saber se eu ou Dan Zollmann poderíamos fazer uma visita guiada para a rainha Mathilde, de manhã, na última semana de março.

Como não é todo dia que eu recebo um telefonema do palácio, mesmo antes de assimilar bem a pergunta eu respondo: "É claro que sim." Um pouco mais tarde, independentemente de mim, Dan Zollmann responde o mesmo, só um pouco diferente: "Com prazer. E o rei, ele vai junto com a rainha?"

Depois disso o sr. V. liga para a Caserna Dossin. A direção da caserna, por sua vez, liga para mim entusiasmada. Decidimos juntos a data para a visita real: a manhã de sexta-feira, 30 de março.

Mas nos dias seguintes a este telefonema real, alguma coisa me incomoda. Não está certo eu e Dan fazermos uma visita guiada com a rainha em uma exposição que tem a diversidade do judaísmo religioso como tema central. Não faz sentido que eu, uma ateísta com educação católica, explique imagens que retratam o cotidiano dos hassídicos. Ou que eu, uma *shiksa*, seja porta-voz dos costumes ortodoxos modernos que descrevo em *Mazal Tov*. Tudo o que eu digo e escrevo sobre nossos vizinhos judeus, é resultado de experiências pessoais que eu, ainda que estivesse muito envolvida, vivi de uma posição lateral. E esse é o lugar em que me sinto mais em casa no mundo. O lugar onde quero permanecer. Eu sequer li a Torá ou o Talmude.

Dan Zollmann fala com sua câmera. Deixar que ele dê a explicação oficial sobre os costumes hassídicos não seria justo, ainda que eu goste de imaginar a conversa entre Dan e a rainha. Quando Dan fala comigo, seus olhos procuram um ponto que fica em algum lugar bem diante de seu nariz. Em geral são os meus seios. Em uma conversa com a rainha ele buscará o mesmo ponto de fixação do olhar.

Me forço a tomar uma decisão: um homem ou uma mulher hassídica deve guiar a rainha na exposição, do contrário é melhor cancelarmos a visita.

Ligo para Moshe, o único judeu hassídico que eu conhecia àquela altura. Além de seus irmãos, é claro, mas nunca falo com eles da maneira que falo com Moshe. De mais a mais, Moshe tem talento para lidar com pessoas. Ele se entende bem com elas, sabe como sondar sua condição humana. E afinal de contas, já pude comprovar com meus próprios olhos e ouvidos que ele é o guia ideal.

"Ah, claro, com prazer", responde Moshe eufórico ao telefone, "obrigado por ter pensado em mim. Eu adoro a rainha e o rei, uma vez pude visitá-los no palácio. Nunca esquecerei aquele dia. Cozinhei e servi uma refeição lá. Eu estava tão nervoso que mal conseguia segurar uma colher e um garfo. *Mamma mia*!" Moshe gosta de falar *mamma mia*.

Ainda falamos sobre o vernissage, que graças a toda equipe do Hoffy's também foi um sucesso culinário. Quando agradeço mais uma vez explicitamente a ele e seus funcionários por seu empenho, ele diz: "Estamos acostumados a trabalhar duro, hoje de manhã me levantei de novo às cinco e meia."

Ele quer saber quais petiscos eu e Martinus achamos mais gostosos e espera que eu tenha dormido bem. "Ontem eu não falei para a senhora, mas comentei com seu marido que a senhora estava com aparência cansada e tensa."

Moshe ficou particularmente impressionado com Veerle Vanden Daelen, que falou sobre a Antuérpia hassídica. "Aquela senhora sabe muito sobre nós, muito mais do que nós mesmos."

Digo a ele a data proposta para a visita real.

Ele fica em silêncio do outra lado da linha por um instante. Pede que eu repita a data.

"Eu sei, Moshe", falei, querendo antecipar o que ele diria. "Nós sabemos que 30 de março é uma sexta-feira, mas a visita à Caserna Dossin será de manhã, por volta de meio-dia a rainha já terá ido para casa ou para seu próximo compromisso, então não será um problema para o *Shabat*."

Mais uma vez o lado dele fica em silêncio.

E então ele diz: "É uma pena."

"Pena?" pergunto surpresa.

"30 de março é impossível. 30 de março é *Pessach*."

***

Felizmente, após consulta com todos os envolvidos, a visita pôde acontecer pouco antes do início dos oito dias de festividades da Páscoa judaica. No dia 27 de março, às dez horas da manhã, esperamos no hall do Museu do Holocausto e dos Direitos Humanos pela chegada da rainha, que primeiro visitará o memorial e o museu, e por último nossa exposição.

Moshe está felicíssimo por afinal poder participar. Como muitos judeus, ele é monarquista. Esse monarquismo talvez nem seja uma escolha inteiramente pessoal. Tradicionalmente, nasceu mais da necessidade de sobrevivência do que de uma convicção ideológica. Em qualquer parte do mundo, os judeus sabem que se beneficiam ao cair nas graças daqueles que estão no poder. Quando não o fazem, ficam sujeitos aos caprichos do monarca, que não raro, direta ou indiretamente, os expulsa de seu país.

Não perguntei a Moshe sobre detalhes da *Pessach*. Será que ele vai passar este período no exterior com a família? Ou será que realmente acha a festividade religiosa tão importante que não podia liberar nem mesmo duas horinhas de seu mundo de devoção para a rainha?

Conheço um pouco a relação dos judeus piedosos e suas celebrações. O espírito destes judeus intensamente religiosos, sempre envoltos em preto e branco, não é tão constrito como os filactérios que eles amarram pela manhã. A busca pela alegria na vida é até considerada um preceito dentro da doutrina hassídica. O Todo-Poderoso ordena que seus seguidores cantem e dancem exuberantemente na maioria das festividades. Ter prazer em sua existência é uma obrigação que vem de cima.

Não tenho dificuldade nenhuma em imaginar Moshe cantando a plenos pulmões. Mas mesmo que eu dê um empurrãozinho à minha imaginação, não consigo imaginá-lo dançando e festejando. Posso imaginar isso em relação aos seus dois irmãos, que também trabalham no restaurante. Mais uma vez, isso tem a ver com aquela seriedade que só percebo em Moshe e não nos outros Hoffmans. Quem sabe Moshe sofra, mais que os outros, com o passado de seus pais? Talvez suas raízes asquenazes – e a melancolia e recato concernentes a elas – tenham ficado profundamente ancoradas nele e sob sua energia amigável resida a melancolia que caracteriza a alma da Europa Oriental, que distingue fortemente as pessoas daquela região dos sefarditas, que vivem ao redor do Mar Mediterrâneo e que, graças ao sol, à luz e ao clima, são mais abençoados com a alegria de viver? Mas ele cozinha pratos tão deliciosos, inclusive mediterrâneos!

O comitê de recepção para a rainha é composto por cerca de quinze pessoas.

Simon Gronowski, ex-advogado, apaixonado pianista de jazz e testemunha da *Shoah*, é o principal convidado. Com quase noventa anos de idade e ainda cheio de energia, Gronowski não tinha nem doze anos quando foi pego pela Gestapo junto com sua mãe e colocado no trem para Auschwitz a partir deste mesmo local onde estamos agora. A rainha pediu expressamente que ele estivesse presente aqui e ele trouxe consigo seu neto, um rapaz bonito que olha para o avô com tanto orgulho quanto o avô olha para ele – o que é emocionante.

À minha esquerda está Dan, com seu olhar aguçado e sua câmera a postos. Óculos redondos sobre o nariz; um cordão preso às hastes está pendurado em seu pescoço. Ele tem dezenas de óculos. Parecem todos iguais, mas são sempre ligeiramente diferentes.

Moshe espera radiante ao lado de Dan. Seu chapéu e seus sapatos também estão reluzentes. Não se vê um único fiapo ou cisco em seu casaco. É de se perguntar como ele mantém o preto tão preto.

Moshe foi o primeiro a chegar hoje de manhã. Ele queria ser absolutamente pontual. Chegou uma hora mais cedo. E já passou na sinagoga. "Não existe perda de tempo pra mim."

À minha direita está Naomi. Dahlia está ao lado dela, com as pernas bambas de tanto nervosismo.

Só depois de Moshe ter concordado, e de eu ter ouvido do conselheiro da rainha que Simon Gronowski estaria presente, é que me dei conta de que uma voz ortodoxa moderna seria tão indispensável nesta visita quanto uma voz hassídica e uma secular. Só com Simon e Moshe como porta-vozes, permitiríamos que apenas os dois extremos do espectro judaico tivessem voz, enquanto um grande grupo em Antuérpia pertence à classe média ortodoxa moderna, que é moderadamente religiosa.

As duas mulheres têm cerca de quarenta anos, são mães de mais de três filhos e esposas de homens a quem disseram "sim" cerca de vinte anos atrás, após a mediação de um *shadchen* – um agente matrimonial. Naomi é designer gráfica. Dahlia trabalha em uma gráfica. Juntas elas desenharam nossos cartazes, folhetos e brochuras e cuidaram de todo o material gráfico desta exposição.

Naomi usa uma peruca castanha até os ombros, entremeada com mechas um pouco mais claras. A peruca de Dahlia tem cabelos mais curtos, ondulados, e um corte diferente, com uma divisão lateral bem nítida e franja que cobre a testa. Ambas são esguias, bonitas e joviais. Suas roupas, como muitas mulheres ortodoxas modernas, são uma bela combinação de modernidade e discrição.

Durante os preparativos para nossa exposição, Martinus visitou Naomi, que tem seu escritório em casa, algumas vezes. Quando voltava, fazia comentários que me deixavam curiosa: "Que casa gostosa é aquela. Crianças que recebem seus amigos. Avôs e avós, tias, tios, não sei quem mais. Muitas pessoas. Me parece um pessoal bem legal."

Eu, que não consigo escrever sem isolamento e, em períodos de intensa concentração, acho que até um telefonema atrapalha, me sinto atraída por pessoas que se sentem em casa num pombal, como em um ninho quente.

Mal conheço Naomi e Dahlia. Ainda na fase de preparativos para a exposição, viajei uma vez de trem com elas até a Caserna Dossin. Essa expedição produziu algumas primeiras impressões interessantes. Sem querer, porque minha atenção estava voltada para o majestoso teto, esbarrei em um homem no saguão da Estação Central de Antuérpia. Ele me atacou com uma raiva desproporcional. Quando eu, superando meu espanto com rapidez, quis retrucar, Dahlia me agarrou pelo braço, me puxou e disse: "Ah, deixe ele pra lá. Quando alguém reage assim, geralmente significa que está com problemas e preocupações. Sabe-se lá o que ele está passando. Talvez a esposa esteja muito doente, ou um filho."

Conquistei ainda mais a sua simpatia quando ela deixou o guarda-chuva no bagageiro na viagem de volta; ela o teria perdido se eu não o tivesse agarrado rapidamente antes de descer do trem. Também descobri em Dahlia uma distração que tinha um encanto juvenil e que justamente por isso achei reconfortante. Naquela tarde ela teve que revirar sua bolsa abarrotada pelo menos quatro vezes procurando o celular, que tinha sumido ali dentro – uma bolsa equipada de compartimentos por dentro e por fora e na qual nada precisava se perder.

Conheci os pais e as mães delas no vernissage. Conversei com os pais. O de Dahlia é importador de frutas e verduras; o de Naomi, atacadista de meias-calças e collants. Com um único comentário, este último me deu uma visão sociológica que merece ser mencionada. O vendedor de meias é capaz de deduzir a partir de seus números de vendas a direção que a sociedade está tomando. A espessura do fio é expressa em *deniers*. Quanto mais *deniers*, mais grosso é o náilon. As vendas de meias de 100 *deniers* ou mais têm aumentado constantemente nos últimos anos. Enquanto as vendas de meias de 50 *deniers* ou menos estão diminuindo. Mulheres judias ultrarreligiosas usam apenas meias-calças de fios grossos e opacos. A parte de trás das versões bege ou marrom-claro geralmente traz uma costura visível e pouco atraente: isso evita que a cor e a textura da meia-calça se confundam com a pele. A Antuérpia judaica está se tornando cada vez mais estritamente ortodoxa.

Quando a rainha chega, fico de olho tanto em Dan quanto em Moshe.

As boas-vindas e saudações são consideradas questões privadas, de acordo com o protocolo combinado. A imprensa tem que esperar aglomerada lá fora. Os jornalistas também não estão autorizados a fazer perguntas à rainha e seus acompanhantes durante a visita ao museu. As fotos só poderão ser feitas em três momentos previamente determinados e a partir de zonas demarcadas.

Moshe considerou um golpe de sorte o fato de a imprensa ter que manter distância. Semanas atrás, ele me expressou suas preocupações em relação à saudação à rainha. Estava preocupado com o protocolo. Como homem hassídico, de acordo com a tradição, ele nunca aperta a mão de uma mulher que não pertença à sua família. Por isso ele prefere não apertar a mão da rainha Mathilde, por mais que ele seja monarquista. Ao mesmo tempo, ele não quer chamar atenção. Não quer causar incômodo ou perturbação. "Cortesia, respeito e humildade", segundo Moshe, "são de extrema importância para nós. Mas minha fé e a observância das leis religiosas também são. Então terei que encontrar um meio-termo, uma solução que não ofenda ninguém."

Uma semana antes desta visita, Moshe explicou seu dilema ao rabino. Juntos, eles encontraram uma resposta à pergunta "O que eu faço se a rainha Mathilde me estender a mão?"

"E o que o senhor fará então?" perguntei a ele quando estava no Hoffy's e pude perceber por seu aspecto que ele se sentia aliviado. "O que o rabino lhe aconselhou?"

"Não posso dizer para a senhora", foi a resposta de Moshe. "Esse é um assunto entre o Altíssimo, o rabino e eu."

"O senhor vai usar luvas?" tentei, um pouco zombeteira. Eu já tinha ouvido ou lido algo sobre essa alternativa criativa.

"O que eu farei é e continua sendo um assunto entre o Todo-Poderoso e eu", ele disse. "Tudo dará certo. Sempre dá certo." E deu um sorriso luminoso.

Três coisas interessantes acontecem quando a rainha percorre toda a fileira, cumprimentando e apertando mãos. Duas delas têm a ver com uma peça de roupa.

Assim que Naomi vê a rainha sair do carro, ela puxa minha manga e sussurra, olhando para frente: "Eu tenho o mesmo vestido, tenho o mesmo vestido em casa, usei no *bar mitzvah* do nosso filho, que sorte que não vesti hoje!"

É um vestido bonito, até os joelhos, com mangas três quartos. O tecido preto é estampado com flores grandes, esféricas, branco-acinzentadas. Soube por Naomi que ele é da marca Natan, fundada por Édouard Vermeulen: desde o início o designer favorito da realeza e da nobreza no país e no exterior; uma clientela com um gosto que, assim como as mulheres religiosas, se equilibra entre a preferência pessoal e as obrigações, entre a expressão individual e os deveres para com a comunidade, entre querer ser vista e não querer chamar demasiada atenção.

Além do vestido, há o chapéu.

Moshe tira o seu graciosamente quando a rainha fica diante dele.

Com o chapéu colocado sobre o coração, ele faz uma profunda reverência antes mesmo que uma mão real seja estendida.

A terceira ocorrência interessante, que ouso chamar de avanço, tem a ver com Dan. Ele olha para a rainha quando ela o cumprimenta. Neste ano e meio em que nos conhecemos, nunca vi Dan olhar nos olhos de alguém que ele encontra pela primeira vez.

"Como Mathilde é bonita", diz Naomi quando, um pouco depois, entramos na primeira sala de exposição do museu.

"Ela sem dúvida tem as mais belas pernas do país", eu acrescento, olhando para os tornozelos e panturrilhas reais, envoltos em uma meia-calça finíssima, levemente brilhante e transparente, que certamente não passa de 20 *deniers*.

"Você também não acha, Moshe", pergunto, "que a rainha tem pernas maravilhosas?" A provocação me deixa mais leve, me faz bem.

"Agradeço à senhora por poder estar aqui", Moshe responde. E vai apressado atrás da rainha.

***

Menos de três semanas depois desse truque com o chapéu, o hassídico Aron Berger virou o país de ponta cabeça quando, diante de um grande número de veículos de imprensa, se recusou explícita e publicamente, por princípio, a apertar a mão de mulheres. Berger defendeu seu posicionamento na conferência de imprensa na qual o partido democrata-cristão flamengo, o CD&V, anunciou que ele se filiaria à sigla, ocupando um lugar em sua lista de candidatos ao Conselho Municipal de Antuérpia. Após suas declarações, houve uma tempestade de críticas vindas de todos os cantos, inclusive do próprio partido de Berger.

Os jornais escreveram sobre o judeu que não queria encostar em nenhuma mulher. Todos os meios de comunicação noticiaram sobre o político sexista que, com a aprovação do partido democrata-cristão, "despreza tanto as mulheres que nem sequer lhes permite um aperto de mão".

Alguns dias depois da confusão, Berger, o primeiro judeu hassídico a se filiar a um partido belga tradicional, retirou sua candidatura ao Conselho Municipal. Foi forçado a renunciar, em parte por seus próprios colegas de partido.

Até hoje, não está claro se Berger, que goza de uma reputação controversa e não se esquiva do exibicionismo religioso, quis marcar um posicionamento ou se realmente não tinha consciência do quão delicado este tema é na nossa sociedade.

Pergunto ao secretariado do *Shomrei Hadass* sobre as raízes e motivos religiosos desta proibição do aperto de mão. Eles me respondem sem rodeios.

O Altíssimo presume que todo contato físico íntimo começa com um toque. Por isso não é permitido a um homem devoto criar uma situação que possa levar a um sentimento de desejo ou cobiça por uma mulher que não seja a sua própria esposa. O mesmo comportamento preventivo é esperado das mulheres. Há ainda outro motivo mais controverso. As mulheres que estão no período de *nidá* – menstruadas, ou que pararam de menstruar há pouco, mas ainda antes de terem tomado o banho ritual de limpeza, o *mikvê* – são consideradas impuras, por definição, no judaísmo tradicional. Impuras, não no sentido higiênico da palavra, mas no sentido ritual. O marido também não deve tocar na esposa durante a semana da menstruação. Uma cama de casal judaica geralmente consiste em duas camas e colchões de solteiro juntos. Durante o período em que a mulher está em estado de *nidá*, as camas são afastadas: um espaço de dez centímetros torna a cama *kasher*. Como os homens não têm como saber se uma mulher está em seu estado impuro de *nidá*, por segurança, eles mantêm as mãos longe de todas as mulheres, rainhas ou não.

Cinco

Simon Gronowski se parece com o famoso coreógrafo francês Maurice Béjart, já falecido; aqueles mesmos olhos penetrantes num semblante imponente e enérgico, o mesmo cavanhaque, mas de outra cor. Simon tem constituição menor que Béjart. O que lhe falta em altura, ele compensa em talento oratório.

Ele tem quase noventa anos. É advogado aposentado. Pode-se ouvir em cada frase que sai de sua boca que ele dedicou sua vida à advocacia. O fato de ser também um talentoso pianista de jazz é perceptível em seu senso de ritmo, sua aptidão para a improvisação e sua capacidade de reagir rapidamente aos outros.

Gronowski lidera a delegação na exposição permanente sobre o Holocausto. Ele conta como sua mãe, sua irmã e ele próprio foram presos. Como seu pai teve "sorte" de estar no hospital no momento em que a Gestapo invadiu sua casa. Como ele, o caçula, junto com sua mãe e sua irmã, Ita, foi trazido para a Caserna Dossin em 17 de março de 1943 e daqui, com a cooperação espontânea das ferrovias nacionais belgas, foi deportado para Auschwitz-Birkenau.

Moshe olha e ouve Simon com atenção. Suas bochechas – a parte que não se esconde atrás da barba bem aparada – estão manchadas de um rosa avermelhado. Talvez ele sofra de pressão alta. Talvez seja por causa do calor. O aquecimento no museu está tão alto que Naomi, Dahlia e eu estamos sufocando em nossos vestidos, mas Moshe fica o tempo todo de casaco e chapéu.

Durante a visita guiada, Dan às vezes se afasta da delegação. Ele vai para um andar superior ou inferior e depois volta. Ele quer puxar conversa com um dos guarda-costas da rainha. O homem, que está conectado com seus colegas por fones de ouvido e microfone, não consegue controlar Dan. Sorri hesitante para ele e o deixa fazer o que quer. Dan tira fotos, inclusive dos seguranças da rainha. Ele sempre escolhe uma perspectiva que vai contra a corrente. Desta vez são os fotojornalistas que, atrás de uma fita esticada, olham todos na mesma direção. Só agora entendo por que o irmão de Dan, quando meu marido, Martinus, e eu passamos alguns dias em Veneza, nos incentivou a visitar o Ca' Rezzonico para ver a pintura de cinco metros de comprimento de Giandomenico Tiepolo, *Il Mondo Nuovo*, naquele palácio-museu no Canal Grande – um impressionante afresco do século XVIII. Quem olha para a pintura vê as costas de umas vinte pessoas que, na ponta dos pés e com as cabeças voltadas para a mesma direção, olham com curiosidade para um espetáculo enquanto, sem perceber, são espreitadas por trás; mas há um menino ali que olha em nossa direção e, portanto, vê algo completamente diferente.

A exposição permanente se divide em três temas – MEDO, MULTIDÃO, MORTE – e começa na enorme parede coberta de retratos de pessoas que foram deportadas desta caserna.

Simon aponta seus familiares. Sua irmã, Ita. Sua mãe, Chana. E outros.

Há fotos de parentes dos Schneiders. Da família de Dan Zollmann. Da de Naomi. Da de Dahlia. Nenhum parente direto de Moshe. A destruição da árvore genealógica Hoffman foi orquestrada a partir da Hungria, não desta caserna.

A galeria de retratos das pessoas assassinadas tem inúmeros espaços em branco que ainda estão sendo preenchidos, mas alguns deles provavelmente permanecerão em branco para sempre. Ninguém tem uma foto deles. Não tiveram só suas vidas e suas histórias roubadas, mas também qualquer memória concreta de sua existência.

Simon manteve silêncio sobre seu passado na guerra durante cinquenta anos. "Eu tinha um enorme sentimento de culpa. Todas as pessoas ao meu redor foram assassinadas. Todos os meus entes queridos. Todos os meus conhecidos. Como eu podia falar do fato de eu ter escapado da morte, algo que aconteceu por mero acaso? Um acaso que poderia facilmente ter acontecido a outra pessoa, um acaso que eu não pedi? Durante meio século eu tive vergonha de ter sobrevivido àquele inferno. Me envergonhava porque todos estavam mortos e eu ainda estava vivo. É muito difícil ter avidez para continuar quando se está rodeado de perdas."

Mas um dia Simon não pôde mais suportar seu silêncio ensurdecedor. Depois de ter ouvido tantas testemunhas profissionalmente e escutado tanta coisa, ele compreendeu que chegara a sua vez de testemunhar. "Em homenagem à vida. Em homenagem aos que me salvaram e que me ajudaram após a salvação. A partir do dia em que vi esta luz, comecei a contar em escolas e organizações como eu, ainda criança, com a ajuda da minha mãe, consegui pular do vigésimo comboio de Mechelen para Auschwitz."

Ele diz "com a ajuda" de sua mãe. Não "graças" a sua mãe.

A locução "graças a" não se encaixa no momento trágico em que Chana teve que segurar seu caçula, que ainda não tinha comemorado seu *bar mitzvah*, na porta de correr do vagão e deixá-lo ir com as palavras "pule, pule" – sem saber o que aconteceria com ele, sem saber o que aconteceria com ela, sem saber se eles ainda se veriam de novo algum dia. A voz dele fica rouca. Seus olhos brilhantes ficam marejados.

Simon fala francês. Moshe não sabe francês. No entanto, Moshe, que só perde Gronowski de vista para olhar para a rainha, só de vez em quando pede para traduzir ou parafrasear uma passagem específica. Como quando Simon fala sobre sua vida na clandestinidade, que ele vivenciou como prisioneiro, "*la prison, vraiment la prison,* você não pode imaginar como é para uma criança não poder sair do quarto durante anos, não poder brincar, não ter amigos, não poder ser visto, não poder existir."

Moshe tem que engolir o choro ao ouvir a tradução. Ele não consegue tirar os olhos de Simon.

Moshe e Simon se enquadram ambos no denominador "judeus". Simon é ateu desde a guerra. Além disso, para irritação de muitos judeus, não quer mais saber do judaísmo religioso e quer apenas acreditar no poder da amizade e do amor.

Já Moshe não saberia como viver se o Altíssimo não o levasse pela mão o tempo todo, da manhã até a noite. Naomi e Dahlia se encontram entre Moshe e Simon, talvez se inclinando mais para Moshe do que para Simon, ou não, porque os judeus ortodoxos modernos e os hassídicos vivenciam sua religião de maneira completamente diferente, e não é raro uns se envergonharem dos outros, inclusive publicamente. No entanto os ortodoxos modernos também não podem prescindir dos livros sagrados...

O jovem Simon nunca mais viu sua mãe desde aquele salto em 19 de abril de 1943. Ela foi morta na câmara de gás. Dois anos depois, no final da guerra, o menino também perdeu seu pai, que morreu de tristeza.

Aos quatorze anos, Simon já era órfão em um país que, após a guerra, não estava repentinamente ansioso por acolher os judeus que tinham sobrevivido ao inferno. E isso não é tudo. Sua irmã também foi morta na câmara de gás. Não existe uma palavra específica para a perda de um irmão ou irmã em neerlandês, iídiche ou hebraico – não compreendo uma lacuna assim em um idioma. Também não compreendo o fogo nos olhos de Simon.

A rainha faz inúmeras perguntas a Simon.

Ele conta sobre os três valorosos combatentes da resistência de Bruxelas.

Os Gronowski, junto com mais de 1600 outras pessoas, estavam num trem de deportação que freou abruptamente quando ainda mal tinha partido. Três ativistas colocaram uma lâmpada vermelha de sinalização no meio dos trilhos em uma curva na cidadezinha de Boortmeerbeek, em Brabante. A luz giratória lembrava mais um sinal de "pare" do que eles ousavam imaginar.

Os três ficaram sabendo que os trens se dirigiam para um campo de extermínio e que os passageiros nunca mais voltariam. Eles sequer conseguiam pronunciar as palavras campo de extermínio; "quem aceita as palavras, aceita os fatos".

Um deles tinha uma pistola consigo. Os outros dois estavam armados com torqueses. Infelizmente, a sabotagem do trem não ocorreu como planejavam. Havia mais agentes alemães a bordo do que eles esperavam. No entanto, os heroicos sabotadores conseguiram arrombar o primeiro vagão, que estava fortemente trancado e ainda cercado com arame farpado. Mas tiveram que fugir antes de chegar ao vagão seguinte, porque os alemães, alarmados, começaram a atirar ao redor. Várias pessoas foram mortas no caos que se seguiu. Quase trezentos prisioneiros conseguiram saltar dos vagões de carga. Entre eles estavam diversos judeus condenados a trabalhos forçados que trabalhavam para uma construtora alemã. Eles tinham limas e outras ferramentas e assim conseguiram arrombar alguns vagões por dentro.

Simon Gronowski foi o mais jovem de todos a saltar do trem. Assim como vários deportados que fugiram, ele foi acolhido por membros da resistência belga e sua bem elaborada rede de contatos.

O trem de Gronowski foi o vigésimo dos vinte e sete que partiram de Mechelen para Auschwitz-Birkenau. Tanto os três audaciosos idealistas – um dos quais era judeu – como a sabotagem e o resgate são únicos na história da Bélgica e do Holocausto.

Sinto prazer em ouvir o relato de Gronowski. No espelho que os três heróis me estendem, cintila uma espécie de orgulho misturado com consolo. Aquilo me faz, por um instante, andar um pouco mais altiva; como se em algum lugar no meio do meu corpo um botão fosse ajustado para uma posição superior. Ao mesmo tempo, eu penso: por que nunca prestei atenção a esta exposição permanente, por que nunca ouvi falar deste trem nas aulas de história ou depois, por que ninguém nunca me contou sobre esses três, por que eu nunca procurei saber dessa história, ou sobre a estátua que eles ganharam em Boortmeerbeek, por que Steven Spielberg não fez nenhum filme sobre esse verdadeiro ato de heroísmo?!

Quando chegamos para a visita ao próximo andar, as bochechas de Moshe estão tão vermelhas que parecem doloridas. Seu pescoço está coberto de erupções cutâneas e seu nariz está rodeado por manchas muito vermelhas; elas têm o tamanho e o formato de pétalas de gerânio.

Moshe observa cuidadosamente as paredes da exposição, cobertas de fotos de arquivo. Ele não olha diretamente para a documentação, mas de viés, com os olhos também voltados para quem fala. Quando ficamos diante de painéis com fotos horríveis dos campos de extermínio, câmaras de gás e valas comuns, Dahlia, Naomi e Moshe desviam o olhar.

Dan vê algumas cenas de *Triunfo da Vontade*, o filme de propaganda nazista de Leni Riefenstahl. Estou ao lado dele. Me pergunto quando o patriotismo vai tão longe que vira nacionalismo. E quando o patriotismo e o nacionalismo se transformam na exaltação ideológica do próprio país e do próprio povo.

Eu digo a Dan: "Riefenstahl foi uma excelente diretora."

"Eu percebi. Ela com certeza conhecia todas as técnicas de câmera."

Num desfile, uma multidão aclama Adolf Hitler com tanto entusiasmo que o ditador é carregado pelas ondas de aplausos e admiração. É 1935. Na época, ele já estava havia dois anos no poder.

"Você já viu esse filme antes?"

"Ela tem um bom olho. Eu entendo o que ela vê."

"O que é que ela vê?"

"Não consigo explicar."

"Linhas, composição?"

"Ela vê Hitler e lhe dá luz."

"Ela dá luz a Hitler?"

"Sim, e infelizmente ela faz isso muito bem."

A visita dura quase duas horas a mais que o planejado. A culpa é da rainha: ela quer saber o máximo possível, em especial de Simon.

O fato de termos saído da agenda deixa Dan nervoso. O programa não está ocorrendo como ele projetou em sua cabeça. Ele está transtornado. Não está mais fotografando, mas me faz um enunciado sobre a arte da fotografia, salpicado de termos técnicos. Ele fala alto, sua voz ecoa pela sala e em vez de diminuir o volume ele aumenta ainda mais. Um dos guarda-costas pede que ele fale mais baixo. Ele morde seu dedo indicador, não na ponta, mas no meio, como se quisesse comê-lo inteiro. A vez que puxei o freio de mão do carro dele, ele também fez isso.

O rosto de Moshe está cheio de manchas vermelhas que parecem queimar. Com um lenço branco bem passado que tira do casaco, ele enxuga as bochechas e a testa, onde há gotas de suor.

"Parabéns pelo seu talento e por esta exposição", a rainha Mathilde diz meia hora depois a Dan, que foi para o lado dela.

"Muito obrigado", responde um radiante Dan Zollmann. "Esta exposição é apenas um começo. Em breve conquistarei Nova York."

***

A rainha se foi e está chovendo a cântaros.

Dan foi com seu carro atrás da escolta real: "Tenho que aproveitar essa comitiva tão festiva."

Simon e seu neto também voltaram para Bruxelas. A despedida dele, a última e mais longeva testemunha viva do vigésimo comboio, foi cheia de deferências.

Nós – Naomi, Dahlia, Martinus e eu – não trouxemos guarda-chuvas. A estação é muito longe para caminhar até lá com esse tempo. E fica muito perto para pedir um táxi.

"Vocês podem ir comigo", sugere Moshe. No hall, ele põe a mão no ombro de Martinus e juntos eles olham para a chuva, que cai torrencialmente e de vez em quando é tirada de seu trajeto pelo vento. O rosto de Moshe ainda está corado, mas a erupção vermelha parece um pouco mais calma. Os nervos devem ter sido a causa.

Ele explicou à rainha cerca de dez fotos de Dan. Fez isso no estilo dos Hoffmans, com a atraente mistura de humor, informações gerais e experiências pessoais com que ele e seus irmãos recebem clientes não-judeus em seu restaurante e os servem a cada aceno de mão.

Percebi que Moshe disse com gratidão "Só em Antuérpia" pelo menos três vezes durante seu discurso.

Junto à foto dos dois homens com chapéus de pele de meio metro de altura, conversando em suas bicicletas embaixo da ponte ferroviária. Sem saber, ele me deu a explicação que eu procurava há tanto tempo para essa combinação paradoxal de bicicletas e *shtreimel*. Contou que além dos dias estritamente santos, há também dias semissantos, chamados *Chol Hamoed*. "Festividades em que de preferência não se trabalha, mas nas quais se é incentivado a relaxar com atividades físicas." Assim, somente nesses dias, pode-se ver judeus hassídicos de bicicleta em roupas festivas.

"Só em Antuérpia." Junto à cena de verão com crianças brincando no Parque Harmonie, onde meninos e meninas ortodoxos, com seus trajes tradicionais quentes demais, junto com crianças nuas e seminuas de todas as crenças e nacionalidades, molham os pés no espelho d'água que faz parte do monumento recentemente restaurado em homenagem ao compositor Peter Benoit.

Junto às fotos de seus irmãos, Yanki e Yumi. "Só em Antuérpia."

Moshe parece ter mais orgulho de nossa cidade do que eu e do que a maioria das pessoas que conheço. Ele ama esta cidade como nenhuma outra e não consegue enfatizar o bastante o quanto ela é acolhedora e especial para ele e sua família.

Amo Antuérpia, mas não entendo a gratidão e o amor incondicionais de Moshe. Fico até irritada com eles e acho estranhíssimo. Como se pode sentir tanta veneração por uma cidade quando a história sob cada pedra ou paralelepípedo tem a cor das cinzas de cremação?

Acabamos de visitar três andares sobre a história da *Shoah*. Estamos com os pés na antiga sala de espera da morte. A enorme parede com retratos de deportados está logo atrás de nós, os espaços em branco gritam.

Ficamos sabendo como a polícia de Antuérpia, e junto com ela todos os setores da municipalidade, estiveram envolvidos até o pescoço, colaborando passiva ou ativamente. A Bélgica tinha que se tornar *livre de judeus*, Antuérpia em primeiro lugar. Fomos guiados pelos regulamentos e medidas antijudaicas. O governo de Antuérpia, que geralmente não se sobressaía em termos de talento organizacional e raramente demonstrava alguma determinação imediata, teve um desempenho notável no que diz respeito ao desaparecimento sistemático de seus moradores judeus – incluindo bebês e crianças.

Na rua Lange Kievit nr. 62, a cinco casas do restaurante de Moshe, Salomon Birnzweig e Ester Birnzweig-Echt foram arrancados de sua cozinha. Eles foram deportados desta caserna para Auschwitz, onde foram assassinados. Na mesma rua do Hoffy's, na casa de número 73, Meyer Gliksberg foi preso, deportado e assassinado. Para não falar nos vários ataques em grande escala.

"Temos que pegar o carro." Moshe dá três tapinhas no ombro de Martinus – sua decisão também se aplica a ele.

Pouco depois, os dois correm sob uma chuva fustigante. Moshe segura firme seu belo chapéu com uma das mãos. Martinus puxou o capuz da capa de chuva bem além das sobrancelhas e corre curvado enfrentando o vento e o aguaceiro.

Como mulheres emancipadas que não têm problemas em deixar os homens fazerem o trabalho sujo, Dahlia, Naomi e eu continuamos conversando no hall. Naomi me mostra no celular as fotos em que ela está usando o mesmo vestido da rainha. Também fica ótimo nela.

"Vocês disseram à rainha que seus filhos se casarão através de um mediador?", pergunto tanto a Naomi como a Dahlia.

A rainha fez uma série de perguntas a Naomi diante das fotos de casamento de Dan Zollmann. Como ela conheceu o marido – através de um *shadchen*? Tinha celebrado seu casamento de maneira tradicional? Onde se casou? Quantos anos tinha quando se casou – pouco menos de vinte e um. Se Naomi ficou nervosa sob a *chupá*, o dossel sob o qual os votos são abençoados por um rabino. Se o noivo, como nas fotos, sempre se veste de branco nestas cerimônias – sim, eles usam um *kitel* por cima da roupa normal; o branco dessa vestimenta simboliza pureza e ausência de pecados. A túnica não tem bolsos: os bolsos fazem referência ao acúmulo de bens materiais e um casamento deve girar em torno do amor, da vontade de construir algo juntos, e não da obtenção de propriedades.

Naomi, Dahlia e a rainha devem ter mais ou menos a mesma idade. Elas irradiavam uma evidente solidariedade, algo que eu desconhecia. São veteranas da maternidade. Para elas, basta saber que as outras têm filhos para que compartilhem os mesmos sonhos e preocupações.

"Sim, claro que os nossos filhos encontrarão seus parceiros através de um *shadchen*", responde Naomi.

"Vejo que você está pensativa", diz Dahlia, olhando para mim com um sorriso.

"Não consigo imaginar ter que escolher meu parceiro entre candidatos apresentados por meus pais", digo.

Naomi: "É a nossa tradição. Eu sou muito feliz no meu casamento. De verdade."

Dahlia: "Eu também."

"Meus pais teriam escolhido para mim um parceiro completamente diferente do que eu mesma escolhi", comento. E continuo olhando pensativa.

Dahlia: "Um outro parceiro, talvez. Mas será que por isso não teria funcionado com ele? Um casamento não é um produto pronto, não é mesmo?" Ela dá risada.

"Eu sei", respondo.

"Às vezes as coisas não dão certo entre um homem e uma mulher, essa possibilidade sempre existe. E é permitido se separar. Mas nem por isso seria melhor com outra pessoa. Para nós, vale o seguinte: a profundidade reside na limitação da escolha e na escolha em si."

"Isso soa mais bonito do que de fato é."

"É preciso escolher bem os parceiros. Nós temos experiência nessa tradição. E é preciso cuidar para que os candidatos se conheçam."

"Antecipadamente?"

"Sim. Entre os judeus hassídicos, um encontro positivo já pode levar ao casamento. Mas para a maioria ortodoxa moderna, os potenciais parceiros podem se encontrar durante semanas ou meses. Em locais públicos, é claro. Se eles se derem bem, o noivado vem em seguida. Não é tão esquisito quanto você pensa. Veja todos esses aplicativos de namoro que todo mundo usa para encontrar um parceiro hoje em dia. Os *shadchens* não fazem nada diferente do que as agências de matrimônio oferecem em todo o mundo. Procuram a combinação certa. Eles garantem que os 'candidatos combinados' se conheçam. E caso se deem bem, isso leva a um noivado e a um casamento. Se não se derem bem, o *shadchen* irá procurar e sugerir um próximo candidato, como um aplicativo de namoro. Um que venha de círculos e famílias adequados para o cliente. Um que atenda aos desejos ou exigências do cliente. Vidas, estudos e árvores genealógicas: essas coisas geralmente se encaixam."

Indico que compreendi balançando a cabeça.

Me pergunto se a família real tem mais pontos em comum com a nossa comunidade judaica. Isabel de Saxe-Coburgo-Gota, a herdeira do trono, oficialmente chamada de Isabel de Brabante, também não esbarrará acidentalmente em seu parceiro. No caso dela, os parentes e mediadores, discretos ou não, também darão uma mãozinha para o destino. Os candidatos a noivo serão selecionados de determinados círculos. Nos frequentamos entre nós. Nos casamos entre nós. E estamos alertas contra qualquer forma de miscigenação que afete a identidade específica do grupo. É o que demonstra a família real britânica hoje em dia, involuntariamente. Tanto a dinastia como a comunidade ortodoxa tentam, em pleno século XXI, salvaguardar tradições que com o tempo ficaram ultrapassadas. E tanto a família real como a comunidade ortodoxa se debatem com a questão: como combinar o desenvolvimento individual com uma vida dedicada à comunidade, ao povo? Como dominar esta arte do equilíbrio? Como ajustar um conceito tão antigo aos tempos modernos?

O celular de Naomi vibra. Ela tem que procurá-lo outra vez nas profundezas da bolsa. Quando ela encontra o aparelho, já não está mais vibrando. Ela vê o número perdido, olha para mim e coloca o celular de volta na bolsa, onde ele começa a zumbir de novo. Ela tem que procurar outra vez. Afasta-se um pouco para atender à ligação, fica longe da porta, perto da livraria.

"Você poderia me explicar uma coisa? Por que os pães têm que ser assados num lugar tão antigo em *Pessach*?", pergunto a Dahlia, referindo-me às fotos de Dan nas quais homens hassídicos, em uma sala vazia, usam uma pá de madeira de um metro de comprimento para remover pães chatos de um forno de aparência medieval.

"Porque não podemos comer pão fermentado", ela diz.

"E porque não é permitido comer pão fermentado ele tem que ser assado em fornos semiclandestinos?"

"É mais complicado que isso. Como tudo conosco." Ela dá uma risadinha. Faz isso com frequência, eu notei:

faz comentários afiados ou engraçados que são principalmente dirigidos a ela mesma.

Conheço *Pessach* em linhas gerais: Deus libertou os escravos judeus do Egito depois de dez anos. O êxodo teve que acontecer tão rapidamente que os refugiados não tiveram tempo de deixar o pão crescer. Por isso levaram consigo pães chatos, sem fermento ou levedura. *Matzot*. Pães de pobre. Pães de miséria.

Durante o período de festividades de *Pessach*, que se aproxima, em memória desse êxodo, durante oito dias não é permitido comer pão e, por extensão, não deve ser consumido ou bebido nenhum produto que contenha fermento.

"Uma padaria normal não pode ficar aberta durante *Pessach*", continua Dahlia.

"Padeiros como Kleinblatt, Steinmetz e Heimisch têm que fechar suas portas?"

"Não precisam. Mas preferem fazer isso. Toda casa, toda loja, todo lugar deve estar completamente livre de fermento e migalhas de pão. Em uma padaria, isso seria muito difícil. Em casa é diferente. Lá em casa tudo é feito com vários dias de antecedência. O trabalho mais pesado está praticamente terminado – estou feliz com isso! Todos os armários foram limpos até os cantinhos. Roupas e lençóis foram sacudidos. Talheres e pratos lavados. Foi passado aspirador de pó em tudo, até nas menores frestinhas. Esvaziamos inclusive os freezers: eles não devem ter nenhuma migalha de pizza. Somos rigorosos quanto a isso. Não deve haver nenhuma gota de álcool à base de grãos em qualquer lugar da casa: nem cerveja, nem gim, nem vodca, nem nada mais que seja feito com grãos. Felizmente, meu marido ajuda nessa limpeza!"

Uma anedota esquecida ressurge. Uma escola judaica achou que seria uma tarefa impossível e cara demais livrar todo o prédio, de cima a baixo, de qualquer vestígio de farinha e fermento. Mas é claro que a administração judaica não poderia simplesmente ignorar as diretrizes do Altíssimo. Então encontraram uma solução que parece ser comum nos círculos religiosos e que reaparece todos os anos: durante o período de *Pessach* a escola é arrendada para vizinhos não-judeus. Se o prédio pertencer a um *goy*, esse trabalho de remoção de migalhas não precisa ser feito. Após *Pessach*, o arrendamento é cancelado novamente. Existem contratos padrão para esta transferência que podem ser solicitados ao rabino.

Conto isso a Dahlia. "Às vezes também acontece assim com grandes quantidades de bebida", ela diz. "Gim. Engradados de cerveja. Você pode deixar com um vizinho não-judeu. Isso dói menos do que ter que despejar tudo na pia. Para essa venda temporária também há formulários prontos, para que não possa surgir nenhuma discussão depois. Dá para baixar pela internet, eles estão online."

"E como diabos vocês conseguem saber em quais produtos tem algum tipo de fermento?" pergunto.

"Uma família é mais rígida que a outra", ela responde. "Conheço pessoas que nem tomam certos medicamentos durante essas festividades porque são feitos com uma quantidade mínima de álcool de cereais. Ou recusam certos frutos secos e castanhas que, para melhorar o prazo de validade, são pulverizados com produtos que contêm álcool. Até o leite de vaca pode contar com a clara recusa de alguns: imagine se a vaca tiver comido uma bolacha pouco antes de ser ordenhada? O Altíssimo impõe exigências muito elevadas àqueles que querem viver diariamente em contato com Ele."

"Vocês ainda vão ficar aí por muito tempo ou devemos chamar um táxi?" pergunta um segurança do museu.

Percebemos que Moshe e Martinus estão demorando muito. Demais.

Ligo para Martinus.

"Não conseguimos encontrar o carro", ele diz.

"Como assim, vocês não conseguiram encontrar o carro?"

"Moshe não consegue encontrar."

"Foi rebocado?"

"Moshe não lembra onde estacionou. Passamos por todas as ruas da região."

"Ele já ligou para a polícia? Para verificar se foi rebocado?"

"Ligou. A polícia não sabe de nada."

"Ele não colocou o carro na frente de algum portão ou entrada de garagem?"

"Ele não lembra."

"Será que foi roubado?"

"Ele acha improvável. Quem roubaria uma van do Hoffy's?"

"Então, o que Moshe acha que aconteceu?"

"Moshe não sabe. Ele perdeu o norte."

"O que podemos fazer?"

"Vou checar de novo as ruas da vizinhança com ele."

"Onde vocês estão agora?"

Um pouco mais tarde, nós quatro estamos em um ponto de ônibus perto da caserna. A chuva tamborila no telhado, que é de acrílico. Dahlia e eu conseguimos pegar emprestado dois guarda-chuvas com um funcionário do museu. Naomi ficou na recepção.

"Eu deveria ter vindo de carro", diz Dahlia, que, como eu, está de salto alto e luta com a superfície escorregadia do asfalto.

"*Mea culpa*", eu digo. Dahlia gosta de dirigir, de preferência em estradas movimentadas. Fui eu quem convenceu ela e Naomi a virem de trem. De manhã, o trajeto de Antuérpia até Mechelen é um desastre. E se fico presa num engarrafamento já cedo, eu é que viro um desastre pelo resto do meu dia.

Moshe olha perplexo. O vento implacável intensificou de novo as erupções em sua pele, a chuva traz a suas bochechas um brilho de lágrimas e a água escorre de seu chapéu e de sua barba.

Dahlia tenta deixar Moshe mais à vontade. Eles falam neerlandês e iídiche.

Decidimos fazer o que todo mundo faz quando procura em vão por algo que não pode estar muito longe: refazemos seus passos, desde como entrou na cidade até como foi andando do carro até o museu.

Moshe acha que se lembra de ter estacionado a van a uma certa distância do museu. Numa rua estreita de mão única, acredita, mas quando perguntamos em que direção ele acha que era essa rua, ele começa a duvidar, e quanto mais ele duvida, mais envergonhado fica, mil desculpas, como é possível.

Vamos de dois em dois em direções diferentes e nos mantemos em contato por celular. Martinus e eu caminhamos de braços dados sob um guarda-chuva. Dahlia segura o guarda-chuva bem acima da cabeça, Moshe fica a um metro de distância dela em meio à chuvarada.

Mesmo depois dessa busca de meia hora, nem sinal do carro.

Nós quatro voltamos para a caserna.

Não sabemos o que mais podemos fazer.

Moshe balança a cabeça. Ele liga para alguém, sua voz parece calma. Depois que ele desliga, Martinus pergunta se ele tem certeza de que veio de carro. Dahlia sugere ir a uma delegacia. Mas então, na praça que liga a antiga caserna e o novo prédio, Moshe de repente avista seu carro.

"Ah, é verdade, como eu pude esquecer, estacionei bem ali na esquina!"

***

Durante o trajeto de Mechelen a Antuérpia, Moshe fala pelos cotovelos. Não dá chance para mais ninguém.

Ele começa por dizer, e repetir, que é hora dos seus filhos e netos visitarem aquele museu. "Eu tenho que garantir, junto com minha esposa, que todos venham à Caserna Dossin com um guia. Não vai ser fácil reunir todo mundo. Vivemos espalhados pelo mundo, como tantas famílias judias. E somos muitos. Não vou dizer quantos, mas teremos que vir de ônibus. É preciso que nossos filhos e nossos netos conheçam essa história, que é de todos nós. É importante rememorar este passado para que possamos dedicar ainda mais nossas orações e lembranças a nossos pais e a todas as gerações anteriores. Vou dizer isso para minha esposa."

Dahlia, Naomi e eu estamos no banco de trás, Martinus ocupa o banco do passageiro, que Moshe liberou para ele; estava cheio de papéis, receitas, folhetos e faturas.

Se Martinus não estivesse conosco, provavelmente Moshe não teria oferecido carona para nós, as três mulheres.

A erupção cutânea de Moshe claramente não foi causada por uma reação alérgica ou nervosismo por conhecer a rainha. Até hoje, Moshe nunca tinha visitado o Museu do Holocausto e dos Direitos Humanos na Caserna Dossin. Ele só conhecia o quarto andar do prédio. Esteve lá pela primeira vez na preparação para o vernissage, a segunda durante o próprio vernissage e a terceira hoje, para explicar à rainha algumas fotos da comunidade hassídica.

Só hoje, graças à rainha, que recebeu a visita guiada pela exposição permanente, Moshe não pegou o elevador diretamente para o quarto andar. Só hoje ele não passou correndo, automaticamente, pelos três primeiros andares – MEDO, MULTIDÃO, MORTE. Só hoje ele, que tem quase 60 anos, passou duas horas ao lado de um sobrevivente do Holocausto que contou sua história abertamente.

Todos os sobreviventes de sua família sempre mantiveram e ainda mantêm silêncio. Porque o silêncio foi e é a única opção para eles. Nunca tinha me dado conta do fato de que Moshe, que frequentou a escola de culinária depois de sua educação hassídica, teve poucas aulas de história ou talvez nenhuma. Não reparei que ele, que se dedica inteiramente a seu restaurante, continuou a obedecer aos estritos ensinamentos hassídicos durante a sua educação profissional e não se sentiu chamado a se reciclar, por interesse pessoal ou necessidade íntima ou social, de determinadas matérias mundanas. Na sua época, os alunos de escolas particulares provavelmente não precisavam fazer exames organizados pelo governo no final do ano letivo. Essa medida obrigatória para escolas privadas não certificadas ou subsidiadas pelo governo só foi introduzida mais tarde. Hoje em dia, quem vem desse sistema e reprova duas vezes no exame estatal é mandado para uma escola certificada.

É a primeira vez que Moshe é conduzido através de sua história por um guia.

Ele conta sobre sua mãe. Ela mora perto do Hoffy's e ainda passa seu tempo na peixaria, que fica do outro lado da rua, na diagonal do restaurante. Moshe a vê todos os dias, "minha iídiche *mame*", que se cala sobre a Hungria, sobre a Segunda Guerra Mundial, sobre tudo o que tem a ver com aquela época. Tristonho, seu pai também não dizia nenhuma palavra a respeito daquelas experiências sombrias que nunca o abandonaram. O assunto da *Shoah* só vinha à tona na família de Moshe quando um ente querido listava todos os irmãos, irmãs, tias e tios assassinados nos campos de extermínio. Setenta e nove no total. Há fotos deles. Não são espaços em branco. Mas o trauma penetrou em todas as brechas de suas vidas. E, como um *shtreimel* que dura muitas gerações, é passado de pai para filho e para neto.

Ele conta que sua mãe tinha escapado por um triz na Hungria, mas que seu pai não teve a mesma sorte. Ele saiu vivo do campo de extermínio, mas completamente destruído. Tinha perdido tudo. Sua primeira esposa, os filhos que eles tinham; meios-irmãos e meias-irmãs de Moshe, ninguém nunca falava deles, mas eles eram e são sempre presentes, nas datas, nos nomes, nas costas tensas, nos silêncios, nos ataques de desespero que continuavam a vir em ondas. Seu pai era um homem arrasado quando veio para Antuérpia, de onde queria embarcar para os Estados Unidos. As formalidades para o embarque revelaram-se mais complicadas do que as leis *kashrut*, em parte porque ele era apátrida e não obteve os vistos necessários. Por pura necessidade de sobreviver, ele abriu uma peixaria – até hoje é este negócio que mantém a sra. Hoffman e alguns dos filhos.

As palavras de Moshe nos comovem. Dahlia e Naomi olham pelas janelinhas laterais, por onde se vê que a chuva ainda não dá sinais de parar. Estou sentada entre elas e mantenho os olhos no asfalto à minha frente. Martinus olha para o perfil de Moshe.

Moshe fala sobre sua infância. Lamento não estar sentada ao lado dele. Eu iria disparar inúmeras perguntas a ele. É estranho pensar que nenhuma outra mulher além de sua esposa jamais irá se sentar perto dele. Não é permitido pelo Todo-Poderoso, que estipulou o conceito *marit ayin* na lei judaica, a "aparência" não deve ser estimulada: a outra mulher poderia tirar conclusões erradas e gerar rumores falsos, ainda que este último não seja tão correto, pois a mesma lei também prescreve o princípio do *lekaf zechus: julgue os outros favoravelmente*.

É difícil conversar com ele do banco de trás. Tenho que me inclinar para frente quando quero dizer alguma coisa. Moshe não me ouve bem. Ele pede que eu repita minha pergunta algumas vezes, e percebo que ele faz o possível para estar atento, mas também percebo que isso não é possível sem que ele perca a concentração na estrada.

Ele dirige mais devagar do que a velocidade permitida, mas não é de maneira nenhuma um mau motorista. Muda de faixa constantemente e de maneira assertiva, e manobra de forma rápida e adequada, algo que não se pode dizer sobre todos os motoristas hassídicos.

"Todos os judeus hassídicos que moravam em Antuérpia depois da guerra eram sobreviventes", diz Moshe. "Inclusive nossos professores. Todos eles suportavam uma tristeza indescritível. E assim como nossos pais, todos eles tinham medo, angústia, incerteza, desconfiança. Como crianças, nós sentíamos isso, mesmo que ninguém falasse sobre aquele sofrimento."

Por estarmos juntos no pequeno espaço fechado do seu carro, surge um sentimento de confiança. A intimidade é ainda mais reforçada pelo fato de que não olhamos nos olhos uns dos outros.

Moshe diz que é imensamente agradecido a seus professores. Que tem um enorme respeito por eles. Mas por mais que eles tentassem, não podiam oferecer às crianças o que desejavam: tranquilidade, serenidade, confiança, alegria, fé nos outros e no futuro.

"Simon Gronowski está certo. As crianças não deveriam ter preocupações. Elas deveriam poder viver alegres, sem aflições, livres, com o coração tranquilo. Acho muito grave quando uma criança não pode ser criança." Ele segura firme no volante. Seu relógio é grande e robusto, com um mostrador redondo mais largo que seu pulso. Ele tem antebraços e mãos musculosos. Mãos de quem trabalha.

Mãos de cozinheiro. Elas guiam meus pensamentos até as origens do hassidismo, como li no livro de fotos *Shtetl*, de Dan Zollmann. Sem a fome espiritual dos judeus proletários, os hassídicos não existiriam. E se estes primeiros *rebes* do século XVIII tivessem sido líderes sindicais *avant la lettre*? E se eles não tivessem proclamado obrigações religiosas, mas convocado a uma revolução socialista mesmo antes de Marx ter nascido?

Moshe tem que confessar uma coisa. Tudo o que aconteceu hoje o fez lembrar de um jovem professor do Talmude que, antigamente, em sua escola, costumava ser ridicularizado pelos alunos. "Eu também ri dele", diz Moshe. "E me arrependo muito disso."

Ele tosse.

"O professor estava sempre quieto", ele conta. "E às vezes ele ficava chorando."

Ele tosse de novo, fica em silêncio por um instante.

"Nós, crianças, não sabíamos por que ele chorava. Mais tarde eu entendi. Um pouco, porque não podemos imaginar a tristeza dele. Ainda hoje estou profundamente envergonhado por ter feito pouco daquele homem bondoso."

Ele balança a cabeça. Os limpadores de para-brisa parecem acentuar o seu estado de espírito, seu movimento de vai e vem é sublinhado por um gemido estridente.

Moshe diz que é grato aos seus pais por terem conseguido proporcionar uma boa vida aos filhos.

"Você também tem uma vida feliz?" ouço meu marido perguntar.

"Boa e feliz o bastante", responde Moshe.

Dan me envia uma série de fotos desta manhã para meu celular.

"Se convidássemos você e Martinus para vir à nossa casa em uma noite de *Shabat*, vocês viriam?" pergunta Dahlia.

Chegam pedidos para uma palestra.

Naomi procura seu celular que toca nos túneis subterrâneos de sua bolsa.

A palestra

Com Esther, sr. Markowitz, Dahlia, Naftali, Laurence, Deborah e o jogador de futebol israelense

Um

Ela se sentou na primeira fila do público de quarenta pessoas.

Quando minha fala terminou, ela ergueu a mão. A moderadora, que estava sentada ao meu lado no palco, fez um gesto de cabeça para ela, dando aprovação. Ela ergueu as nádegas a uns trinta centímetros da cadeira. Ficou meia cabeça acima das outras pessoas, sem se levantar inteiramente.

Percebi imediatamente que ela estava usando um *sheitel*. Sua peruca escura, de corte pajem, que ia até os ombros, estava coberta por um chapeuzinho roxo. Sua franja era separada em duas partes iguais. A blusa marrom era fechada até o pescoço e o casaco, com o característico padrão chevron da marca de malhas italiana Missoni, continha todos os tons de marrom do outono. Calculei que ela estava próxima dos sessenta anos e que era hassídica.

"Boa tarde", ela disse.

"Boa tarde", eu também disse, sorrindo gentilmente para ela. A presença desta mulher me alegrava. Ao mesmo tempo, comecei a me sentir um pouco desconfortável. Não é sempre que um ortodoxo estrito participa de um evento cultural não religioso que não é organizado por seus próprios círculos e que acontece fora da cidade de Antuérpia.

Quando o fazem, homens e mulheres não se sentam juntos e há uma boa chance de que, rodeados por *goym*, eles ajam da maneira mais discreta possível: como mulher em público, estar na primeira fila e ser a primeira a falar, certamente não é comum.

"Obrigada por esta tarde", ela falou, em voz clara e alta. "Achei interessante o que ouvi aqui, mesmo que eu não possa concordar com tudo o que foi dito, mas isso sou simplesmente eu, somos simplesmente nós."

Ela deu uma risada breve e comedida. Porque ela disse "nós", os espectadores na primeira fila se viraram para ela e as pessoas atrás a olharam com interesse.

"Vou me apresentar rapidamente", ela disse. Ela se levantou e acenou com a cabeça para todos ao redor. Era mais baixa do que eu esperava. "Sou membro de uma comunidade hassídica, a Belz, para quem conhece alguma coisa sobre os nossos movimentos. Não sou jornalista ou escritora como a senhora. Minha vida é menos emocionante que a sua. Mas também trabalhei muito quando era mais jovem, há muito, muito tempo atrás, e até hoje minha vida é cheia até o pescoço, desde a manhã até a noite, disso a senhora pode ter certeza. Dificilmente poderia ser de outra forma, sou avó de mais de quarenta netos e cuidadora do meu pai, que sobreviveu à *Shoah* e, *Baruch Hashem*, louvado seja o Senhor, ainda tem saúde e em parte vive conosco. E naturalmente, tenho um marido que, como todos os homens do mundo, exige de mim muita atenção e tempo."

Dois terços da plateia eram mulheres. As espectadoras souberam apreciar esse último comentário, como pude perceber pelas risadas. Ela não se importou com o burburinho suave na hora que contou sobre seus mais de quarenta netos.

"Vejo toda essa riqueza familiar como uma bênção", continuou. "Mas vocês nem queiram saber como fica a nossa casa quando nossos filhos e netos saem depois da visita do *Shabat*. Mas não é isso o que eu quero dizer. Eu tenho uma pergunta para a senhora."

Ela falava todas as frases de uma só vez.

"Por favor. Vá em frente", eu disse.

"Bem", ela começou e se sentou novamente – pensei ter ouvido o "plof" de suas nádegas batendo na cadeira.

"A senhora consegue imaginar o que é o antissemitismo?", perguntou e tirou seus óculos.

Senti um choque elétrico no estômago, respirei fundo, como se estivesse tentando inalar a formulação certa junto com o ar que eu inspirava. "Como a senhora sabe, não sou judia", respondi. "Sou uma cristã não praticante. Uma cética. Mas ainda me atrevo a pensar que sou sensível a qualquer forma de racismo e discriminação, portanto, também ao antissemitismo. Sendo assim, sei um pouco o que é."

Ela assentiu balançando a cabeça. Não disse nada.

A sala estava em silêncio.

"Mas é claro que continuo sendo alguém de fora", acrescentei. Na plateia, um homem assoou o nariz. No prédio, uma porta bateu.

Há uma espécie de aceno de cabeça que implica mais em desaprovação do que em aprovação. Foi assim que ela assentiu, acredito. De maneira a deixar demonstrativamente claro para mim que eu não tinha a menor ideia das implicações do antissemitismo, mas que ela não poderia esperar mais de mim, e que já era bastante bom eu ter tentado mostrar alguma sensibilidade a essa forma de injustiça.

"Obrigada", ela disse. Suas mãos remexiam no xale em volta de seu pescoço. Ela se levantou de novo a partir da beirada do assento. "Tenho mais uma pergunta para a senhora."

"Pode perguntar. Por favor", eu disse, embora esperasse que ela mudasse de assunto.

"A senhora acha que sabe o que é o judaísmo?", ela perguntou, sem parar para pensar.

A moderadora ergueu as sobrancelhas e olhou para mim. Lancei a ela um olhar de aprovação.

"Eu lhe apresento o sr. Markovitz", eu disse sem hesitação, dirigindo-me à questionadora.

Ela repuxou os lábios em uma linha reta, balançando a cabeça. "Não estou entendendo."

"Sr. Markovitz. Um lapidário de diamantes aposentado. Ele ainda tem uma oficina de clivagem e lapidação no Bairro do Diamante. A senhora não o conhece?" perguntei, consciente do espírito ligeiramente vitorioso que sentia brotar em mim.

Ela balançou a cabeça negativamente.

Eu já tinha toda uma série de conferências no meu repertório. Sabia que a história real do sr. Markovitz cumpriria seu papel e que, quase no estilo da tradição talmúdica, aquela anedota autoexplicativa poderia contar mais histórias do que eu imaginava.

"Uma vez, quando quis saber mais sobre o declínio da indústria de diamantes na Bélgica", comecei, "procurei o sr. Markovitz em seu ateliê, no prédio histórico da Bolsa Comercial, e em uma joalheria no Bairro do Diamante. Ele me contou sobre a mudança do ofício com pedras preciosas para os países asiáticos, onde vivem pessoas com dedos delicados e olhos para a precisão, e com um salário que é um centésimo daquele no nosso país. Ele me contou sobre o diamante cultivado em laboratório, o diamante sintético, e de como essa invenção é uma formidável concorrente das pedras preciosas naturais, em especial para aplicações industriais. No salão da Bolsa, um espaço lindo, ele me apresentou a comerciantes libaneses e indianos que estavam tão ocupados examinando os diamantes que tinham diante de suas lupas, que mal olharam para mim. Ele me aconselhou a evitar os vendedores georgianos das pequenas joalherias perto da estação de trem: 'Se a senhora quiser comprar um diamante, venha até mim', disse o sr. Markowitz."

Uma gargalhada sacudiu a sala.

"O sr. Markovitz não é hassídico", continuei. Tomei um gole d'água. Pouco a pouco, passei a gostar desse tipo de palestra. "Ele é um judeu ortodoxo moderno que soube apreciar a minha curiosidade por sua área de trabalho e que achou interessante conversar comigo sobre sua profissão. A princípio ele pensou que eu escreveria um artigo para o jornal. Mas em determinado momento ele quis saber por que eu precisava de tantas informações específicas. 'Porque estou escrevendo um livro sobre o judaísmo'", respondi. Uma porta se abriu bem em frente ao palco. Uma jovem entrou devagarinho para olhar. Percebendo o entusiasmo atento na sala, ela pôs o dedo indicador direito sobre os lábios e recuou de novo em silêncio.

"E sabe o que o sr. Markovitz disse sobre isso?" continuei. "O sr. Markovitz disse: 'Eu a parabenizo. A senhora deve ter um talento extraordinário. A senhora deve ser muito competente. Porque, a senhora sabe, eu pratico o judaísmo ortodoxo há quase oitenta anos e, ainda assim, mesmo estando imerso na cultura e na religião judaica, até hoje não ousaria dizer que poderia escrever um livro sobre o judaísmo...'"

Depois desta declaração do sr. Markovitz eu fiquei silenciosa. Tão silenciosa quanto a sala estava agora.

A questionadora na primeira fila se recostou sorrindo em sua na cadeira. Seu nome deve ter me passado despercebido, ou ela não mencionou, o que me pareceu mais provável. Estar presente é uma coisa, participar nominalmente de uma troca de ideias realizada publicamente em uma organização secular, é outra bem diferente.

***

No foyer, ela veio direto em minha direção. Ela usava uma saia cor de berinjela até os tornozelos que caía em suas pernas como um tubo largo e farfalhava suavemente quando ela se movia. Mesmo com seus mocassins marrom-claros ela era pequena. Sua meia-calça da cor da pele exibia uma costura vertical na panturrilha.

Falou que se chamava Esther Apfelbaum. Que o sr. Markovitz devia ser um homem inteligente. E perguntou se podíamos conversar em particular.

Restava apenas uma mesinha livre, escondida em um canto e abarrotada de revistas.

"O que a senhora gostaria de beber?", perguntei a ela.

"Eu pegarei uma bebida para a senhora. A senhora merece. Sente-se, por favor", ela propôs.

"Não, eu recebi vouchers da organização. Faço questão de usá-los", eu disse. E falei que seria bom ficar um pouco em pé. "Fiquei sentada por muito tempo em uma cadeira desconfortável."

Ela assentiu novamente. "Obrigada. Eu gostaria de um chá, por favor. Não importa qual. Verde, amarelo, laranja, preto. Sem leite. Com limão, se tiver, e se não tiver também."

Sem olhar as capas ou o conteúdo, ela organizou as revistas em um monte. Virou o exemplar de cima deixando a contracapa à vista: um anúncio de uma marca de automóveis francesa. Colocou sua bolsa em cima do novo modelo de cinco portas, tirou minha bolsa do encosto da minha cadeira e pôs ao lado da dela, dentro de seu campo de visão.

Depois de uma palestra, gosto de beber uma Westmalle *tripel*. Essa cerveja sossega minha adrenalina de uma forma suave e lenta. Na presença dessa mulher hassídica, passou pela minha cabeça que desta vez eu deveria pular aquele ritual e pedir um refrigerante ou um chá, assim como ela.

Trouxe chá para ela e pus uma bolacha embaixo da minha Westmalle. Ela pegou sua xícara e o pires e correu para o bar. Retornou pouco depois com um copo de chá, com o mesmo saquinho de Earl Grey e o mesmo biscoitinho na embalagem prateada. Talvez até a mesma fatia de limão. "A porcelana é porosa. E recipientes porosos não são apropriados para nós."

Meus olhos e boca deviam estar olhando para ela como um ponto de interrogação.

"Resíduos de caldo de carne podem penetrar nos poros da porcelana. Ou resíduos de leite. A lei judaica manda separar leite e carne. Portanto, não podemos beber chá em xícaras de porcelana. Porque então, sem nos darmos conta, podemos estar bebendo restos de carne ou de leite dissolvidos na água do chá."

Nesta palestra de domingo à tarde, eu tinha acabado de ler uma passagem sobre as complicadas leis dietéticas. Era a primeira vez que eu ouvia falar desta regra do chá.

"O vidro não é poroso, ao menos não como a porcelana", ela continuou. "Mas o meu pai, que planeja viver até os cem anos, recusa-se a comer ou beber até mesmo em vidro pirex. Ele não confia nesse material moderno. Ele só quer comer e beber em louças de vidro do pré-guerra, para falar com algum exagero. Mas na verdade nem é exagero. Meu pai nunca aceitaria uma bebida ou um petisco de pessoas que ele não conhece. Nem mesmo dos judeus ortodoxos que o convidam, mas dos quais ele não sabe quão rigorosamente eles observam as leis judaicas. Nestes casos, ele deixa de lado a comida ou bebida oferecidas e nem mesmo toca nelas. Ele não confia nas cozinhas e nas compras de quem ele não conhece por não saber até que ponto levam a sério as leis dietéticas. Eu não sou tão rígida quanto meu pai, do contrário não estaria aqui. Este vidro pirex" – ela bate em seu copo – "que tem poros minúsculos, é com certeza bom o suficiente para mim."

Conversamos sobre escolas judaicas.

Ela relembra uma série de afirmações que fiz na conversa com a moderadora e que, embora ela não tenha comentado, pareciam incomodá-la.

Eu tinha formulado minhas objeções e reservas em relação à educação religiosa em certas escolas particulares hassídicas. Disse que achava que toda criança tem direito a um programa pedagógico regular e profano. Direito à ciência. Direito a todas as verdades e inverdades que não sejam divinas. Direito a uma vida além da religião. Para mim, esses eram direitos humanos, foi algo assim o que eu sugeri.

"Eu sou o produto dessa educação que a senhora tanto critica. Meus filhos frequentaram uma dessas escolas particulares não-subsidiadas. Neste momento, meus netos estão lá. Nós vivemos como queremos e não fazemos mal a ninguém. Desde quando isso é errado?"

"Como expliquei na palestra: há mais do que Deus no mundo. Acho que todas as crianças têm direito de saber disso. Para que depois possam escolher no que acreditar."

"A senhora acha que a educação das crianças ortodoxas modernas é melhor, que resulta em crianças melhores? Ou que as suas próprias escolas são melhores?"

Seus gestos eram calmos. De fato, ela devia ter cerca de sessenta anos e, em parte devido à idade, tinha toda a confiança para retrucar. Eu não precisava ter medo de magoá-la. Era mais que evidente que ela aguentava um baque e isso ficou claro desde o início. Seu casaco não era um Missoni autêntico.

"As escolas judaicas ortodoxas-modernas, na minha opinião, encontraram uma espécie de equilíbrio entre os mundos moderno e tradicional", respondi. "Ainda que para mim elas também se inclinem demais para o lado religioso. Também nessas escolas, por respeito à religião, há censura a todo tipo de coisa. Elas também cultivam determinados tabus. Os alunos não recebem educação sexual, ao menos não uma educação completa ou abrangente. Não se fala da existência de meios contraceptivos, homossexualidade, transexuais ou mesmo sobre erotismo."

"E precisa?"

Tomei um belo gole da minha Westmalle dourada e lambi a espuma cremosa dos meus lábios.

"As escolas ortodoxas-modernas oferecem todas as disciplinas profanas regulares", continuei. "O programa religioso judaico é ensinado paralelamente ao programa oficial. Não é oferecido 'em lugar do programa oficial', como nas escolas a que a senhora se refere. Nas escolas moderadamente ortodoxas se aprende tanto sobre Adão e Eva como sobre a teoria da evolução."

"Deus criou o mundo", ela respondeu.

"Há quanto tempo este mundo existe, segundo a senhora?"

"Alguns milênios."

"Não é mais?"

"Onde a senhora quer chegar?"

"Onde a senhora está me mandando. Aos inúmeros ossos de dinossauros que foram escavados. O mundo existe há muito mais do que alguns milhares de anos. Os ossos provam isso."

"Quem disse que os ossos não provam que *Hashem* os enterrou ali no dia em que criou o mundo?"

Ficamos em silêncio. Eu não podia crer que ela acreditasse no que estava dizendo.

"As crianças não devem ser limitadas desde o início. É principalmente isso o que eu quero dizer", falei, como um esclarecimento desnecessário. Eu não queria que essa conversa terminasse tão depressa.

"A senhora pensa: quanto mais visões se dá a uma criança, menos você a limita", ela disse, resumindo e quase concluindo.

"Acho que é preciso dosar, é claro."

"Nossos filhos levam uma vida protegida dentro do nosso grupo e das nossas escolas."

"Eu sei disso. E essa proteção com certeza tem um lado bom, não vou negar. Mas ela também é sufocante. E é moralmente equivocada. Ela isola as crianças de impressões e opiniões às quais elas têm direito."

"Quem é que sabe tão bem a que nossos filhos têm direito? Seus professores sabiam? Todas as histórias sobre abusos em internatos católicos são tão bonitas que a senhora ficaria feliz em mandar seus filhos para um deles? O bem-estar dos nossos filhos é o nosso bem maior. Queremos dar a eles uma educação bonita e inocente."

Comecei a ficar irritada com a teimosia dela e suas respostas prontas.

"Não posso nem pensar que nossos filhos tenham que crescer ou viver em um mundo sem tabus", ela continuou. "Nem mais tarde, quando forem adultos. Imagine se todos nós fossemos expostos a todas as tentações do mundo moderno. Como poderíamos ser boas pessoas se formos constantemente distraídos por futilidades? Nós honramos os tabus. Em casa, na escola e em qualquer outro lugar, por toda a nossa vida. Felizmente. Felizmente, honramos os tabus."

Respeitei as palavras dela. Sua franqueza e sinceridade me surpreenderam. Ela não precisava me dizer tudo isso. Ela não precisava ficar sentada aqui comigo. Ela sabia muito bem que o meu mundo e o dela batiam de frente em vários aspectos, e certamente neste. Eu nunca tinha conhecido ninguém que defendesse uma vida cheia de tabus com tanto fervor, abertamente e sem nenhum constrangimento.

"Então, qual tabu educacional a senhora considera tão importante?", perguntei, talvez curiosa demais. "Qual tabu, segundo a senhora, deve ser absolutamente controlado?"

"Há muitos", ela respondeu. "Mas vou citar um. Harry Potter."

"Harry Potter?"

"É impossível escapar desse personagem. Harry Potter está em toda parte. Em dispositivos nas ruas, estampado em camisetas, em mochilas escolares, lápis, canetas, borrachas, cadernos... Mas nossos filhos nunca vão ler os livros de Harry e seus amigos."

"Por que eles não podem ler J. K. Rowling?"

"Porque os livros dela são sobre superstição e feitiçaria. Porque em todos esses livros meninos e meninas interagem livremente. Todo tipo de motivos."

Ela puxou as duas pontas de seu xale até a mesma altura e as amarrou de novo. Seus dedos eram pálidos e delicados. Tinha unhas curtas e lixadas, pintadas em um suave tom de pêssego, quase invisível, e usava uma aliança fina de ouro. No pulso, um relógio simples, com mostrador branco e pulseira de plástico.

"São livros infanto-juvenis."

"Contêm coisas que não são apropriadas para crianças e jovens."

"Meninas e meninos se apaixonam, se é isso o que a senhora quer dizer", dei um risinho. "Harry se apaixona por Gina."

"Não existe paixão antes do casamento. E ouvi dizer que nesses livros, que para deixar claro eu não li nem jamais lerei, há passagens em que é descrita a atração entre meninos e meninas. Seu desenvolvimento físico. Isso é terrível. As crianças não deveriam ouvir sobre isso. Nós preservamos os assuntos íntimos até o casamento. Somente para aquele homem ou mulher."

"Foi isso que eu quis dizer. Informação biológica e sexual não tem lugar para vocês."

"A partir do noivado. Quando nossos filhos vão se casar. Antes disso é desnecessário."

"Nunca vou esquecer do meu primeiro amor. Eu tinha oito anos."

"Não é possível conosco. Nossas meninas não têm contato com meninos."

"Na rua, sim."

"Existe controle. Eu tenho uma amiga. Ela estudou comigo, muito tempo atrás. Depois da escola, algumas vezes, um homem não-judeu ficava esperando do lado de fora do prédio. Não faço ideia do que ele fazia ali ou quem ele era. Ele ficava olhando para ela. Ele a seguia. Procurava contato. Um dia, nós tínhamos cerca de quinze anos, minha amiga falou com ele. Não que ela tenha realmente parado para conversar, mas eles trocaram algumas frases. Em seguida ela foi ficando corada."

"Excitante."

"Uma semana depois ela estava em um avião indo para o Brooklyn. Alguém avisou os pais dela sobre esse 'pretendente', alguém contou a eles sobre o rubor. Ela ficou morando com familiares no Brooklyn durante um ano inteiro. Escapadas assim têm que ser corrigidas imediatamente."

"Inacreditável", eu disse, e respirei fundo. "E incrivelmente desumano."

Ela balançou a cabeça. "Minha amiga passou um período ótimo em Nova York. E nunca levou a mal essa ação de seus pais, pelo contrário, sabia muito bem que aquilo era o melhor para ela e ainda hoje sempre diz isso. Ela é muito bem-casada, teve sete filhos e não sei quantos netos."

Pensei de tudo um pouco. A reputação sexual de uma mulher, aparentemente, ainda é mais importante do que todo o resto do seu ser em qualquer esfera religiosa. Pensei no controle social da cidadezinha em que eu cresci, onde as meninas que andavam com os meninos às vezes eram chamadas de "putas". Pensei no meu falecido amigo Wim Heynen, fundador e proprietário da livraria da minha juventude: a Marquês de Carabás, em Hasselt. Desde a inauguração de sua loja, Wim fez questão de não ter uma seção de livros infanto-juvenis. Radical em suas ações, ele se recusava a dividir a literatura em livros para crianças, adolescentes e adultos. Achava que a existência da literatura infanto-juvenil era um escárnio para os pequenos, que deveriam ser confrontados com espíritos geniais desde cedo. Tivemos inúmeras discussões sobre este assunto e não ajudou nada eu dizer que a minha imaginação de criança teria sido muito mais pobre sem a biblioteca infantil. Ele achava que era preciso levar as crianças tão a sério que deviam ser imediatamente submersas no que há de melhor, sem censura. Ele superestimava os pais.

"Não é preciso ler Harry Potter. Ele também está na TV", eu digo.

"Nossas famílias não têm TV."

"Elas têm internet."

"A maioria dos hassídicos não tem nenhuma internet em casa. Se tiverem conexão, o acesso é assegurado por um provedor *kasher*, que filtra tudo e não permite nada que não pertença ao nosso mundo. A nossa internet é filtronet." Ela riu.

"Eu acho que é bom que meninas e meninos brinquem e aprendam juntos desde pequenos. Quanto mais cedo, melhor."

"Irmãs e irmãos, sim."

"Na escola. Nos movimentos juvenis. Na rua."

"Por que tornar a vida tão difícil quando ela pode ser simples?"

"Eu vejo exatamente o contrário. Acho que vocês a tornam mais difícil do que é. Separar meninas e meninos é algo muito antiquado."

"O que é atual então?" Ela remexe seu chá. "Crianças assistindo pornografia, é isso? Estupro coletivo entre adolescentes? Toda essa nudez por toda parte?"

Eu balancei a cabeça negativamente. "Isso são excessos. Estou falando do espírito de uma época. Não se pode excluir o mundo moderno, não se pode parar o tempo e o *Zeitgeist*."

"Você se engana."

"Mas já não se vê hoje em dia? Não é mais preciso ter uma TV para assistir TV. Um celular contém o mundo inteiro, inclusive tudo o que é proibido. O mundo está na palma das nossas mãos. Todos os lugares têm wi-fi. E em toda parte há pessoas religiosas que mantêm as aparências, mas que não são nada piedosas por dentro. Assim como aconteceu com a Flandres católica. A secularização não é um caso à parte. Haverá uma secularização judaica. Ela já está aí."

Ela não reagiu. Apenas disse: "Não vamos agora comparar o judaísmo com o catolicismo, vamos? Quem acredita em *Hashem*, o Todo-Poderoso, segue Seus preceitos. A rejeição do mundo profano faz parte disso. Já há muitos séculos." Seus olhos pareciam calorosos e vivos, quase contagiantes.

"A senhora não acha uma tarefa difícil?"

"Claro que não! Seguimos a *Halachá* por livre arbítrio e com muito prazer! Não é por acaso que *Halachá* significa 'o caminho que deve ser seguido'. Nós acreditamos no caminho, em todas as regras e costumes que colorem todas as facetas da nossa vida. Nossas leis fazem com que sejamos boas pessoas."

"Também se pode ser uma boa pessoa sem uma religião."

"Nós, não."

"Ou acreditar um pouco menos? A senhora poderia ser ortodoxa moderna?"

"Esse ramo é uma piada. Ser ao mesmo tempo moderno e ortodoxo. O que a senhora acha de uma combinação tão paradoxal? A senhora acha que isso é possível, uma interpretação assim da nossa religião não é uma grande comédia?"

"Mas a senhora é um pouco moderna, não é?"

"Café sem cafeína, é café? Champanhe sem bolhas, é champanhe? Se entende o que quero dizer."

"Uma proibição, seja de que tipo for, não pode sufocar a natureza humana, da qual a curiosidade faz parte. Eu realmente penso assim."

"É nossa tarefa proteger nossos filhos de influências indesejáveis, simples assim."

"Eu entendo, mas quem determina o que é bem-vindo e o que não é?"

"Os pais. Até os filhos se casarem. E *Hashem*. A oração. O estudo. A doutrina da fé."

"Jesus."

"Não, melhor não." Ela caiu na risada. E então disse: "Eu nunca tomei cerveja."

Fiquei feliz por termos mudado de assunto. Eu não queria irritá-la, mas então era melhor ela não ter começado a falar sobre educação.

"A senhora gostaria de provar a minha Westmalle?", perguntei.

"Não, obrigada."

"A cerveja é fabricada por monges trapistas em uma abadia em Westmalle. Se não me engano, os judeus ortodoxos também não bebem cerveja fabricada por ordens católicas?"

"Isso vai depender da cerveja e da religiosidade do judeu", ela riu, passando o dedo pela borda do copo de chá.

"Por que a senhora veio a esta palestra?", perguntei. Eu gostava dela.

"Porque eu estava curiosa sobre a senhora. Eu li o seu livro."

Nos círculos judaicos, o "meu livro" é sempre *Mazal Tov*. Alguém como Moshe pensa que eu escrevi apenas um livro. Esta mulher me pareceu mais aventureira e exploradora do que Moshe. Seus comentários provocadores indicavam que ela gostava de emoção. Ela sabia que nossas vidas eram incompatíveis. Mesmo assim, resolveu explorar de maneira ativa. Essas qualidades, que às vezes podem ser cansativas, eu também reconheço em mim mesma.

Mas ela tinha em comum com Moshe a rara tendência de deixar as portas entre nossos mundos entreaberta. Disse isso a ela.

"Todo não-judeu conhece os Hoffmans e pensa que Moshe e companhia representam todos os haredim e hassídicos. Eles têm seus méritos, não há dúvidas sobre isso. E entendem muito bem de tudo que é fresco e gostoso. Mas a senhora poderia perfeitamente bem ter me levado até a rainha. Porque sim, eu vi a sua exposição na Caserna Dossin, li seus textos junto com as fotos de Dan Zollmann. Visito aquele lugar doloroso pelo menos duas vezes por ano."

Ela estava muito bem-informada para alguém que ignora a mídia convencional. Mas não entendi por que minha comparação com os Hoffmans foi considerada por ela uma escolha infeliz. Talvez ela e os Hoffmans pertençam a grupos diferentes. Existem movimentos ultraortodoxos que são diretamente opostos. Os *rebes* de um não querem saber nada sobre os do outro – e provavelmente, muito menos seus discípulos. O fato de ela não virar as costas para o museu do Holocausto, em todo caso, indicava que ela não fechou completamente os olhos para o mundo terreno.

"Alguém lhe contou sobre a nossa exposição?" perguntei curiosa.

"Ouvi falar no açougue. Tenho algumas observações a fazer sobre a exposição."

Eu me ajeitei em minha cadeira.

"As fotos... alguns hassídicos não deram permissão para serem fotografados. Eles não ficariam felizes se soubessem que sua imagem está pendurada ali, publicamente."

"Ninguém está pendurado publicamente." Minha resposta rápida soou mais cáustica do que eu esperava e pretendia. Tive a sensação de que ela estava atacando Dan, e eu não toleraria isso.

"Sinto muito", ela disse então. Ela pegou seu copo de chá e se levantou. "Sinto muito, realmente. Eu tenho muitas críticas. É sempre a mesma coisa. Eu não consigo evitar. Tem a ver com o nosso DNA." Ela se inclinou em minha direção e disse: "Quatro mulheres judias estão sentadas em um restaurante, um garçom vem até a mesa delas e pergunta: 'Acaso alguma coisa foi do seu agrado?'" Ela se deixou de novo cair na cadeira com um "plof". "Eu sou assim. É assim que nós somos. Sempre comentamos. Sempre observamos. Não podemos ficar calados. A senhora se saiu muito bem esta tarde. *Kol hakavod*, todo o respeito! Parabéns. E vou falar menos."

Ela levou o copo vazio de volta ao balcão.

Quando voltou, eu disse: "Eu ainda gostaria de falar a respeito do seu comentário sobre o antissemitismo. É possível?" Desde o meu primeiro gole de Westmalle tive vontade de interpelar sobre isso.

"Hoje não", ela respondeu com firmeza, olhando para o relógio. "Uma próxima vez."

Sua sugestão e assertividade me surpreenderam.

Ela empurrou minha bolsa em minha direção. "Nunca deixe uma bolsa ou um casaco pendurado na cadeira, nunca se sabe se há pessoas com más intenções por aí. Posso pedir emprestado sua caneta por um instante?"

Com minha caneta na mão, ela pegou a bolacha sob meu copo de cerveja e anotou seu endereço de e-mail e número de celular no verso. "De preferência, uso o WhatsApp. Não custa nada e é seguro e criptografado."

Dois

Dois dias depois daquela palestra, uma mensagem de uma certa Devorah Appelboom chegou através do meu site.

"Aqui é Esther Apfelbaum, a mulher hassídica com quem a senhora tomou aquele café tão agradável ☺"

Disse que achou a tarde muito educativa. Mas que eu deveria considerar como precipitada sua sugestão de nos encontrarmos novamente. "Eu estava entusiasmada demais. Me deixei levar. Minhas desculpas. A senhora é uma mulher bacana. Mas também é jornalista. Já falei muito livremente. Para nós, não é aconselhável falar com jornalistas. A imprensa não é confiável. Muito sucesso com o seu trabalho."

Em seguida ela novamente digressionou a respeito de algumas declarações minhas.

A respeito da pergunta de uma pessoa da plateia sobre quão confiáveis ainda podem ser, hoje em dia, as memórias do Holocausto da geração mais antiga de sobreviventes, aparentemente respondi que a memória nunca é totalmente confiável, pois aquele espaço interior cheio de lembranças tende a se adaptar ao seu dono com o passar dos anos. Ela se desculpou e disse que não quis rebater minhas palavras ali mesmo, nem em público, e que depois, na cafeteria, se esqueceu completamente de voltar ao assunto. Foi taxativa ao dizer que eu deveria evitar o uso negligente da linguagem e escreveu que esperava que eu não a levasse a mal por aquele comentário, pois ficou parecendo que eu queria minimizar o sofrimento dos sobreviventes da *Shoah*, mesmo que ela acreditasse que essa não era a minha intenção. E aliás, por que eu achava tão importante que aquelas histórias estivessem cem por cento corretas? Por que tive que dizer que elas não poderiam ser inteiramente verdadeiras? Fazia diferença? Já não era grave o bastante se elas fossem setenta por cento verdadeiras? Ela também sabia que a memória se distorcia. Mas a memória tende mais a enfraquecer os traumas e horrores do que a aguçá-los. Eu não sabia disso?

Mais uma vez, espero que a senhora não me leve a mal, mas eu tinha que desabafar.

Atenciosamente, tenha um bom Shabat.

P.S: Eu uso um outro nome online, não o verdadeiro, a senhora compreende.

Enviado do meu iPhone.

Eu a respondi.

Cara Esther, ou melhor, Devorah,
Muito obrigada por sua mensagem.

Não fico nem um pouco chateada que a senhora tenha dito/escrito isso e realmente aprecio muito suas observações. E gostaria de já lhe pedir desculpas: se sugeri, mesmo que remotamente, que o sofrimento dos sobreviventes da Shoah, e de todos aqueles que não sobreviveram aos campos ou à guerra, foi menor do que eles expressam, gostaria de retirar isso imediatamente. Pelo contrário. O sofrimento deles é tão grande que nem eles nem nós podemos colocar em palavras.

Suas críticas me mantêm alerta. No entanto, gostaria de recorrer a uma circunstância atenuante para mim. Um palco como aquele é uma situação muito diferente do meu lugar aqui, em meu laptop. No silêncio da escrita, geralmente consigo encontrar a nuance que se perde na fala. Em um palco, é difícil formular as coisas de maneira profunda e cautelosa.

Mas deixe-me dizer uma coisa: nos últimos anos, conversei com alguns sobreviventes. Os seus testemunhos são – desnecessário dizer – agudos, fortes e comoventes. Nada do que essas pessoas contam deve ser perdido. Todo testemunho é valioso.

Poderíamos em algum momento conversar sobre isso? Então também poderei perguntar à senhora como devo instalar e usar o WhatsApp (!) ☺ Estou ansiosa pelo nosso reencontro.

Atenciosamente, e até breve,

Margot

Alguns dias depois, Esther, Devorah, estava outra vez em minha caixa postal digital.

"Dois meninos judeus caminham pelo parque. Dois não-judeus, mais ou menos da mesma idade, vêm andando na outra direção.

'Venha', diz um dos meninos judeus para o outro, 'vamos voltar.'

'Por quê?' seu amigo pergunta.

'Eles são dois e nós estamos sozinhos.'"

E abaixo: "Isso é o que toda uma história de antissemitismo faz conosco. Temos medo, mesmo antes de qualquer coisa acontecer."

E ela ainda escreveu que o *gefilte fish* para trinta pessoas estava pronto, que o brownie de um metro de comprimento estava no forno, o *tcholent* estava fervendo no fogo e a *chalá*, seis peças, estava crescendo.

Três

"Vá lá, ligue o vídeo."

"Ah, não, isso não."

"Ah, vá, quero ver você."

"Eu não quero."

"Deixe disso."

"Eu estou horrível."

"Ninguém está vendo. Eu vou desligar e ligar novamente. Você atende com videochamada."

Como os pedidos de Dahlia parecem mais um convite do que uma ordem, caio na arapuca antes mesmo de me dar conta.

Lá está ela. Toda arrumada na tela em minha mão. Parece fresca e cheia de energia. A hora do dia – *some girls have all the luck* – parece não influenciar sua aparência.

Lá estou eu também. Naquele quadradinho, na tela do mesmo celular: ao mesmo tempo atriz e plateia. Não pareço muito feliz com a minha existência.

Ela quer saber qual noite de sexta-feira, entre as datas que ela sugeriu no e-mail, é da minha preferência. "Para marcarmos quando vocês virão celebrar o *Shabat* conosco."

"Eu detesto falar ao telefone. E detesto ainda mais o WhatsApp com vídeo", digo a ela. "Especialmente de manhã, antes do meio-dia."

"Eu sei", ela ri. "Não é nada grave. Você tem medo do desconhecido. Mas pode acreditar, uma vez que você descobre esse desconhecido, não consegue mais se imaginar vivendo sem ele. Posso ajudar se você quiser. Venha fazer um curso de WhatsApp e aplicativos similares comigo. Uma hora de aula e você vai poder fazer tudo o que quiser com seu celular. Ensino como usar a agenda, como organizar seus contatos e álbuns de fotos. Você está ótima. Que blusa linda!"

"Essa é minha blusa de dormir."

"Linda."

"Uma das coisas mais legais de trabalhar em casa é que eu só me visto quando tenho vontade. Às vezes, essa vontade só vem à noite."

"E como está o seu próximo livro?"

"Ainda não está."

Desta vez Dahlia está em seu escritório. Ela também trabalha em casa. Ela move a câmera do celular pelo quarto. Fotos de família, cuidadosamente emolduradas e expostas nas prateleiras de carvalho de uma estante embutida. Pastas de todos os tipos. Catálogos de gráficas. Computador, laptop, impressoras. Pilhas de cartões e cartazes. À sua direita, seu suporte de perucas.

"Veja." Ela dá um zoom nele. "Meu *sheitel*. Eu tirei. Estou aqui com meu cabelo de verdade." Ela aponta a câmera do celular para a linha do cabelo, que fica um pouco mais alta na testa do que quando ela usa peruca. Seu rosto parece mais livre. Seu semblante, que outros homens não podem ver assim, parece mais aberto, mais bonito, menos severo, o que me surpreende um pouco, porque seu cabelo castanho escuro está puxado para trás em um rabo de cavalo; não cai grosso, liso e perfeitamente ondulado até os ombros como a peruca. Mesmo assim, sem peruca e sem franja ela irradia mais fascínio do que com elas.

"Estou surpresa que você compartilhe tudo isso comigo", digo, surpresa.

"Por que não?"

"Me parece bastante... bastante íntimo?"

"O que é íntimo? Meu cabelo verdadeiro? Ou minha peruca?"

"A cena toda. Isso acontece com chamadas de vídeo assim: uma invasão de privacidade atrás da outra."

"Não tenho nenhum problema em compartilhar essa parte da minha privacidade com você! E meu *sheitel* precisa urgentemente ser lavado e escovado. É por isso que está aqui. Também não consigo decidir se devo tingi-lo de uma vez ou esperar mais um pouco. O que você acha?" Ela desliza outra vez a câmera da peruca para o seu rosto. Seu sorriso é muito luminoso já de manhã tão cedo.

"Não faço ideia", eu digo. Nem sabia que perucas tinham que ir ao cabeleireiro.

Penso: Dahlia é mais informal e aberta que eu. Após a visita à Caserna Dossin, mantivemos contato esporadicamente, sem compromisso. Encontrei com ela algumas vezes nas ruas de comércio de Antuérpia, na companhia de filhos e filhas, amigos e amigas. Trocávamos cumprimentos calorosos e ficávamos exultantes em nos rever. Naturalmente, eu dava uma espiada nas sacolas de compras dela, e depois ela e eu seguíamos nossos caminhos.

Uma vez eu estava na fila de uma quitanda quando um de seus filhos, de terno azul escuro e com seu patinete na mão, entrou no estabelecimento só para me dizer bom dia e perguntar como eu e minha família estávamos. Fiquei comovida com aquilo. Eu, quase quarenta anos mais velha que aquele menino, não consigo imaginar que entraria voluntariamente em um lugar só para desejar bom dia a alguém que eu mal conheço e que nem me viu passar.

"Minha peruca é *kasher*", ela diz. "Perucas feitas de cabelo humano nem sempre são *kasher*, mas eu compro as minhas em uma loja online que tem supervisão de rabinos."

Evidentemente, penso, o Altíssimo não deixaria uma faceta da vida sem controle; ele e seus rabinos inventaram um *mashguiach* de perucas.

Ela se levanta – "um momentinho" – e desaparece de vista. Só notei a blusa dela agora: é de um verde-vivo e mangas bufantes. Ouço uma porta rangendo, um homem gritando algo ininteligível. Ela grita algo de volta. Não faço ideia do que seja, fora algumas palavras básicas, não sei nada de hebraico.

"Houve um tempo em que as mulheres hindus vendiam seus lindos cabelos escuros para fabricantes internacionais de perucas", ela fala quando aparece novamente em frente à câmera, menos de um minuto depois. "Mas de acordo com as nossas leis, não podemos usar perucas feitas com cabelos de pessoas que adoram outros deuses." Logo em seguida ela me transmite as saudações de seu marido. "Naftali é fã de Ottolenghi, me desculpe pela interrupção agora há pouco, mas meu marido tem meio período de folga e está experimentando algumas receitas, torta de alho caramelizado e uma espécie de salada para a qual ele precisa de sementes de nigela, que não consegue encontrar em lugar nenhum, nem na cozinha, nem na despensa, nem no supermercado. Não faço ideia do que seja semente de nigela. Até pensei que fosse uma piada de Ottolenghi, sobre Nigella Lawson, sabe, uma coisa entre de chefes de cozinha?"

"Nigela tem gosto de orégano, mas é um pouco mais ardida", eu comento.

"Ela é realmente ardida. Nigella." Este é de novo um daqueles comentários típicos e divertidos que ela faz mais para si mesma do que para os outros.

"Diga ao seu marido que até encontrar a nigela ele pode usar orégano como alternativa. E pode dizer também que foi o próprio Yotam Ottolenghi que me disse isso. Uma vez eu o entrevistei para o jornal."

"Uau", ela diz. E desaparece de novo.

Ouço quando ela grita longas frases que incluem meu nome e o de Ottolenghi, e nas quais a palavra "orégano" soa mais exótica do que quando eu a pronuncio.

"Sabia que só comecei a usar o WhatsApp depois que conheci uma mulher da comunidade *belzer*?" digo quando Dahlia volta para seu lugar.

"Engraçado."

"Sim, é irônico, não é? Aqueles que repelem o mundo moderno me apresentam a este mundo."

"Você não tem filhos. Quem tem filhos usa o WhatsApp o tempo todo."

"Não posso nem pensar nisso."

"Vocês, você e essa mulher, falam uma com a outra por videochamada?"

"Às vezes. Mandamos principalmente mensagens via WhatsApp. E ela costuma enviar mensagens de áudio para mim. Não gosto de ligar e muito menos com vídeo."

"Eu sei! Todo mundo que eu conheço usa WhatsApp. Você não imagina o quanto algumas famílias gastavam com ligações internacionais. Só por isso, cada vez é mais comum que até os mais religiosos entre nós tenham conexão com a internet e uma conta no WhatsApp. É uma forma de economizar. Este orçamento adicional é mais do que bem-vindo, especialmente nas famílias que já vivem apertadas. Onde e como você conheceu essa mulher, se posso perguntar?"

"Em uma palestra. Ela estava na primeira fila. Quando terminou, conversamos por mais de uma hora e meia. Não evitamos temas difíceis. Nem ela, nem eu. Muito estranho. E também muito legal."

"Que interessante. O que ela queria de você?"

"Nada."

"Isso é realmente excepcional."

"Como assim?"

"Qual a idade dela?"

"Cerca de sessenta anos. Sessenta e cinco, talvez."

"Então não era nenhuma jovem pensando em deixar sua comunidade? Não é alguém que quer romper com o hassidismo e vê você como a porta de entrada para uma nova vida?"

"Não, ela é uma *belzer* convicta. Ou estou muito equivocada. O que sempre é possível, claro."

"Onde vocês conversaram?"

"No café de um teatro."

"Em Antuérpia?"

"Não, fora da cidade."

"Curioso."

"Ela me manda piadas de judeus. E artigos da imprensa internacional sobre os hassídicos. Às vezes ela me conta o que está fazendo. E graças aos vídeos que ela grava, sei como é a sua cozinha e o seu terraço. Às vezes ela tem dez netos na mesa da cozinha, é muito fofo ver como ela os ajuda com os deveres de casa. E como ela serve comida para cada um deles. Ela gosta de cozinhar. Sempre me manda fotos dos pratos que faz."

"Naftali não vai acreditar nisso. Os judeus asquenazes, especialmente os hassídicos, não são exatamente famosos pela culinária."

"Talvez ela seja uma exceção."

"Em muitos aspectos, me parece. Ela não está no Facebook, está?"

"Não que eu saiba."

"Que ela escreva para você pessoalmente, que envolva você na vida dela... Isso me surpreende. Ela deve achar você interessante. Quem é ela?"

"Não posso dizer..."

"Não quero dizer que quero saber o nome dela. Me pergunto por que motivos ela entrou em contato com você."

"Acho que ela é apenas curiosa."

"Todos nós somos."

"Talvez ela queira contar sobre si mesma e sobre o seu mundo", eu arrisco.

"Interessante. Até para mim. É claro que você deve pensar que nós, judeus moderadamente ortodoxos, sabemos o que acontece nas famílias hassídicas e haredim. Não é bem assim. Nós somos e permanecemos um mistério uns para os outros. Mesmo quando moramos na mesma rua."

"Mesmo que todos vocês sigam a *Halachá*? Mesmo hoje em dia?"

"O que você achava? Vivenciamos nossa religião de maneira completamente diferente. Nossa vida cotidiana não tem muita coisa em comum. Você nunca leu os livros de Chaim Potok, o escritor americano que fez sucesso na década de 1960, que era filho de um rabino hassídico?"

"Li *O escolhido*. Livro impressionante. A diferença entre os dois pais e seus filhos em desenvolvimento. Um moderado, o outro ultraortodoxo. Me lembro bem."

"Os livros de Potok foram uma revelação até para nós, assim como para os judeus progressistas e seculares. Nós não sabíamos nada sobre a vida cotidiana dos hassídicos, sobre o que acontecia em suas casas. Até Potok escrever sobre seu próprio passado."

"E Moshe? Você é amiga de Moshe Hoffman, não é?"

"Frequentamos o restaurante dele, conhecemos a família dele e ele conhece a nossa. E como você pôde ver durante nossa visita à Caserna Dossin: existe respeito mútuo. Mas também há distância mútua. Não temos intimidade. Embora, evidentemente, hoje em dia sabemos mais uns sobre os outros do que cinquenta anos atrás. Dá para encontrar o que quiser online. Mas ainda assim. Nós, ortodoxos moderados, não conhecemos nossos vizinhos hassídicos. E vice-versa."

"Moshe está fazendo um livro de receitas. Será lançado ano que vem. A culinária judaica do Hoffy's será anotada e compilada. Eles estão se dedicando bastante ao projeto. Ele está muito entusiasmado."

"Finalmente. Já estava na hora. Naftali ficará feliz! Vou dar de presente para ele. A mulher que você conheceu é parente dos Hoffmans?"

"Não que eu saiba."

"Você vai encontrá-la de novo?"

"Ela está adiando um próximo encontro já faz alguns meses."

"Ela vai bater na sua porta outra vez."

"Como você sabe disso?'

"Você é uma oportunidade única para alguém como ela. Você é jornalista, é escritora, ela sabe disso."

"O que você quer dizer?", pergunto. Mas sei o que ela quer dizer. Também acho que Esther, indiretamente, quer algo de mim. Na verdade, estou surpresa que ela ainda não tenha feito nenhum comentário do tipo "Você com certeza deveria escrever um livro sobre mim." Ou que ela ainda não tenha vindo com a informação de que tem em casa, em uma de suas gavetas, uma dezena de capítulos prontos e que seria ótimo se alguém pudesse ler, alguém que conhece mais facetas do mundo, a da comunidade, a do setor editorial, a da mídia. Todo escritor encontra esse tipo de pessoa. Principalmente depois de palestras. Ela certamente lançará sua obra sob o nome Devorah Appelboom.

"Ela busca contato com você porque você escreve e também porque você sabe um pouco sobre a vida dos judeus hassídicos. Ela se sente segura com você. Mas ela quer alguma coisa de você, pode ter certeza."

"Ela não confia em jornalistas."

"Mas envia mensagens de WhatsApp para você? E e-mails? Ah, sei..."

"Talvez ela queira que sejamos amigas?"

"Talvez." Dahlia sorri na tela. "Você oferece a ela a visão de um mundo que não é o dela."

"O mundo fechado dela é muito intrigante para mim."

"Você vai ficar sabendo mais sobre a vida hassídica do que eu aprendi ou vi. Não tenho nenhuma amiga hassídica. Nossos mundos são separados."

"Vou manter você informada," brinco.

"Conte para ela que você vem celebrar o *Shabat* conosco. Ela vai ficar com ciúmes."

"Talvez ela me convide também."

"Acho que não. Mas qual sexta-feira vocês podem vir celebrar conosco? Afinal foi por isso que nos ligamos: para enfim marcar essa data."

Quatro

Leva

5 kg de batatas grandes e farinhentas

12 ovos

¾ copo de óleo

¾ copo de água com gás

sal + pimenta branca a gosto

1 cebola ralada

Pré-aqueça o forno a 200 graus.

Aqueça o óleo em uma frigideira.

Rale as batatas com um ralador de furos grandes.

Adicione o óleo aquecido às batatas.

Misture os ovos batidos à mistura de batata.

Tempere com sal e pimenta e acrescente a água e a cebola ralada.

Despeje a mistura úmida em um refratário untado com óleo e leve ao forno pré-aquecido por 1 hora.

Cubra a torta de batata com papel alumínio quando estiver com uma crosta dourada.

Deixe continuar o cozimento e mantenha aquecida no forno em temperatura baixa.

Beteavon! Bom apetite!

PS: A receita do *kugel* é da minha vó. Continuamos a celebrá-la também através de sua arte culinária. Nas noites de sexta-feira, todos os asquenazes comem seu *kugel* feito em casa.

PPS: Se o *kugel* não der certo, na próxima sexta eu filmo como eu faço e envio o vídeo via WhatsApp.

Sei que este não é um livro de receitas, mas eu estaria em falta com Dahlia e toda a família Weiss, com a culinária judaica e a tradição do *Shabat* se, antes de nos sentarmos à mesa, não falasse um pouco sobre os prazeres culinários desta refeição festiva.

Recebi esta receita de *kugel* alguns dias depois do *Shabat*, não no próprio dia. No *Shabat* não é permitido escrever, nem mesmo colocar flores em um vaso. Entre outros motivos, foi por isso que oito minutos antes do início oficial do dia sagrado de descanso, Martinus e eu permanecemos com nosso buquê de flores silvestres no hall, que estava banhado por uma luz forte que permaneceria acesa a noite toda: eles mantêm distância dos interruptores até a noite de sábado.

Quando chegamos, a porta da frente já estava apenas encostada, com a fechadura aberta; um pequeno empurrão e estávamos lá dentro, sem precisar tocar a campainha, de acordo com as leis judaicas. Na entrada, seis caixas de chapéu pretas estavam enfileiradas sobre um armário branco de altura mediana. Martinus comentou: "Parecem peões num jogo de tabuleiro."

Fomos os primeiros a chegar. Só uma boa meia hora depois de nós, entraram mais três mulheres, duas delas acompanhadas de filhas e uma com um filho de cerca de cinco anos. Os maridos e filhos com mais de treze anos participavam da celebração na sinagoga.

Acho que chegamos muito cedo. Eu tinha esquecido que um culto de *Shabat* na sinagoga, no qual há leituras, preces e cantos, pode facilmente durar duas horas e que só iríamos para a mesa por volta das nove. E Dahlia provavelmente se esqueceu de nos avisar. Todo judeu sabe a que horas deve chegar à casa de seus anfitriões neste ponto alto da semana. Martinus e eu fizemos o possível para chegar antes do início oficial do *Shabat*.

Após a nossa chegada, Dahlia – usando um vestido trespassado de veludo azul-marinho, com nervuras finas entremeadas com preto, que ia quase até o chão – nos levou direto para a cozinha: um cômodo estreito e comprido, composto por duas alas quase idênticas e repleto de guloseimas. Forno, lava-louças e geladeira zumbiam em duplicata. Todos os utensílios de cozinha de um lado tinham um sósia do outro lado, inclusive aventais e imãs de geladeira. Em ambas as bancadas, separadas uma da outra por uma divisória de aço inoxidável, havia um conjunto de caixas retangulares de metal, pintadas com letras hebraicas ou impressas com uma Estrela de Davi, dispostas em bandejas redondas: caixas de coleta, destinadas à *tzedaká*, as doações exigidas pela Torá para um mundo mais justo. Como é mesmo que Moshe tinha descrito isso? "No mundo moderno, é preciso pensar primeiro e depois agir. No judaísmo é justamente o contrário. Primeiro nós fazemos, isto é, primeiro seguimos as regras da Torá e do Talmude. Depois pensamos a respeito, vemos de onde vêm as regras e por que elas existem, e às vezes encontramos uma explicação, às vezes não."

Em um suporte de madeira no balcão de laticínios, via-se a capa branca e azul de *Jerusalém*, o famoso livro de receitas da renomada dupla de chefs, Ottolenghi e Tamimi, nascidos naquela cidade e emigrados para Londres, um judeu e o outro palestino. Fica claro que o cardápio desta noite traz a marca daqueles dois. Naftali tem um blog de culinária. Ele compartilha tanto fotos, como receitas e dicas. "Não existe 'a' cozinha judaica. A cozinha judaica é uma culinária de toda parte. Em qualquer lugar do mundo onde residimos, adaptamos os nossos pratos tradicionais aos ingredientes locais disponíveis e aos métodos de preparação habituais da região. Isso pode ser sentido na nossa cozinha. E é por este motivo que todos se sentem um pouco em casa com os nossos pratos."

Ao contrário de Yotam Ottolenghi, Naftali segue as leis dietéticas e respeita as regras da *kashrut*. Acho até que ele não saberia como cozinhar sem essas leis.

Ali estavam, esperando tentadoramente por nós:

Purê de abobrinha e purê de batata-salsa.

Salada de vagem, ervilha, folhas frescas de espinafre e avelã.

Alface com sementes de romã.

Mini brócolis assado com tahine.

Couve-flor assada inteira.

Grão de bico com tomate.

Nada de torta de alho caramelizado. Mas talvez sementes de nigela em uma das saladas.

Duas travessas grandes e fundas com frango assado com tangerina.

Tanto pratos tradicionais quanto modernos.

Quem ia comer tudo isso?

Gefilte fish, branco e rosa, carpa e salmão. Ambos preparados como terrines, cortados em rodelas, rodeados com rodelas de cenoura e beterraba escaldadas, enfeitadas com tufinhos de maionese de raiz-forte.

Caldo de galinha! Dahlia preparou pelo menos dez litros de penicilina judaica.

"Vá em frente", ela disse, no momento que notou eu olhando tão intensamente a tampa transparente da enorme sopeira que, se eu tivesse poderes telecinéticos, certamente ela teria levitado.

O caldo claro e dourado cheirava a frango, cebola, salsão, pimenta, alho e, para surpresa de Dahlia, Martinus detectou o aroma de *macis*, aquela especiaria misteriosa da noz-moscada que quase ninguém conhece, exceto as iídiche *mames*, que sabem muito bem que especiarias discriminadas podem conter virtudes terapêuticas que suas variantes dominantes mais conhecidas só podem invejar.

Tcholent, chaud lent. Outro ensopado mítico e popular do *Shabat* que, ao longo dos séculos, foi transmitido de geração em geração em todos os tipos de variações locais, justamente graças às rígidas leis dietéticas. O prato, que tem um cheiro um pouco insosso e doce, e que é mais nutritivo que suculento, é cozido tão lentamente que pode facilmente ficar em fogo baixo por vinte e quatro horas. Pode ser levado ao forno na sexta-feira à noite e ser consumido quente na noite de sábado, sem que se tenha que tocar no fogo e sem ter que cozinhar em alta temperatura: cozinhar é uma forma de trabalho e isso não é permitido. O prato de carne com feijão e cevada, ligeiramente aromatizado com louro, tem um parentesco distante com a *carbonade flamande*, o guisado à moda flamenga. Em certas famílias judaicas, a carne dura é cozida em cerveja escura, assim como no guisado flamengo.

O *kugel*! Essa cremosa torta de batata, que pode assar por horas em temperatura baixa, o que só aumenta seu sabor, é o acompanhamento por excelência do *Shabat*. A receita da família de Dahlia leva cinco quilos de batatas. Essa quantidade diz muito sobre a família Weiss, sobre o prato e sobre todas as pessoas que são convidadas para a sua mesa.

Por volta das nove horas, cerca de dez homens de terno preto tiram lenta e cautelosamente seus chapéus no hall, que é separado da cozinha e da área de estar adjacente por uma porta de vidro duplo. Eu olhei para eles, jovens e velhos, como para um espetáculo de teatro. Me perguntei se aqueles chapéus, assim como os borsalinos, eram feitos de feltro de coelho de alta qualidade e se o feltro de coelho era *kasher*. Também sonhei com um mundo onde houvesse mais chapéus de abas largas.

***

Sabá. Sabat. Shabat. Shabes. Shabos. Para mim, uma noite como esta passa rápido demais. Acontece tanta coisa em tão pouco tempo que eu perco a metade, e mais tarde, como em qualquer outra festa, só restam fragmentos que depois parecem não se conectar direito.

As velas. Havia duas. Não vi Dahlia acendendo – deve ter sido pouco depois de chegarmos, ou pouco antes.

Naftali, anfitrião e homem da casa, abençoou sua esposa e sua família com um canto. Ele tem uma voz grave. Ele encheu uma taça de vinho e rezou o *kidush* – a consagração do vinho e do dia sagrado de descanso. Após a bênção, fomos um por um até a pia no corredor, onde lavamos as mãos com o auxílio de um pequeno cântaro. Segundo a religião, deve-se ficar em silêncio entre lavar as mãos e voltar à mesa. Essa era a única regra que eu conhecia e que não queria ignorar ou quebrar.

Mas é claro que a violei, por desatenção e falta de hábito: no caminho de volta da pia, elogiei o vestido da filha mais velha de Dahlia. Ninguém se ofendeu com isso, exceto Martinus, que deu um chute de leve no meu pé e quando olhei para ele surpresa, puxou os lábios para dentro para indicar que eu tinha infringido a única regra que tinha insistido que ele lembrasse.

Cantando, Naftali partiu um dos dois pães trançados em pedaços, salpicou-os com sal e os compartilhou com todos os presentes. Éramos nada menos que vinte e duas pessoas sentadas à mesa, que tomava toda a sala de jantar e estava posta de maneira festiva, coberta com uma toalha fina que parecia tão branca, tão linda e vistosa que fiquei até com dó de comer nela. A toalha de mesa – de organza, imagino – era tecida com pequenas *menorás* e letras hebraicas dançavam entre os candelabros de vários braços, assim como nos guardanapos, que faziam conjunto. Daniel, o filho mais novo da casa, sabia que as letras diziam *Shabat Shalom* e me perguntou se eu conhecia o alfabeto hebraico. Quando eu disse que conseguia ler as letras mais ou menos, mas em geral não conseguia descobrir que palavras as letras formavam juntas, ele deu risada; ele, que cresceu falando hebraico, nunca tinha pensado que essa língua, que é escrita sem vogais, é difícil de aprender para um estrangeiro de meia-idade que não conhece as raízes das palavras e que, portanto, tem que adivinhar que vogais poderiam estar entre as consoantes.

Daniel, de sete anos, propôs que eu tivesse aulas com ele. Ele queria fazer isso de graça, mas certamente não seria um problema se eu quisesse pagar um tiquinho por seus esforços.

Entre um prato e outro do jantar, Daniel ficava subindo na cadeira de sua mãe, se aninhando entre as costas dela e o encosto, pondo os braços em volta de sua cintura. Dahlia deixava que ele se aconchegasse nela o quanto quisesse, mesmo quando ela estava comendo. Uma hora ele quase derrubou uma taça de vinho da minha mão e isso o assustou tanto que ele parou por pelo menos quinze minutos.

Um homem se destacava neste grupo. Ele tinha cerca de vinte anos, era alto e bem constituído, bronzeado e tal. Tinha o rosto aberto e cheio e usava uma camiseta branca com mangas justas em seus bíceps musculosos. Seu cabelo castanho escuro, com cachos fortes e saudáveis, não estava coberto por uma *kipá*. Ele jogava em um time de futebol belga, que o trouxera recentemente de Israel.

Dahlia: "Não deixamos ninguém sozinho no *Shabat*, especialmente alguém que é novo no país." Mais tarde, na cozinha, ela sussurrou, rindo disfarçadamente: "Claro que não foi por acaso que dei a ele a cadeira bem em frente à minha."

Infelizmente, o jogador de futebol israelense não sabia nenhuma palavra de francês ou neerlandês e seu inglês era bem ruim.

De acordo com a disposição dos lugares, eu estava sentada entre Dahlia e Anita. Anita é esposa de Avi e Avi era o melhor amigo de Naftali. Foi a primeira vez que ouvi o nome Anita em círculos judaicos e, para quebrar o gelo entre nós, disse isso a ela. "Não", ela desconsiderou meu comentário, "em famílias judias com ramificações na

Hungria, muitas vezes você encontra uma Anita." Ao que eu não soube rebater e assim nossa conversa terminou aí.

Martinus estava sentado na minha frente, entre Avi e Naftali. Todos nós olhávamos para um arranjo de flores longo e estreito que ondulava como uma canoa cheia de copos-de-leite brancos e amarelos no centro da mesa; somente pelas pontas muito retas das flores era possível perceber que eram feitas de seda.

Comemos e bebemos por horas a fio. Água, refrigerantes e vinho estavam em garrafas e jarras ao redor do arranjo de flores. Conversou-se muito. Às vezes, de uma ponta à outra da longa mesa, a cerca de quatro metros de distância. Dahlia, Naftali, seus filhos e Anita se encarregavam de servir. Não havia um controle rígido, para não dizer que um caos organizado reinava na mesa, repleta de pratos, travessas e tigelas e onde certos convidados ainda saboreavam o segundo prato enquanto a pessoa ao lado já estava no quinto. Tudo um pouco bagunçado, mas tudo às mil maravilhas.

Uma jovem oftalmologista chamada Laurence, cujo sobrenome, como quase todos os nomes judeus, terminava em baum, berg, man, stein ou witz, puxou conversa comigo. Já não me lembro o que a levou a isso, mas a certa altura eu estava falando sobre Esther, a quem chamei de Devorah.

Ela fez uma careta tremida, chacoalhando os ombros, a cabeça e os cabelos, quando falei sobre a fé inabalável de Esther. Em seguida ela falou uma coisa que eu anotei imediatamente quando cheguei em casa. Disse que, graças a todas as Devorahs, ela e sua família se sentiam cada vez menos em casa em Antuérpia. Seu marido, que estava envolvido em uma conversava com o jogador de futebol, nasceu e foi criado em Ukkel. Ele, David, só saía de casa para a sinagoga no *Yom Kippur*, quando todos os judeus seculares de Bruxelas vão à sinagoga e saía gente pelo ladrão onde durante o resto do ano não se vê ninguém. E mesmo hoje ele continuava não frequentando regularmente a sinagoga.

Laurence enfatizou que Dahlia e Naftali eram uma exceção em Antuérpia, sua cidade natal. Os Weiss estavam abertos a se conectar com judeus menos religiosos; embora tenham enviado seus filhos para a escola mais rigorosa, Jesode-Hatora-Beth Jacob, a primeira escola judaica ortodoxa reconhecida em Antuérpia, a maior escola judaica ortodoxa da Bélgica.

Os filhos de Laurence e David – seus dois meninos estavam sentados um pouco mais longe na mesa – foram para a escola Tachkemoni, "onde o judaísmo é vivenciado mais livremente e onde todas as filosofias de vida são bem-vindas". Era evidente que alguma coisa incomodava Laurence; na verdade, tive a impressão de que ela ficou aliviada por poder revelar suas queixas a uma estranha que lhe deu atenção. Ela atacou: "Hoje em dia, a escola dos nossos filhos tem no máximo um punhado de crianças não georgianas. Veja bem, não há nada de errado com as crianças judias georgianas, não me interprete mal. Não tenho nada contra elas. Mas também não tenho nada a favor, por assim dizer. Os alunos georgianos e não-georgianos não se conectam entre si. Eles vivem em dois universos diferentes. Para os georgianos, não há vida social fora da escola. Isso é ruim. É triste. Opressivo. E por isso nos perguntamos todos os dias se não seria melhor mudar. Antigamente, no meu tempo e no dos meus pais, a escola Tachkemoni era um espaço de liberdade intelectual. Ainda é um pouco, graças a alguns professores. Minha mãe estudou junto com Esther Perel, sabia? Pois é, Esther Perel, uma das mais célebres terapeutas sexuais e de relacionamento da atualidade. Ela é muito famosa nos Estados Unidos e na Europa. Ela frequentou a escola Tachkemoni aqui em Antuérpia, a minha escola, que também foi a dos meus pais e que agora é a dos nossos filhos. Na Antuérpia judaica do pós-guerra, havia um espírito arrojado, aberto, e muita diversidade. As pessoas não só tinham sobrevivido à guerra e retomado suas vidas, elas tinham a intenção de viver plenamente e ser plenamente judias. Essa liberdade, esse dinamismo, esse espírito judaico aberto, hoje em dia deu lugar para judeus georgianos que mantêm suas joalherias abertas no *Shabat* e não têm contato com a nossa cultura europeia. E para hassídicos, como a Devorah de quem você fala. O *savoir-vivre* teve cada vez mais que ceder para o comércio não-*kasher* e para o dogmatismo", disse Laurence, que veio se sentar ao meu lado, na cadeira de Anita, que tinha ido para a cozinha. Todo mundo trocava o tempo todo de cadeiras e de lugar.

Segundo ela, toda a sua geração de colegas de escola deixou a cidade e se mudou para os Estados Unidos, Inglaterra ou Israel. "David, meu marido, quer voltar para Bruxelas. Ele diz que Ukkel, Vorst e Elsene, nos arredores de Bruxelas, representam hoje o que era a Antuérpia de antigamente para os judeus menos religiosos."

Por um momento, falamos do desfile de carnaval de Aalst e dos carros alegóricos decorados com judeus estereotipados, com grandes narizes aduncos e enormes chapéus de pele, com as cabeças sustentadas sobre um corpo de formiga e as mãos cheias de sacos de dinheiro. Anita e Avi acharam de mau gosto as fantasias e a referência a insetos e agiotas. Outros ali presentes, incluindo Laurence e David, questionavam se aquelas caricaturas valiam tanto alvoroço. Se não seria melhor simplesmente ignorar, "porque ao colocar um evento em palavras a gente lhe dá o direito de existir". Para Naftali, aquelas fantasias que retratavam judeus como insetos eram prova de que o antissemitismo tem muitas formas e é tão inextirpável quanto qualquer outro vírus perigoso.

O jogador de futebol não participou da conversa. Ficou de olho, sutil e timidamente, na filha mais velha de Dahlia. Fiquei me perguntando se ele não teria preferido passar a noite no seu quarto de hotel, ou no sofá em frente à TV, com Netflix, um saco de batatas fritas e uma namoradinha nova do lado.

Um dos rapazes presentes tinha uma voz formidável. Quando ele falava, soava como o garoto de dezesseis anos que era. Mas no momento em que cantou, tinha todas as idades que um homem pode ter e muito mais. O tom, o timbre, a amplitude e a harmonia da sua apresentação eram de uma beleza monumental que já durava por inúmeras gerações e ainda seguiria por muitas outras. Dizia-se que o rapaz era descendente de Levi, o terceiro filho de Jacó, uma das doze tribos de Israel. Nos dias de festa, ele tinha permissão para derramar água de uma ânfora ou taça nas mãos do *kohen*, o sacerdote que dava as bençãos – uma tarefa nobre que só pode ser executada por *levitas*, descendentes de Levi. O *chazan*, o cantor que introduz as celebrações na sinagoga, o admirava muito. Antuérpia tem *chazanim* que estão no nível de Pavarotti e Van Dam. Talvez esse garoto também alcance um nível assim.

Naftali começou uma música que todos os homens cantaram a plenos pulmões. No meio da apresentação, ele começou a bater na beirada da mesa com o dedo indicador. Em um instante toda a mesa se juntou: como um grupo de jovens em uma noite de acampamento.

Finalmente o jogador de futebol pareceu despertar.

***

Depois de nos despedirmos demoradamente, nós – o jogador de futebol, Anita, Avi, Martinus e eu – ainda ficamos conversando um pouco em frente à casa dos Weiss. Estava escuro e ainda continuava quente. Homens e crianças conversavam em frente a quase todas as casas da rua. Se não fosse *Shabat*, as pessoas estariam fumando, imaginei, mas talvez essa imagem tivesse principalmente a ver com aquele preto e branco dominante, e com o fato dessas roupas sem cor me catapultarem no tempo, para os filmes em preto e branco, quando o agradável ambiente de intimidade ainda era acompanhado de cigarros e nuvens de fumaça.

O jogador foi posar na casa de Anita e Avi. Quis engatar uma conversa com ele a noite inteira, mas não consegui encontrar nem o momento nem o clima certo. E alguém teria que traduzir para mim. Uma vez lá fora, em *petit comité*, criei coragem. Avi e Anita atuaram espontaneamente como intérpretes.

Contei a ele que Martinus nasceu perto de Amsterdã. Amsterdã, a cidade do Ajax, o clube com torcedores que cantam alto *Hava nagila* no estádio, a canção favorita de Israel. Os torcedores do Ajax se autodenominaram judeus e superjudeus, e agitavam bandeiras com a Estrela de Davi até o dia em que o uso de insígnias israelenses foi proibido nos estádios. Designaram o patriarca Abraão, ancestral do povo de Israel, como líder do coro, sem a sua aprovação. Eles bradam: "De onde vêm os judeus? De Israel, longe daqui. Lá também vivem superjudeus? Lá vivem superjudeus, sim. Os judeus gostam de futebol? Se forem torcedores do Ajax, sim!" Torcedores dos times rivais gritam em resposta: "Hamas, Hamas, todos os judeus no gás".

"O que você acha disso?", perguntei a ele, via Avi. "O que você acha de uma cidade e de um clube que permite esses slogans e nem mesmo faz um contra-ataque publicamente?"

Ele encolheu os ombros e lançou um olhar um tanto desamparado para Avi. Não parecia chocado ou indignado. Parecia cansado. "Não sei", ele respondeu. "Nunca ouvi falar dessa tradição. Mas conheço Cruijff, Van Basten e Krol, os craques que tornaram o Ajax inesquecível." Ele também parabenizou os belgas pelo incomparável Kevin De Bruyne, nome que pronunciou de um jeito muito diferente com o seu sotaque hebraico e até Avi teve de perguntar duas vezes para entender a quem ele se referia.

Quando Martinus e eu voltamos para casa de bicicleta, as ruas estavam praticamente vazias. A tarde toda essa região ainda estava supermovimentada. As escolas judaicas não dão meio período de folga aos seus alunos às quartas-feiras, mas às sextas. Dezenas de meninas, vestidas com uniformes escuros que chegam até as panturrilhas, disparam entre os transeuntes vindas de todas as direções com seus veículos de duas e três rodas. Elas rolam pelas ruas e calçadas com tanta avidez, vivacidade e autonomia que a gente se pergunta como é possível que essas meninas, uma parte delas, em todo caso, aceitem que a partir da idade em que podem se casar não poderão mais desfrutar do prazer de andar de bicicleta ou patinete. Talvez seja justamente por isso que elas se movimentem com tanta confiança, mais ainda do que seus irmãos. Porque sabem que esta liberdade sobre rodas tem prazo de validade. Aqueles irmãos. As pernas de alguns são pouco mais longas que o *tzitzit*, que chega quase abaixo dos joelhos deles, de modo que, se você não está habituado a essa imagem, teme constantemente que as franjas acabem enganchando em uma correia de bicicleta ou embaixo de um patinete, o que não acontece porque essas crianças, com ou sem cachinhos, são tarimbadas usuárias das vias públicas. Desde o dia em que podem andar sozinhas, transformam as ruas deste bairro em suas.

"Não é estranho que eu ache um *Shabat* assim tão impressionante?" perguntei a Martinus.

"Por quê?"

"Sou bastante partidária da razão, não da religião."

"Foi uma noite emocionante e muito agradável. Fiquei feliz por ter podido participar."

"Mas algumas dessas leis do *Shabat* são absurdas. O jogador que não pode voltar para casa de carro. As luzes que ficam acesas a noite inteira, a não ser que sejam programadas com um *timer*..."

"Mesmo assim, não é tão difícil enxergar a grande utilidade dessas leis."

"O descanso, você quer dizer?"

"Sim, e a atenção para a família. Que é sempre a pedra angular de todas as religiões. Devíamos experimentar. Desligar a automação da existência por vinte e quatro horas toda semana."

"Não aguentaríamos muito tempo. Mas é verdade: as regras do *Shabat* contêm em si valores humanísticos."

"Algo assim."

"Elas são um remédio."

"Contra os males dos tempos modernos."

"Contra a alienação. O *Shabat* é *mindfulness avant la lettre*. Zen antes mesmo de Buda ter visto a luz."

"Agora você já está exagerando."

"Não, você precisa de disciplina para trabalhar. Todo mundo sabe e acredita nisso. Mas não fazer nada, conscientemente, durante vinte e quatro horas por semana, requer ainda mais disciplina. Só que quase ninguém sabe ou acredita nisso."

"Hum."

"Os judeus devotos têm que estar tão atentos a não fazer nada que nem sequer podem falar sobre o seu trabalho no *Shabat*, você sabia? Eles têm até que vigiar qualquer possível tentação de se ocupar com o trabalho. Não só não podem escrever, mas não é sequer permitido segurar uma caneta ou falar sobre ela."

"Você não aguentaria nem um dia."

"Acredito na utilidade desse dia ritual de descanso a cada sete dias durante a vida inteira."

"Você acredita na religião."

"Não em Deus e outras invenções. Mas sim em harmonia, eu acho. E talvez também na necessidade de rituais que se repetem com frequência, sim. Numa espécie de ritmo imposto. Sei lá."

Bem nesse momento passamos por um muro onde um outdoor picante tinha sido vandalizado. Uma linda loira exibia uma lingerie sexy. Dava para imaginar o conjunto de lingerie; todos os contornos da modelo foram pintados e no ponto em que suas pernas, cobertas de manchas de tinta, passavam para uma calcinha ou short, uma longa tira do outdoor tinha sido rasgada.

Martinus não viu. Acho. Senti o ar quente soprando nas mangas da minha blusa. Normalmente, eu nunca usaria mangas compridas nesse clima de verão.

Em um café que ficava a meio caminho da Estação Central e do zoológico, bebemos um whisky The Macallan para fechar este dia especial. Pela primeira vez, o aroma terroso desse excelente *single* malte não se equiparou à fragrância do bairro: um perfume de elefante, girafa e cabra montesa embebido em poeira fina e enriquecido com o odor típico da frenagem dos trens, que lembra tanto o cloro das piscinas quanto o cheiro de copiadoras.

Cinco

Em um restaurante self-service afastado, Esther toma chá em um copo de vidro e eu bebirico um café fraco em uma xícara de porcelana de frente para ela.

"Você está de óculos novos", comento.

"Nem acredito que você reparou." Ela fica tão surpresa que começa a se mexer na cadeira e endireita as costas.

"Dá para ver melhor os seus olhos", continuo, "a cor da armação caiu bem em você."

"Você está olhando nos meus olhos." Ela mexe o chá e a colher bate nas bordas do copo fazendo um som metálico. "Se você acha que sou uma mulher para mulheres, terei que decepcioná-la", ela diz.

Sinto o sorriso no meu rosto até nos dedos dos pés.

"É melhor não criar dúvidas desde o início", ela continua. "Meu marido sabe que eu combinei de encontrar você. Ele concordou. É um homem especial. Porque eu sou uma mulher especial. Ele já me conhece há quase meio século. Confia cem por cento em mim, e com razão. Tenho sorte com ele. Ele me respeita como eu sou. Sou um pouquinho diferente das mulheres *belzer* que eu conheço."

"Não vou seduzir você", eu brinco, surpresa e curiosa.

"Nunca é demais deixar as coisas bem claras", ela diz.

No último ano e meio, "conversamos" bastante online. Meu celular é só para os íntimos. Esther tornou-se uma pessoa íntima desde o início. Ela não sabe que esse privilégio tem segundas intenções. Eu preciso de Esther. Ela me desvenda um universo oculto. Graças a ela, posso vislumbrar um mundo que de outra forma permaneceria velado para mim.

Certos dias, minha curiosidade voraz me traz um sentimento de culpa. Ora vago, ora muito concreto. Algumas vezes compartilhei essas efusões ambivalentes com ela. E toda vez ela respondeu que tinha idade e sabedoria suficientes para escolher com quem se relacionar.

Há semanas em que trocamos mais de vinte mensagens. Também há semanas em que nossa correspondência fica completamente inativa. Ela é boa em mensagens curtas e desvelos. Eu prefiro os e-mails mais longos. Ela gosta dos meus e-mails, "que são tão diferentes das cartas que recebo, você realmente escreve muito melhor do que fala, gosto de ler você, quando nos vemos ou nos telefonamos, eu falo o tempo todo, você não é faladeira, logo percebi isso".

Ela me incentiva a fazer perguntas. Faço isso sem reservas. Também escrevo para ela, intencionalmente, sobre minha vida cotidiana. Sobre os livros que leio. Sobre as minhas viagens a Sitges, onde o meu melhor amigo tem um apartamentinho com vista para o mar, e onde vou de vez em quando, às vezes com ele, às vezes sem ele. Conto a ela sobre esse amigo, que é casado com um homem com quem cria uma cachorrinha maltesa. Eles viajam de avião com Betty, seguram a cachorrinha debaixo do braço como se ela fosse uma bolsa de pele. "Não tenho nada contra os gays, desde que não pertençam à minha comunidade", ela diz, mas também quer saber como os pais do meu amigo encaram o casamento dele.

Conto a ela sobre o meu trabalho, sobre novos projetos, sobre a vida de freelancer, sobre o funcionamento da mídia, da qual ela continua desconfiando; ela não quer saber da imprensa, "porque a imprensa não quer saber dos judeus, só quando se trata de Israel, de dar um aperto de mão ou não, ou sobre a evasão fiscal no setor de diamantes, claro, fora esses temas, não estão interessados em nós".

Reclamo dos afazeres domésticos, até das marcas que a faxineira deixa no vidro quando limpa as janelas; "É só usar água e vinagre", Esther instrui, "e se isso não funcionar, contrate um limpador de janelas, a vida é muito curta para se incomodar com coisas que outros podem fazer por você, siga este conselho de uma mulher de sessenta e cinco anos que sabe muito bem."

Me estendo contando sobre o prazer de viver no centro antigo da cidade. Sobre o plano de Martinus de, assim que surgir um prédio comercial para alugar na praça Conscience, assinar imediatamente o contrato e abrir um bistrô bem ali, em frente à Biblioteca do Patrimônio, à sombra da estátua de Hendrik Conscience e ao lado da tília plantada pelo artista Panamarenko há meio século. E sobre esse projeto, que inesperadamente se concretiza, ela comenta via WhatsApp: "Seu marido é vinte anos mais novo que você ou é *meshugá*?"

Escrevo sobre a minha estreita amizade com um livreiro e um poeta, e ela não consegue compreender que Martinus permita que eu "me envolva" com homens com quem não sou casada, que saia para jantar ou beber com eles, e também não entende que eu me permita tais escapadas, porque "você não pode se sentir bem com isso", mas um pouco mais tarde vem: "Se você acha que não tem mal nenhum, então tudo bem."

Conto a ela sobre nossa viagem a Miami Beach; mando para ela fotos da casa onde viveu Isaac Bashevis Singer, o escritor iídiche que ganhou o Prêmio Nobel de Literatura. Filho de um rabino hassídico, muitos anos depois de ter fugido da Polônia para Nova York, ele se instalou no agradável clima da Flórida para aproveitar sua velhice. O contraste entre os locais de seu nascimento e morte não poderia ser maior. Singer viveu bem nos Estados Unidos. Mas quando eu o imagino na ensolarada Miami Beach, há sempre uma sombra pairando sobre essa imagem: acho que a combinação praia e Singer ilustra uma estranheza intransponível.

Coloco na caixa de correio dela o livro *No tribunal de meu pai. Memórias de uma infância judia* desse escritor americano-polonês. Ela começa essa obra autobiográfica lendo sobre as lembranças de infância e juventude de Singer no gueto de Varsóvia e os deveres de seu pai no rabinato. Depois de três histórias, acha que já leu o suficiente e me escreve: "Se ao menos Isaac Bashevis apenas descrevesse o que vê, mas não, ele comenta tudo, suas reflexões e opiniões não me interessam, então sinto muito, mas não compartilho seu entusiasmo por este escritor, embora eu entenda que ele seja muito respeitado."

Ao longo de nossa correspondência, começamos a nos tratar de maneira informal. Nossa confiança e intimidade foram aumentando nas entrelinhas.

Ela tira a colher do chá, sacode as gotinhas e a coloca em posição transversal no pires de vidro. "Meu marido não faz nenhuma objeção a que nos vejamos de vez em quando", ela repete. "Mas se as minhas amigas soubessem, não iriam gostar. Não conto a elas nada sobre nós. Elas não precisam saber nada sobre os nossos encontros e a nossa correspondência. Não que elas tenham medo de que eu vá *otede*. Mas elas desaprovariam veementemente que eu me envolvesse com você."

"Otede?"

"Você não sabe o que é?"

"Nunca ouvi falar."

"*Off the derech*. OTD.'

"*Off the derech*?"

"Fora do caminho certo. Você não conhece iídiche mesmo."

"E acho uma pena. Gosto de ouvir."

"É bom que você nunca tenha ouvido falar desse termo. Nós o usamos para nos referir a pessoas que saem da comunidade. Quem rompe com a fé hassídica ou haredi vai OTD."

Balanço levemente a cabeça, não por concordar, mas por uma espécie de calma lacônica. Percebo que é o mesmo gesto que ela fez quando, há muito tempo, me interpelou em uma sala sobre algumas declarações que eu havia feito. Acho que agora posso entender melhor o significado desse movimento de assentimento. Esconde-se nele uma desaprovação latente, e uma incompreensão e indignação que vão além da raiva. Essa estranha mistura de sentimentos me faz pensar em Bnei Brak. Lá, a realidade xenofóbica e ultrarreligiosa provocaram a mesma reação em mim.

"Há alguns meses estive em Bnei Brak", conto.

"Sim, eu sei", ela responde, "você me escreveu sobre isso. E eu enviei a mensagem: mande saudações para nosso filho e nossa filha. Lembra?"

Eu já não me lembrava. Às vezes, entre as muitas mensagens que Esther me envia, algumas se perdem. Elas estão no meu celular, mas não notei que estavam na lista de mensagens. Ou eu não estava de óculos, ou li muito depressa, distraída, enquanto fazia outras atividades, e depois esqueci de ler de novo com atenção, como costuma acontecer com esse meio de comunicação fugaz. Mas muitos *belzers* vivem em Bnei Brak, aquela cidadezinha ultraortodoxa não muito longe de Tel Aviv e Ramat Gan.

Então, com certeza também moram ali *belzers* com raízes em Antuérpia.

"Nossos netos, uma parte deles, moram lá. E tem um bisneto a caminho."

"*Mazal tov!*"

"Obrigada. Não é o nosso primeiro bisneto, como você sabe. Os outros moram nos Estados Unidos e em Antuérpia."

"Acho que seria melhor se toda Bnei Brak fosse OTD", digo brincando.

"Não é para pessoas como você. Não é para quem não é religioso, quero dizer."

"Um enclave tão hiper-religioso, cheio de costumes rígidos que tornam a vida impraticável, me faz sentir sufocada. Nada é permitido. A gente não encontra nem um restaurante como este. Não pode existir. Porque não se espera que os habitantes ultraortodoxos tomem chá fora de casa e homens e mulheres que não são casados um com o outro nem sequer têm permissão de interagir em público. Por muito menos se deveria ir OTD."

"Você está exagerando. O mundo hassídico não acontece em público. Muita coisa é permitida. Mas não nos palcos da vida, como você está acostumada."

"Acho isso inquietante."

"Você tem esse direito."

"Polícia religiosa."

"Um estranho não pode vivenciar o nosso íntimo. Nossa religião é o centro de tudo. Nosso mundo e nosso modo de pensar sobre esse mundo são diferentes dos seus. Temos uma lógica muito particular."

"Eu sei. Mas em Antuérpia, dentro da Antuérpia judaica, me sinto menos sufocada. Porque todas as tendências convivem entre si, presumo. Tem ar. Ventilação."

"Essa sensação de sufoco está na sua cabeça. Para nós, haredim, todos estão ligados a todos e ao Altíssimo: é assim que você tem que ver. Sem a comunidade, sem a nossa família e sem a nossa religião, nós desmoronamos. Nós todos cuidamos uns dos outros. Não deixamos ninguém cair pelos buracos da rede."

"É isso. Não se pode cair. Não se pode seguir qualquer outro caminho. Nenhum outro *derech*. As pessoas são restringidas em todo o seu ser."

"Para alguns, com certeza será este o caso, mas para a maioria das pessoas, não."

"Você pode assistir ao documentário *One of Us* na Netflix. Testemunhos como aqueles são de entristecer qualquer um..."

"As únicas pessoas que falam da nossa comunidade são as pessoas que saem dela por qualquer motivo. Não tenho nenhum problema com pessoas que querem deixar comunidade."

"Não?"

"Não. Acho que é uma pena, isso sim. Gostaria que não acontecesse. Mas posso compreender que alguém queira uma vida diferente. Uma vida secular. Longe de nós. O que não consigo compreender é por quê, assim que saem da comunidade, elas se sentem chamadas a gritar do alto dos telhados como é terrível a vida dos haredim. Acho essa atitude repreensível, me deixa triste e ao mesmo tempo zangada."

"Sou totalmente contra qualquer overdose de fé."

"Ou você é religioso ou não é. Ou você é um hassídico ou não."

"Não existe meio termo?"

"Não para mim e para os meus."

"Mas você está aqui comigo. Suas amigas, não."

"Sou cem por cento hassídica. Você já sabia que era uma *belzer* especial."

"Quando estávamos em Bnei Brak, uma vez precisei ir ao banheiro com muita urgência. Andamos a cidade inteira procurando um banheiro, na rua, num restaurante ou num café, não importava. Em lugar nenhum tinha um que eu tivesse permissão de usar. No fim acabei em uma maternidade – super movimentada! Sendo mulher, pude entrar lá. Só lá pude finalmente esvaziar minha bexiga."

"Por que você foi para Bnei Brak sozinha? O que estava procurando naquela parte de Israel?"

"Martinus estava comigo."

"Sim, só faltava essa. Mas o que vocês queriam por lá?"

"Fui por curiosidade."

"Foi por curiosidade. Curiosidade sobre o quê? Pelos hassídicos e haredim? Isso tem aqui também."

"Você já ouviu falar de Daniel Pearl?"

"Me lembro desse nome…"

"O repórter do *Wall Street Journal* que foi sequestrado e assassinado no Paquistão. Os terroristas acharam que ele era da CIA e cortaram seu pescoço. Sua decapitação foi filmada. O vídeo circulou o mundo inteiro…"

"Eu sei disso. Claro que sei."

"Foi em 2002."

"O que isso tem a ver com Bnei Brak?"

"As últimas palavras de Daniel Pearl foram: 'Meu pai é judeu, minha mãe é judia, eu sou judeu'."

"…"

"Existem gravações desses últimos minutos. E depois de ter dito essas frases, com a faca já cortando seu pescoço, ele diz que seus bisavós são de Bnei Brak. Eu pesquisei para saber se era isso mesmo. E era. O bisavô dele ajudou a fundar Bnei Brak na época. Há uma rua Pearl naquela cidade ultraortodoxa, a rua é em homenagem ao bisavô dele, Chaim Pearl. Fui procurar."

"Por quê?"

"Porque sou jornalista. Porque eu quero ver e ouvir. Porque quero tentar entender."

"Entender o quê?"

"Eu não sei... Daniel Pearl era um judeu secular, não praticante, progressista, liberal, como quer que se descreva um judeu não religioso."

"Um judeu não religioso não é um judeu de verdade."

"Quando a faca estava em seu pescoço, pouco antes de ser decapitado, ele falou sobre Bnei Brak. Aquilo me emocionou. E me fascina imensamente que alguém que rompeu com a profissão de fé dos judeus ortodoxos, alguém que tem uma postura de vida liberal e que quando estava são e salvo nunca invocava seu judaísmo, mencione suas raízes judaicas e seus antepassados poucos segundos antes de ser assassinado."

Ela fica em silêncio.

Eu também.

"Isso surpreende você. A mim, não", ela diz.

Balanço a cabeça concordando. Desta vez com convicção. Acho que ela tem razão: para muitos judeus, a reação de Pearl não é tão surpreendente.

"Nós somos os nossos antepassados", ela continua.

Continuo balançando a cabeça, agora com mais ênfase.

"Mesmo um judeu incrédulo perceberá em algum momento que a nossa religião é a sua origem. Que ele não pode fugir disso. Que deve tudo a essa religião."

"Aos três patriarcas de Israel?"

"Aos livros sagrados. E à *Halachá*, as leis."

"Daniel Pearl não teria durado muito em Bnei Brak. Intelectualmente, ele estava muito distante de seus bisavós e da *Halachá*."

"É o que você pensa."

"Seus pais emigraram de Israel para os Estados Unidos. Acho que eles prefeririam subsistir em uma democracia do que em uma teocracia. Com Daniel não seria diferente."

"Você sempre usa palavras difíceis quando está em apuros? Ele sentiu uma profunda afinidade com seus antepassados quando estava morrendo. Você mesma disse isso."

"Em Bnei Brak, Deus está observando o tempo todo. O olho do Deus de vocês vê tudo. E os *rebes* e sei lá mais quem, ficam de olho no comportamento dos moradores. Pearl era jornalista. A imprensa não pode sequer existir em Bnei Brak. Não há jornais. Não há nenhuma TV ou rádio."

"Nos Estados Unidos também existem cidades só com moradores religiosos. A América também tem as suas Bnei Braks. Dos mórmons. Dos amish. De judeus ultraortodoxos. Essas cidades são agradáveis e seguras. As pessoas se sentem em casa, muitas coisas lindas acontecem nelas."

"Só para quem participa dessa brincadeira."

"Ah, pare com isso. Se é para começar desse jeito, é melhor eu juntar minhas coisas. A vida de um hassídico não acontece no espaço público. Você, uma estranha, nunca verá ou conhecerá a nossa intimidade, tudo o que nos é tão caro. Você não pode nos compreender. Jamais. Nós mesmos escolhemos viver de acordo com os mandamentos. Queremos viver como *Hashem* prescreveu. Só queremos viver assim. Porque é nosso dever e porque obedecemos a esse dever com alegria todos os dias e todas as noites. Por livre e espontânea vontade. Mas um incrédulo não acredita nisso. Mesmo os judeus ortodoxos modernos não acreditam nisso."

"Eu não consigo nem jamais vou entender, nisso você está certa."

"Ser judeu é uma missão, uma tarefa, não um hobby." Ela suspira. "Precisamos mesmo falar disso?", ela diz, com um suspiro ainda audível em sua voz. "Achei que teríamos uma conversa agradável aqui."

"Esse era o plano", eu digo, lamentando, assim como ela, que nossa conversa tenha tomado esse rumo.

"Vamos começar de novo?", ela sugere. "Você me elogia de novo pelos meus óculos novos e pedimos mais um café e um chá?"

***

Começamos de novo.

Ela chá. Eu café. E com o café um pedaço de torta de maçã doce demais do bufê refrigerado do self-service.

Esther passou reto pelo bufê.

Ela trouxe consigo um tupperware contendo dois quadradinhos de brownie caseiro, que ela me mostra com orgulho e dos quais posso provar um pedaço.

Ele atende aos critérios do brownie ideal: sequinho e marrom claro por fora, escuro e cremoso por dentro. Quando ela percebe que minha língua está passando pelo céu da boca em busca de restos de chocolate – uma tendência que todo fanático por brownie reconhece – ela rapidamente fecha o tupperware. Ela mesma quase não saboreia de sua iguaria caseira, só dá uma mordidinha. "Não em um restaurante onde vendem doces, seria inapropriado."

De sua bolsa simples, preta, de tamanho médio, ela faz surgir como por magia outra caixinha de plástico, de fabricação barata e pouco sustentável. Está cheia com seus brownies caseiros. "Para levar para casa", ela diz, e coloca na minha bolsa, que ela mais uma vez desenganchou do encosto da minha cadeira e colocou bem à vista.

Estamos em uma mesa no fundo, no canto mais escondido do estabelecimento, que foi escolhido por Esther. Seu rosto está voltado para a parede, de maneira que quem entra veja o menos possível dela. Do meu lugar, examino o bufê quente, está deserto. Mas nós estamos no caminho dos banheiros. De vez em quando passa um homem ou uma mulher; três garotas que, dando risadinhas, vão fazer xixi juntas.

Ela fala sobre os netos que vieram visitá-la. Sobre um de seus bisnetos recém-nascidos; que novamente chamou sua atenção como é grande a necessidade de contato físico de um bebê, e como é importante responder a essa necessidade, criar essa proximidade segura.

Conta que apenas três minutos depois de estar balançando o bebê em seus braços, sentiu o ritmo da frequência cardíaca e da respiração diminuir. Me mostra como a menininha relaxou e riu e cerrou os punhos e chutou os pés enquanto ela a acariciava. Com a calma autoconfiança de quem tem tanta expertise que não se deixa enganar por nada nem ninguém, ela diz que os toques e carícias são cruciais para o crescimento, o vínculo afetivo e o desenvolvimento de uma criança ao longo de toda a vida, e com certeza nos primeiros dias, semanas, meses, anos.

Conto a ela sobre minha última visita à esteticista. Da última vez, ouvi uma mulher dizer que fazia as mãos ali toda semana, já há um ano. Não porque suas unhas e mãos precisassem de algum tratamento, mas porque durante a sessão de manicure suas mãos eram tocadas com carinho por pelo menos meia hora. Alguém segurava suas mãos, cuidava de sua pele.

"Entre nós você não encontrará um desejo tão intenso de ser tocada", ela afirma, e está completamente convencida de que tem razão.

Ela sabe que Martinus e eu celebramos o *Shabat* com Dahlia e Naftali. Mas não pergunta como foi na casa dos Weiss, nem se interessa em saber quem mais estava lá. Não é por indiferença que ela mal procura essa informação, eu sei, mas porque sua fé exige que ela não se preocupe com o mundo mais terreno. Porém, quando entro em pormenores sobre os talentos culinários de Naftali, ela fica na pontinha da cadeira. Fica particularmente interessada no *kugel* e na couve-flor assada. O *kugel*: é impossível que alguém tenha receita de família melhor que a dela. A couve-flor assada: ela nunca ouviu falar desse prato, como uma couve-flor pode ficar gostosa sem molho, e como ela pode ter ficado tão crocante e amanteigada quanto descrevi para ela?

Ela reconhece que eu nunca poderei celebrar o *Shabat* em sua casa. "Meu marido nunca permitiria. Nos dias de festa, nós só recebemos *belzers*, e ainda assim, não qualquer um. Tudo é dirigido à nossa religião, a como nós a vivenciamos juntos."

Digo que o *Shabat* faz bem para as pessoas.

"Com certeza, mas isso de ano sabático é um produto da afetação burguesa", ela diz.

"Essa é uma frase formidável."

"Anote. Para o seu próximo livro sobre judeus."

"Isso não vai acontecer."

"Vai sim, só que você ainda não sabe. Pode dizer que eu fui quem disse."

"Um ano sabático não é afetação burguesa. É antes um sintoma de uma sociedade doente."

"Quem observa o *Shabat* toda semana, nunca precisa tirar um ano sabático. Quem honra *Hashem*, honra a si mesmo. Seria melhor se o cidadão moderno se tornasse religioso novamente."

Ela me mostra fotos do marido em seu celular.

Na primeira, ele está de perfil, de corpo inteiro, vestindo casaco de cetim preto e chapéu alto de veludo com um laço na lateral. Sua barba e bigode são finos, longos e grisalhos. Suas *peiot* enroladas aparecem por baixo da aba do chapéu.

Em algumas outras, ele está com um xale de oração branco com listras pretas em volta da cabeça e dos ombros; só se vê suas costas curvadas e em prece.

"Aqui ele está rezando sozinho, sem *minyan*", ela diz, "com o *sidur* na mão."

"Onde a foto foi tirada?"

"No aeroporto de Zaventem. Pouco antes de viajarmos para Nova York para celebrar o casamento de uma neta."

"Não tinha gente suficiente para um *minyan*?", pergunto.

"Num aeroporto, ou durante uma viagem, raramente há um *minyan*, a menos que você esteja voando com a El Al, ou pegando um voo para Israel, ou em um avião que vai para uma festividade judaica, e felizmente há muitas. Aharon, meu marido, prefere encontrar um lugar isolado ou um canto atrás de uma coluna para rezar. Um judeu devoto parado no meio da sala de embarque fazendo suas preces pode parecer estranho." Ela se inclina em minha direção e diz: "Não vamos nem começar a ver fotos dos meus filhos e netos, senão ficamos aqui até amanhã."

Falamos da empresa de seu marido, um negócio de cozinhas que hoje está nas mãos de três dos seus filhos e seus cônjuges, mas no qual Aharon continua ativo. Ela diz que desde o primeiro ano de seu casamento ele se levanta sempre às seis da manhã; depois das orações matinais na *shul*, vai direto para a loja, que tem um ateliê anexo, de onde ele liga para ela todos os dias. Um telefonema que um dia dura menos de um minuto e pode facilmente ultrapassar meia hora no dia seguinte. Ela acha isso delicioso, já há quase meio século.

Pergunto se os negócios ainda estão indo bem.

"Não é fácil manter a cabeça fora d'água. Cada vez mais as pessoas querem pagar menos pela qualidade, e ainda tem todos os funcionários – são dez na folha de pagamento – que custam muito dinheiro e causam muita preocupação. Mas felizmente, quase todas as famílias judias têm duas cozinhas, algumas até três."

"Três?"

"Uma cozinha separada para *Pessach*, para não precisar livrar as outras cozinhas de vestígios de grãos e fermento."

"Vocês têm três cozinhas?", pergunto surpresa.

"Nós, não. Moramos em um apartamento de tamanho médio. Há famílias judias que têm uma terceira cozinha, mais simples, instalada no porão."

"E também é dupla? Com partes separadas para carne e laticínios?"

"Sim. Mas tudo muito básico."

"É a primeira vez que ouço falar de uma terceira cozinha."

"Talvez seja a primeira vez que você fala com uma mãe hassídica que fala com franqueza."

Eu dou risada.

Ela faz um aceno com a cabeça. "Mas voltando à sua pergunta sobre os negócios: o nosso ramo não vai falir de uma hora para a outra. No dia em que as vendas de cozinhas despencarem em nossa comunidade, algo muito sério estará acontecendo. Se entende o que quero dizer."

Ela está extremamente interessada no andamento das minhas palestras: onde vou fazer, o que vou ler, quem está na plateia, que perguntas são formuladas para mim, como os não-judeus veem os judeus, em especial como eles, os ultraortodoxos, são vistos, e se é verdade que o mundo exterior realmente acredita naquela fábula que até mesmo muitos judeus de outras correntes acreditam, aquela fábula persistente que volta e meia ressurge na mídia, aquela invenção que a deixa tão brava e que afirma que casais hassídicos, durante o sexo – ela não usa essa palavra –, não podem tocar a pele um do outro, que um homem e uma mulher ultraortodoxos fazem amor com um lençol entre eles, um lençol com um buraco? Será que eu não posso acabar com esse mito de uma vez por todas? Ah, como ela ficaria grata! De fato, pode haver um punhado de pessoas ultradevotas em Israel que têm este hábito. Um punhado. Se for para acreditar na mídia, seriam todos os hassídicos, e como tanta gente ainda pensa que todo judeu é hassídico, acham que todos os judeus fazem bebês com um lençol entre eles.

Minhas ondas de calor não passam despercebidas por ela. Ela me recomenda um farmacêutico, ou melhor, uma farmacêutica, perto da Belgiëlei. "Ela sabe tudo sobre remédios naturais para todos os males. Homeopatia também. Eu acredito em homeopatia e você também deveria. Diga a ela que a mulher da loja de cozinhas mandou você." E em um só fôlego ela me aconselha a equipar nosso quarto com ar-condicionado, caso ainda não tivéssemos, "porque sem ar você vai continuar suando à noite e ficar acordada, e se a instalação de um ar-condicionado for pedir demais, embora eu não entenda isso, coloque seu colchão no chão, quanto mais próximo do chão, mais fresco é o ar, seu marido logo vai entender, porque você logo se tornará outra pessoa, quem não dorme fica desagradável e acumula a privação de sono, até que um dia você acaba desmaiando, quer deixar chegar a esse ponto?" E ela ainda não terminou seus conselhos. Diz que tenho que tomar um suplemento de vitamina D. "Já tomo há muito tempo. As maiores fontes de vitamina D são a luz e o sol, como você sabe. A substância entra no seu corpo através da pele. Não preciso dizer que todas nós sofremos de deficiência de vitamina D." Ela dá um risinho e aponta para a sua meia-calça, para as mangas compridas e a gola fechada. "Mas mulheres como você também se beneficiam com uma dose extra, acredite, sua resistência vai aumentar."

Como consolo, ela me lembra da luzinha no fim do túnel da menopausa: "Um dia tudo isso acaba e você se sentirá melhor do que nunca."

"Eu não acredito", digo.

"Você acredita em muito pouco." Ela balança o cachecol bem na frente do meu rosto e uma brisa de ar fresco sopra em minha direção.

"Deus não deu nenhum presente às mulheres com a menopausa."

"A vida é o seu presente."

"Você sente falta de alguma coisa do mundo não religioso?", pergunto de súbito.

"Não", ela responde sem titubear.

"Nada?"

"Não."

"Nada mesmo?"

"Talvez uma coisa."

"O quê?"

"Permissão para dirigir. Nunca me sentei ao volante de um carro. Nunca acelerei, literalmente."

Pego minha bolsa e as chaves do carro dentro dela.

"Você está louca?" exclama. Ela endireita as costas de novo e dá risada. Ela não move a cabeça quando ri. Seus olhos brilham por trás dos óculos. Ela, que acaba de fazer um discurso sobre bebês e sua necessidade de contato físico, põe um freio no prazer físico que uma gargalhada espontânea pode trazer.

"Vamos dirigir juntas, Esther. Com o meu carro. O que você acha?"

"Acho que não vamos fazer isso", ela diz.

Em seguida, ela me pede para mostrar meu celular. Quer verificar se eu não gravei nossa conversa e se tranquiliza quando vê que o ditafone não está ligado. Não tem nenhum aplicativo aberto no meu iPhone. Ele quase não tem aplicativos, uma descoberta que tira dela a seguinte observação: "Por que você tem um smartphone se não o usa de maneira inteligente?"

Ela me pede para garantir que nossa correspondência, por qualquer que seja o meio, permanecerá privada. O que ela me envia pelo WhatsApp, é apenas para mim. Quer que eu confirme que nunca irei representá-la em um livro, jornal ou revista. "Ao menos, não com nome e sobrenome. Anonimamente, é outra história, sempre podemos conversar sobre isso, um papel anônimo, pode ser, eventualmente."

Bem quando vamos sair, um homem vestido de mulher passa pela nossa mesa a caminho do banheiro. A drag queen, alta, robusta e de meia-idade, é uma figura bastante conhecida na cidade. Ele está vestindo uma saia justa acima do joelho e sapatos de salto alto e bico fino. Suas panturrilhas são lisas, mas viris: cada centímetro da perna mostra que ela pertence a um homem. Seu cabelo é curto, como o de um militar, seus olhos, bochechas e lábios estão muito maquiados.

"Precisa disso agora?" Esther sussurra quando ele passa.

"Vejo ele, ela, com frequência. É drag queen, não transgênero."

"Ah, e ainda por cima tem diferença."

"Esther..."

"Sinto pena dos pais dele. Você não?"

"Ninguém opta por isso."

"Não opta? Isso é uma moda passageira. Ele precisava magoar tanto os seus pais? Sinto muito, você deve achar que minha opinião é rude. Mas eu penso: é pedir demais simplesmente casar e ter filhos como todo mundo? Uma pessoa assim não pode colocar suas fantasias individuais debaixo do tapete e agir normalmente? Isso é realmente necessário? É essa a grande liberdade individual que você considera tão importante?"

Não respondo.

"Ele ou ela vai ao banheiro feminino ou masculino?"

"Vá lá olhar", respondo.

Uma vez lá fora, ela me pergunta se eu ainda me lembro de Dana, a transgênero que participou representando Israel no Festival Eurovisão da Canção no final dos anos 1990, "e além do mais venceu". Ela diz que aquela escolha de Israel era uma pedra no sapato dos judeus religiosos. E ainda por cima duas vezes! Eu tinha ouvido falar dos acontecimentos ainda mais chocantes do último Eurovisão? Sabia que Israel tinha sido o país anfitrião e que o evento foi sediado em Tel Aviv?

Houve motins em Jerusalém na noite do festival. Israel ter permitido que uma transgênero representasse o país foi grave. Mas o fato de Israel organizar um festival assistido pelo mundo inteiro num sábado, *Shabat*, foi indesculpável. Não poderia haver maior provocação. Não que ela desse razão aos haredim que tomaram as ruas de Jerusalém. Teria sido melhor ficarem em casa. Não deviam ter se emaranhado daquele jeito. A polícia tentou dispersá-los. Mas mesmo com gás lacrimogêneo, não deu certo.

Pergunta se eu sei como conseguiram.

Eu não sabia.

"Mulheres judias não religiosas se aproximaram dos nossos homens e tiraram suas blusas e camisetas."

Olho para ela com deleite e espanto. A cada vez ela me conta mais do que eu espero. A cada vez ela amplia mais minha visão sobre ela e a vida hassídica.

"Sim", ela diz, "a visão de seios e sutiãs fez nossos homens piedosos se dispersarem." Ela ri e acrescenta com um tom levemente sarcástico: "De qualquer forma, o problema foi resolvido de uma vez, e sem violência."

Seis

Já na manhã seguinte, ela pergunta se gostamos do brownie e se meu marido também achou gostoso, porque se for esse o caso ela terá prazer em me dar sua receita, ninguém faz brownies como ela, e não é ela quem diz, ela não ousaria, quem afirma é o clã dos Apfelbaum, que juntos são tão numerosos quanto uma pequena cidade.

As mensagens de WhatsApp dela são salpicadas com emojis de meninos com *kipá*, meninas com um candelabro de sete braços, uma *menorá*, homens de *shtreimel*, mulheres com o mesmo penteado que gritam *Oy vey*.

Oy vey é iídiche para "ai". É a expressão mais usada em todos os lares judaicos, onde reinam tanto a mãe quanto o iídiche. Em suma, é a expressão mais usada nos círculos hassídicos.

Ela envia um e-mail no qual me presenteia com um argumento feminista que eu não esperava. Diz que eu não perguntei sobre sua profissão, nem durante os nossos cafés e chás, nem antes, nem depois, nem nunca. Que não consegue entender isso. Que falou comigo algumas vezes sobre o "negócio deles". Mas toda vez que eu conversava com ela sobre esse assunto, eu falava sobre "os negócios" ou "o negócio do seu marido". Nunca tinha dito o "seu" negócio. Disse que minha escolha de palavras a incomoda.

Que preciso saber de uma vez por todas que também é o negócio dela, ela ajudou a construir a empresa de cozinhas, trabalhou muito naquilo, paralelamente a ter e criar os filhos.

Será que eu, como tantas pessoas, penso que todas as mulheres hassídicas são apenas donas de casa e cuidam dos filhos? Que não fazem nenhum outro trabalho? Será que faço alguma ideia de quanta contabilidade e administração estão envolvidas em uma empresa assim? Quem eu achava que monitorava as entregas e instalações?

"Eles precisam de mim até hoje", ela escreve. "Não é mais todos os dias, não como antes, mas continuo sendo um dos pilares que sustenta o negócio."

Portanto, será que a partir de agora eu poderia dizer "seu negócio"?

Eu não respondo.

Nos dias que se seguem a este e-mail ela me envia vários links.

Um para uma entrevista com uma mulher hassídica britânica formada em Oxford e Cambridge. A cientista desempenha um papel de proeminência mundial no uso medicinal da cannabis. Ela faz parte do conselho administrativo de várias plantações oficiais de cannabis e "acredita quase tão fortemente nos poderes medicinais da cannabis quanto nos do Messias".

Um outro leva a uma diretora de cinema americana ultraortodoxa que mora em Israel, Rama Burshtein, a primeira diretora de cinema haredi a fazer sucesso com o grande público.

Um terceiro link me leva à primeira pilota ultraortodoxa.

Como extra, recebo um documentário fascinante sobre paramédicas hassídicas que salvam vidas em ambulâncias no Brooklyn, em Nova York. A fundadora desse serviço de ambulâncias, dirigido exclusivamente por mulheres, é Ruchie Freier, que tem mais ou menos a minha idade, que começou a estudar Direito aos trinta anos e acaba de ser nomeada juíza criminal: a primeira juíza hassídica nos Estados Unidos. As paramédicas se autodenominam 93Queen, em referência ao quarteirão do Brooklyn onde seu projeto se tornou realidade. Todas as funcionárias da 93Queen são mulheres ultraortodoxas que receberam um sólido treinamento paramédico. Desafiando o antigo patriarcado, elas exalam força, coragem e perseverança. Graças a estas heroínas, que enfrentaram muita oposição dentro de seus próprios círculos, as mulheres hassídicas que necessitam de cuidados médicos urgentes já não precisam rejeitar uma chamada de emergência por temer que, no caso de um ataque cardíaco iminente, sejam ressuscitadas diante de Deus por um homem que não é seu marido.

"Antuérpia também é tão radical?", pergunto. Liguei para ela para agradecer por este último link.

"Em Antuérpia, todos os paramédicos de ambulância judeus são homens. Não há mulheres."

"Por que não?"

"Antuérpia é muito pequena para ter um serviço de emergência só para mulheres."

"E um serviço com paramédicos homens e mulheres?"

"Você está brincando?"

"Ruchie Freier é o máximo."

"Também acho", ela diz. "Mas o que é possível nos Estados Unidos não é possível aqui."

"Você acha?"

"Com certeza. Aqui não vai surgir uma Ruchie."

"Você lamenta por isso?"

"Às vezes."

"Você gostaria que eu fizesse um documentário ou reportagem sobre os *belzers*?"

"De onde você tirou essa ideia?", ela pergunta.

"Tenho a sensação de que você quer isso."

"Suas sensações estão enganando você."

Alguns dias depois.

De novo por mensagem de WhatsApp.

"*Oy vey*. Vou me distanciar, não, me despedir de você. Não podemos mais ser amigas. Nem virtuais, nem na vida real. Quanto menos souberem sobre nós, melhor. Sinto muito, desejo o melhor para você, toda a felicidade e tudo de bom, Esther."

Sinto saudade dela.

Quase Kasher

De vez em quando, quando há a comemoração de uma festividade judaica, dou um sinal de vida com uma mensagenzinha.

Ela não responde mais. Com exceção de um único e-mail. Ela me mandou a receita do brownie e dos *latkes*, ela faz dois tipos, com batata normal e com batata doce, uma hora tenho que experimentar fazer os dois. "Minhas receitas não têm quantidades, medidas ou pesos. Eu cozinho e asso com *neshome* (pesquise)."

Vou pesquisar. Cozinhar com *neshome* significa cozinhar com alma.

Entrei duas vezes na loja de cozinha deles. Durante essas visitas, demonstro mais interesse pelos atendentes do que pelos balcões duplos. Acho que reconheci o marido dela entre os funcionários. Não ousei perguntar a ele sobre Esther.

Sete

E então, uma tarde ela está de novo na plateia.
Eu não a teria notado se um dos espectadores, um homem que se apresentava como "biólogo de profissão e guia de natureza urbana nas horas vagas", não tivesse feito uma pergunta à qual eu não consegui responder e ela não tivesse se sentido chamada a fazer isso em meu lugar, e como!

Falei por uma hora e meia. Agora é a vez do público. O homem é o primeiro a levantar a mão. No meio da sala bastante lotada, ele recebe um microfone do comitê organizador. Nele ele descreve, felizmente sem se estender demais, a área em que atua como guia de natureza. O parque municipal, principalmente a região ao redor da lagoa, cujo nível de água há anos está tão abaixo do mínimo que os cisnes, patos e peixes abandonaram a bacia, que agora se transformou num pântano. Ele explica a causa da seca: os vastos canteiros de obras de empresas que bombeiam água subterrânea da cidade e não a devolvem de nenhuma maneira, algo que ele considera questionável e inaceitável, mas diz que não quer falar sobre isso, quer falar da resiliência da natureza, que lhe faz lembrar a resiliência do povo judeu, que ele admira profundamente, não apenas porque esse povo sempre recomeça de novo, ele tem um grande respeito por isso, e da mesma maneira respeita a força da natureza, pois hoje a vida está crescendo em abundância no local onde fica a lagoa, claro que não é a mesma de antes, algo que está danificado pode na melhor das hipóteses ser consertado, nunca mais será o mesmo, de qualquer forma, nessa lagoa, que por falta de água tornou-se um jardim único de plantas e flores, lilás-de-verão, caniços, prímulas... hoje em dia também cresce uma planta chamada alface-dos-rios, ou *Samolus valerandi*, e este é o ponto em que ele quer chegar, é uma pena que ele não possa mostrar a plantinha, deveria ter colhido uma antes de vir para a palestra, porque é uma beleza, aquele arbusto em forma de roseta que no verão dá flores brancas em um cálice cheio de folhas espessas e lisas, parente do alface, mas carnudo e salobre, como a vegetação de restinga das dunas.

"Meu senhor..."

"*Samolus*, portanto. É disso que quero falar."

"Esta não é uma aula de biologia", diz a mediadora que conduz as perguntas da plateia.

"Minha pergunta à escritora: presumo que a senhora conheça a palavra '*samolus*'?"

Todos ficam em silêncio e os olhos e sobrancelhas erguidas se voltam esperançosamente para mim.

"Nunca ouvi falar", digo. E falo que sou principalmente boa em linguagem, não em biologia. "Posso saber aonde o senhor quer chegar com sua pergunta?"

"A senhora não conhece essa palavra?", ele indaga. Sua voz está banhada pela falsa surpresa de quem sabe de antemão que a resposta à sua pergunta será negativa. Tenho arrepios com esse tom de surpresa, que no fundo esconde um sentimento de superioridade.

"Nunca ouvi falar, meu senhor."

"E, no entanto, a senhora escreveu um livro sobre judeus."

"Escrevi um livro sobre uma família judia."

"Então a senhora sabe hebraico."

"Não. Conheço as sonoridades. Conheço algumas expressões. Posso ler o alfabeto se eu tentar. Não falo hebraico."

"Então a senhora não sabe que *'semol'* vem do hebraico?"

"Não. Não sabia e isso não significa nada para mim."

"*Semol*, com um 'e' surdo, significa 'esquerda' em hebraico. Esquerda, o inverso da direita. Foi o que me disseram. E *semola* significa 'à esquerda'. Agora a senhora sabe por que essa planta se chama *semol*?"

"O senhor está falando grego pra mim."

"Porque os judeus só podem colher aquela planta com a mão esquerda. *Samolus*. Esquerda. Mão esquerda. Você vê?"

"Hmm."

"Agora a senhora já pode sentir minha pergunta chegando."

"Na verdade, não."

"Por que os judeus só podem colher essa planta com a mão esquerda?"

Um silêncio cheio de expectativa ecoa na sala. Há também alguma consternação. Suspeito que não sou a única que está irritada com a pretensa amabilidade deste senhor.

"Não faço ideia, meu senhor."

"Por que uma planta só deveria ser colhida com a mão esquerda?", ele repete, ignorando minha resposta.

"Como eu disse, não faço a menor ideia. A planta é comestível?"

"Não. E tampouco é uma flor para pôr no vaso."

"Então por que colher essa planta, se ela não é comestível e não é para um vaso?", pergunto, continuando o assunto contra a minha vontade.

"Eu esperava que a senhora pudesse me responder isso", ele diz.

Balanço a cabeça e olho para a mediadora com um olhar que diz "me salve".

Naquele momento, uma mulher se levanta na plateia.

A mediadora dá a palavra a ela.

Ela diz: "Posso responder ao senhor?"

Eu reconheceria a voz dela entre mil. Esther!

O microfone sem fio do guia de natureza é levado para ela. Antes de recomeçar a falar, ela sopra o microfone, como uma profissional. Balança a cabeça feliz quando o eco de seu sopro enche a sala. Ela se apresenta à plateia me olhando diretamente nos olhos. "Boa tarde, sou judia, sou ultraortodoxa e sou sogra de um *rebe* canhoto, ele, o marido da minha filha, de uma das minhas filhas, explica porque eu sei a resposta para a sua pergunta, porque talvez o senhor se surpreenda, talvez o senhor não esteja ciente disso, mas a vida religiosa é ainda mais complicada para um judeu canhoto do que para um destro."

Uma alegria desponta dentro de mim, tão calorosa quanto rever um amigo imaginário perdido. O sorriso que ela lança para mim no palco. Só eu sei o seu alcance e cumplicidade.

Ela se vira para o homem. Diz que iídiche é sua língua materna, que tem um conhecimento limitado de hebraico, mas por acaso sabe que *semol* – "sim, o senhor está certo" – significa "esquerda" e que o nome da planta *Samolus* pode muito bem vir do hebraico, após o que ela, maravilhosamente contida, observa: "Afinal não vem tudo do hebraico?"

Das poucas pessoas que riem com ela e de sua piada, sou de longe a mais entusiasmada. Gostaria que não estivéssemos nesta sala, mas em um de nossos restaurantes self-service.

Ela fala sobre todos os tipos de instruções da Torá e do Talmude sobre direita e esquerda.

A *mezuzá*, o tubinho sagrado que protege contra a entrada de espíritos malignos, fica pendurada no canto superior direito do batente da porta.

Os rolos da Torá, assim como os rolinhos de pergaminho em cada *mezuzá*, devem ser escritos com a mão direita.

Na *shul*, o rolo da Torá é pego com a mão direita e carregado no ombro direito, nunca toca o ombro esquerdo.

"Levantamos o cálice do *kidush* com a mão direita. Para nós, judeus, a direita representa o lado bom."

Judeus devotos primeiro colocam o braço, o pé ou a perna direita em uma roupa, depois a esquerda. "Na hora de nos despir, respeitamos a ordem inversa: quanto mais tempo o lado direito ficar coberto com a roupa, melhor. Lavamos primeiro a mão direita e depois a esquerda. E se eu me perder no caminho para casa e não souber se devo virar à direita ou à esquerda, escolherei virar à direita, como me aconselham os livros sagrados. Mas, porém, contudo: os homens enrolam o *tefilin*, o filactério de couro preto com os cubos, em volta do braço esquerdo. Porque é o lado em que bate o coração. Também é por isso que eles apertam as fitas na mão esquerda enquanto rezam. Quando se reza, coração e cabeça devem estar conectados."

Não se ouve uma mosca na sala. Algumas pessoas estão olhando para ela. Outra parte escuta com atenção, mas continua olhando para o palco, onde eu, cheia de orgulho e gratidão, quase flutuo.

Sua calma é aquela de um petroleiro. Sua essência religiosa judaica é tão forte que deixa a gente desconfortável. Seu conhecimento teórico sobre este assunto: a maioria das mulheres e talvez até dos homens não conseguiria se aprofundar tão facilmente.

E ela fala tão bem.

"Obrigada", diz a mediadora, "o que a senhora está nos contando é incrivelmente enriquecedor. Acredito que todos concordarão com isso."

Há um murmúrio de aprovação na sala.

O homem pede de novo o microfone. "Então talvez a senhora também saiba se existe alguma diretriz divina sobre colher plantas com a mão esquerda?", ele pergunta, depois de agradecer copiosamente – parece impressionado, milagres ainda acontecem.

"Nunca ouvi falar dessa planta", ela responde. "Teria que perguntar ao meu marido. Nossos homens sabem tudo. Assim como com vocês, os homens sabem tudo."

Risos. Sussurros. Pessoas que se cutucam com o cotovelo.

Do palco, eu entro na conversa: "A senhora poderia ligar para o seu marido?"

Há muitas risadas. No entanto, minha provocação é sincera. Eu acharia tão maravilhoso quanto inesquecível se ela ligasse para o marido, Aharon, aqui e agora. Sei que seu celular está em sua bolsa preta.

Ela não reage ao meu pedido. Dirigindo-se ao homem, ela diz: "Lamento não poder ajudá-lo além disso com sua pergunta. Mas o senhor conhece muito bem a lagoa da cidade. Então também deve saber que uma lagoa seca na cidade é uma perda para nós, judeus piedosos."

Agora ele balança a cabeça.

"*Rosh Hashaná, Yom Kippur*. Dentro de duas semanas chegará a hora: *tashlich*." Ela olha para o palco. "Posso falar mais um instante?"

"Vá em frente", a mediadora e eu a encorajamos e toda a sala faz com entusiasmo um sinal de aprovação. "Em breve celebraremos o Ano Novo Judaico, *Rosh Hashaná*, e depois será *Yom Kippur*, o Dia da Expiação. No *Rosh Hashaná* jogamos migalhas de pão na lagoa, que normalmente está cheia de água e de peixes, na companhia de nossos rabinos, que cantam e abençoam. As migalhas simbolizam os nossos pecados do ano que passou, os nossos maus pensamentos, os nossos traços de carácter menos nobres – vaidade, inveja, egoísmo, gula, o impulso de ultrapassar limites que é melhor não ultrapassar... Quando os peixes comem as migalhas, nossos pecados e pensamentos ilícitos estão fora do caminho por um ano. Desde que me lembro, sempre fomos ao parque municipal para fazer o *tashlich* – é assim que se chama esse ritual. Exceto nos últimos anos. Tivemos que procurar outro lugar. Não tem mais água na lagoa do parque municipal, não há mais peixes. Nossos pecados não são comidos."

"A senhora tem o rio Escalda", alguém grita.

Ressoam risos. A plateia está animada.

"Durante o *tashlich* respeitamos as leis do *Shabat*. Para quem não tem permissão de usar transporte, o Escalda fica muito longe das nossas casas, principalmente para os idosos que têm dificuldade de andar."

Algumas pessoas balançam a cabeça, falando entre dentes. Não sei por qual motivo: se por incompreensão, descrença, ou por se perguntarem por que os judeus devotos têm que tornar as coisas tão difíceis para si mesmos?

"Então, o que vocês fazem?", alguém pergunta em meio ao burburinho.

"Nós inventamos soluções", ela responde, "há milhares de anos somos muito bons nisso." E ela pede permissão para se sentar novamente. Porque esta palestra não é dela, mas minha.

Me dou conta do quanto sou ignorante.

Não tudo, mas muito do que Esther conta é novidade para mim. É um absurdo que, com um livro baseado em experiências pessoais, eu seja vista por tantos leitores não-judeus como uma especialista na comunidade judaica. É um absurdo que, por nunca encontrar uma contrapartida com conteúdo da qualidade de Esther em salas como esta, eu às vezes comece a me imaginar como uma especialista: em terra de cego, quem tem um olho se sente rainha.

Esther e eu devíamos sair juntas em turnê, me passa pela cabeça. No caminho para estes centros culturais e bibliotecas em recantos remotos de Flandres e dos Países Baixos, eu também poderia ensiná-la a dirigir.

***

Já faz muito tempo. Como vão as coisas comigo? Falo sobre ela às vezes durante palestras como aquela? Não é um problema. Pelo contrário. Diz que não preciso me conter. Posso contar e passar adiante tudo o que ela compartilhou comigo. Ela até acha que é importante. Contanto que eu não mencione seu nome nem seu pseudônimo de e-mail. Desde que eu garanta que ninguém saiba de quem estou falando. Porque hoje ela se levantou ali antes mesmo de perceber. Mas ficou feliz por ter se envolvido na conversa e ainda mais feliz quando viu meu rosto: "Nunca vou me esquecer daquele sorriso." Já experimentei a receita de brownie dela? Os *latkes*? E aí: gostosos?

Agora vem o que ela de fato queria saber.

É verdade que Deborah Feldman está na cidade? Sei algo mais sobre isso? Afinal, eu também sou escritora, e iguais atraem iguais, ela sabe muito bem e não se deixa enganar.

Deborah Feldman é a escritora americana de *Nada Ortodoxa*, a história autobiográfica de uma garota que se sente presa e sufocada na comunidade Satmar de Nova York e, ainda jovem, não vê outra solução a não ser, alguns anos após ser obrigada a casar com um homem que ela não queria, romper radicalmente com tudo o que diz respeito àquele grupo hassídico. Ela foge para Berlim com o filho e ali escreve sua história na tentativa de sobreviver financeiramente. *Nada ortodoxa* se tornou um best-seller nos Estados Unidos. Quase dez anos depois do livro, foi feita uma série para a Netflix. Shira Haas, uma famosa atriz israelense, faz o papel principal.

"Tomei café da manhã com Deborah recentemente", digo. "Ela viajou conosco de Berlim para Antuérpia. Em Berlim, a versão alemã de *Mazal Tov* foi lançada com a presença dela." Mostro a ela uma fotografia de Deborah e seu filho. Deborah tirou a selfie quando estava no terraço do nosso bistrô e me enviou.

"Eu já suspeitava de algo assim", murmurou Esther.

"O que você suspeitava?"

"Que precisava procurar você para mais informações. Durante a visita anterior dela a Antuérpia você também me falou sobre ela, lembra?"

"Daquela vez ela veio com seu cachorro. Desta vez ela viajou junto com o filho. Ambos, cachorro e filho, são muito legais."

"Ela é OTD. Totalmente. O livro dela é uma grande mentira."

"Você leu *Nada Ortodoxa* nesse meio tempo? Porque antes você não queria nem saber."

"Não, nem nunca vou ler, *keynmol*. Seria muito dolorido para mim. Mas conheço pessoas que leram. Está cheio de imprecisões. É uma vergonha. Ela está mentindo."

"Eu certamente não a chamaria de mentirosa."

"Não estou chamando de mentirosa. Estou dizendo que ela está mentindo e que seu livro é uma mentira. Não é a mesma coisa."

"É quase."

"Não. Eu nunca chamaria alguém que cometeu assassinato de assassino. É preciso ter cuidado com as palavras, sempre ensinei isso aos meus filhos. Que eles têm que evitar que suas palavras possam ferir. Não se deve reduzir uma pessoa a um ato maldoso. Com isso não se faz nenhum favor a ninguém. 'Você está mentindo agora. Mas você não se resume a um mentiroso', era o que eu dizia aos meus filhos quando, de boca cheia, afirmavam que não tinham comido chocolate. É nosso dever ver as pessoas como um todo."

Desta vez não vou me aprofundar neste argumento. Quero continuar no assunto e estou curiosa para ouvir a opinião dela sobre Feldman. "Compreendo e admiro a luta de Deborah pela liberdade", digo. "E é assim que leio a história dela. Como alguém que sentia em cada fibra de seu corpo que tinha que se defender, porque senão viveria uma vida que não pediu, uma vida que ignoraria a sua individualidade, uma vida que ela não queria de jeito nenhum."

"Vou mudar meu pseudônimo. Essa Deborah me faz não querer mais me chamar Devorah."

"Esther realmente combina melhor com você", eu digo.

Ela não ri. "Você sabe a minha opinião. Por mim, todos podem abandonar a comunidade. Posso até compreender e respeitar uma escolha assim. Mas depois não venha criar imagens enganosas para o mundo, não cometa traição. Fique quieta, viva sua vida, deixe-nos ficar com a nossa."

"Lembro que já tivemos essa conversa antes."

"Uma vez você me escreveu dizendo que precisava se libertar de sua formação católica. E que teve que trocar a sua cidadezinha por uma cidade grande para se sentir mais livre, livre da pressão social, livre dos padrões estabelecidos, das rotinas, da censura, talvez de si mesma. Eu me lembro. Não me subestime. Também me lembro do que respondi a você por WhatsApp. Perguntei se para você se sentir livre era a coisa mais importante de todas, e você nunca respondeu a essa pergunta."

"Esqueci disso então. Devia estar muito ocupada com alguma outra coisa. Ou talvez eu estivesse viajando. Em um fuso horário diferente. Nesses casos, acontece de alguma mensagem passar despercebida."

"Eu sempre respondo."

"Na verdade, não. Você não deu notícias suas por quase um ano."

"Isso é outra coisa. Tive que me distanciar. Minhas amigas não aguentavam mais me ouvir falar de você. E não foi um ano. Foram oito meses, para ser precisa."

"Suas amigas? Então você contou a elas sobre nós?"

"Era melhor se eu tivesse ficado quieta."

"Você sabe que elas desaprovam qualquer contato com alguém de fora da comunidade."

"Elas são mulheres boas, piedosas. Que falam muito. Que nunca saem para comer ou beber. E que se preocupam muito comigo. Podemos falar sobre Deborah de novo?"

"Deborah escreveu *Nada Ortodoxa* quando era muito jovem, não se esqueça disso. Quando se é jovem e rebelde, é preciso demolir tudo. Só mais tarde, depois de chutar as vacas sagradas e olhar para trás, para os escombros, é possível começar a reconstruir."

"Por que seria preciso demolir? E por que fazer isso publicamente, diante dos olhos do mundo inteiro? Por que colocar um milhão de judeus hassídicos, ou seja lá quantos somos, sob uma luz negativa? Você sabe por que ela está em Antuérpia?"

"Ela disse que a cidade terá um papel em seu próximo livro. Mas ela já foi embora. Já está em Berlim. Esteve aqui apenas por pouco tempo."

"Ela é da comunidade Satmar."

"Eu li *Nada Ortodoxa*."

"Em Antuérpia também temos *satmars*."

"Eu sei."

"Talvez ela queira acertar contas com certas pessoas."

"Você fala como se Deborah Feldman fosse vingativa. Ela não é."

"Não acredito nisso. Se ela tiver uma chance de falar mal dos hassídicos, ela aproveita."

"Eu gostaria de falar com um *satmar* convicto."

"Conheço muitas famílias."

"Você poderia me apresentar?"

"Não vou contar a ninguém que conheço você."

"Eu só conheço duas mulheres hassídicas. Você e uma mulher da comunidade Ger."

"Ah", ela diz. Ela olha para mim franzindo a testa.

"Nunca falei sobre ela?"

"Não. Você está se encontrando com ela como se encontra comigo?"

"Sim."

"Me surpreende."

"Por quê?"

"Nós não costumamos fazer isso. Eu sou uma exceção."

"Talvez menos do que você pensa."

"Ela tem a minha idade?"

"Mais ou menos. Assim como você, ela não quer que eu mencione o nome dela para outras pessoas. E me pediu explicitamente para nunca compartilhar nada dela com mais ninguém. Nem mesmo anonimamente. De maneira alguma. Nesse aspecto, ela é diferente de você."

"Você tem que respeitar isso."

"Eu tento."

"Onde vocês se encontram?"

"Por coincidência, combinamos de nos encontrar na próxima semana na entrada do Action, você sabe, aquela loja de desconto embaixo do Salão Municipal, na Meir[3]."

"Ela não deveria ir ao Action."

---

3 Principal rua de comércio de Antuérpia. (NDT)

"Por que não?"

"Uma rede de lojas de desconto como essa destrói tudo."

"Eu também não sou a favor de gigantes assim, como você pensa."

"O sistema do nosso *shtetl* é autossuficiente. Compramos uns dos outros. Damos emprego um ao outro. Para poder bater papo. Para controle social. Quem compra no Action afeta a nossa cadeia autossuficiente e com isso a nossa independência e a nossa comunidade."

"Não creio que vamos entrar no Action. É só o ponto de partida para uma caminhada."

"Compreendo muito bem que famílias de baixa renda – e elas cada vez mais existem também entre nós – têm dificuldades, não interprete mal as minhas palavras. Mas o Action e lojas do tipo colocam em risco a economia do nosso bairro e tudo o que nos torna quem somos e como vivemos. A longo prazo, o hábito regular de comprar fora do *shtetl* não é saudável. Ficaremos mais pobres, em todas as áreas. Esta sua amiga hassídica nunca será minha amiga. Ela conhece Deborah Feldman?"

"Ela sabe quem é Deborah, mas não a conhece."

"Todo hassídico sabe quem é Feldman."

"Você compreende Deborah?"

"Faço o possível para compreendê-la, mas não consigo. Só as desculpas esfarrapadas que ela usou para escrever o livro, dizendo que era para manter e sustentar o filho já não dizem o suficiente? Você precisa de desculpas para escrever um livro?"

"Ela tinha que ganhar dinheiro. Não tinha nem um centavo quando fugiu."

"Pode até fugir. Mas não se você tem um filho. Se você tem filhos dentro de um casamento ortodoxo, esses filhos devem permanecer ortodoxos. São descendentes da religião em que nasceram, do Todo-Poderoso que os colocou na terra. Por mim, ela podia ir embora. Mas deveria ter deixado o filho em sua comunidade."

"Você está falando sério?"

"Estou. Se um casal paquistanês, muçulmano, tiver um filho, esse filho deve, por definição, continuar sendo muçulmano em caso de divórcio. Não faz sentido arrancar a criança da sua religião e da sua comunidade. Acho isso criminoso. Ela aparenta estar feliz?"

"Deborah? Com certeza. É muito perspicaz intelectualmente. Cheia de energia. Está visivelmente satisfeita com a independência que adquiriu com próprios esforços."

"Mais uma vez, eu respeito o que ela fez. Não a maneira como fez isso, mas o fato de ter seguido sua própria voz, de ter feito suas próprias escolhas, isso eu respeito. Alguém que sai de uma comunidade como a nossa, tem que ser forte. Qualquer um que sai da nossa comunidade deve sentir como se seu corpo estivesse sendo amputado por todos os lados, todos os membros mutilados, restando apenas um coto sangrando. E tem que começar uma vida nova assim, com esse coto. Em um mundo que essa pessoa OTD não conhece."

"De fato."

"Há quem tente a mesma coisa e acabe na sarjeta. Eles não têm força interior. Eu sei disso. Tornam-se viciados em drogas ou álcool. Caem em depressão. Acabam na criminalidade. Porque ficam tão sozinhos. Não têm nada nem ninguém. Ela, Deborah Feldman, deve ter uma personalidade especial, não tenho problema em admitir isso. Você sabe que eu tenho uma queda por personalidades especiais. Mas ela escolheu o lado errado. Ela foi longe demais."

"Tudo o que você está dizendo agora está no livro de Deborah. Ela descreve como partir foi difícil para ela. Deixar aquele mundo protegido para um completamente desconhecido. Ela não sabia como poderia ou deveria procurar emprego. Não conhecia os códigos do mundo exterior. Nem o idioma. Nem os costumes."

"Perder seu filho para o mundo exterior é dolorido. Ver seu filho sofrer e falhar no mundo exterior pode doer ainda mais. Portanto, não tenho nenhuma satisfação com o sofrimento alheio. Estou feliz em saber que ela está bem. Mas ela não deveria ter vomitado tanto ódio pelos judeus, lamento dizer isso. Eu detesto a tática dela. Ela magoou muitas pessoas para que ela mesma se sentisse melhor."

"Você olha a história dela a partir do seu próprio ângulo."

"Você não? Todos nós fazemos isso, não é? Imagino que ela esteja feliz com sua nova vida. Por enquanto, ao menos. Quero ver como ela estará daqui a uma década. Como vai educar seu filho? Como um menino amputado social e emocionalmente vai se desenvolver?"

"Nesse meio tempo eles criaram um novo círculo."

"Ela não tem o direito de decidir o destino de seu filho. O menino nasceu em uma comunidade. Ela o arrancou dali porque achava que ela deveria se sentir livre. Ela nem sabe o que é liberdade. Eu garanto a você, ela ainda sentirá falta daquele mundo familiar. Ela ainda vai voltar."

"Aquele velho mundo não quer mais saber dela."

"Quando é necessário, cerramos fileiras."

"Para quem?"

"Para as más influências."

"Eu quero defendê-la."

"E eu nem quero pensar nisso."

"E se Deborah fosse um de seus filhos ou netos? Um membro da família que você ama? E que você sabe que não consegue sobreviver dentro desse sistema rígido?"

"Não é esse o caso. E acima de tudo, ela não deveria ter escrito todas aquelas mentiras."

"Imagine se ela fosse sua filha."

"Não imagino."

"Você deveria assistir *Nada Ortodoxa* na Netflix."

"Não temos televisão nem Netflix. E eu nunca assistiria."

"Você sempre me envia vídeos! Você está sempre online!"

"Não vejo bobagens. Eu controlo meus limites."

"Quando voamos para Berlim e pousamos em Berlin-Tegel, havia motoristas de táxi esperando no saguão de desembarque do aeroporto com a plaquinha *Nada Ortodoxa* na mão. A filmagem da cena do casamento aconteceu bem durante a nossa visita. Muitos dos atores e figurantes dessas cenas são de Nova York. Os cineastas queriam trabalhar com hassídicos de verdade, não com atores vestidos de hassídicos. Mais tarde, Deborah mostrou fotos e um vídeo das gravações em seu celular. Intrigante, viu."

"Mais mentiras, mais traição. Ela deveria ter ficado quieta e simplesmente começar sua nova vida em silêncio. Ouvi uma longa entrevista dela na rádio alemã. Ela fala muito bem."

"Então você ouve uma rádio alemã?!"

"Uma amiga me enviou o link dessa transmissão."

"Por quê?"

"Nós a estamos seguindo."

"Mas você não a lê?"

"Correto."

"Ela está se empenhando pelo iídiche", comento.

"Ela não falou iídiche naquela transmissão. Falou alemão."

"Quero dizer que ela está preocupada com a preservação do iídiche."

"Como se a língua estivesse em perigo."

"E está."

"Nisht emes."

"Antigamente, o iídiche era a língua coloquial judaica por excelência. Hoje apenas os judeus ortodoxos falam iídiche."

"E daí?"

"E daí? Uma parte do vocabulário vai se perder... Pense em todas as palavras que têm a ver com tabus, com sexo, para citar um. Se ninguém usar essas palavras, elas desaparecerão. Uma língua não pode sobreviver com uma dieta religiosa estrita. Ou acaba morrendo."

Ela fica quieta. Se gira no assento da cadeira.

"Torno a dizer, as pessoas não conhecem as diferenças entre todos os movimentos hassídicos e haredim. Não sabem o que é Satmar, o que é Belz, Lubavitch... Feldman não deixa nenhum fragmento hassídico intacto para o mundo exterior."

"Você subestima o mundo exterior. Uma história é apenas uma história. Não é a verdade universal."

"Onde ela e o filho estavam hospedados? Na sua casa?"

"No Hotel August. Ao menos, foi lá que os deixamos. Aliás, esse é um belo passeio em Antuérpia. Principalmente perto da rua Lange Leem."

"Que dia foi isso?"

"*Shabat*. Quando as calçadas esburacadas da Belgiëlei e da Lange Leem se transformam em bulevares de passeio."

"Ela entra em um carro no *Shabat*..."

"Ela não estava dirigindo. Estava no banco de trás."

"Ela não se preocupa mais com as leis do *Shabat*. Que provocação. Andar de carro pelas nossas ruas no *Shabat*."

"O filho de Deborah ficou encantado. Foi sua primeira visita a Antuérpia. Sua primeira visita, ainda que de carro, a um *shtetl*. Depois que eles fugiram para Berlim, ele nunca mais voltou para Williamsburg. Foi a primeira vez que ele viu tantos judeus *frum* paramentados nas ruas."

"Quantos anos tem o menino?"

"Doze, quase treze, quase *bar mitzvah*. Deborah disse a ele: 'Olhe bem, meu filho, esse é o nosso povo, é daí que nós viemos'."

"A ancestralidade é maior do que a família da qual você descende. Quem nasce judeu, permanece judeu. O que ela veio fazer em Antuérpia?"

"Ela está fazendo pesquisa para um próximo livro, já não disse isso?"

"E o filho dela precisava estar junto?"

"A irmã de Isaac Bashevis Singer terá um papel nesse livro. Você sabe, Singer, o autor daquele livro que eu dei pra você uma vez. A irmã dele também se chamava Esther. Ela morou em Antuérpia por um tempo, era casada com um negociante de diamantes."

"Não gostei muito dos relatos de Isaac. Nem me lembro mais deles. Então Deborah está de volta na Alemanha?"

"Sim."

"Gosto de ir para a Alemanha. Você pode achar estranho que uma judia goste da Alemanha, mas eu gosto de comprar roupas lá. Quando preciso de algo novo, uma blusa ou um cardigã, meu marido me leva de carro até Aachen, às vezes até Colônia. Ele espera no carro enquanto eu faço compras. Ele odeia fazer compras. Gosta de ficar no carro."

"Você disse agora há pouco que aqueles que compram fora da comunidade prejudicam a comunidade."

"Quase não existem lojas de roupas no nosso bairro. Quase todos nós compramos nossas roupas em outro lugar. Muitos vão para a Alemanha. A moda alemã combina melhor conosco."

"Não entendo."

"Entre todas as europeias, as mulheres alemãs são as que usam as roupas mais clássicas. A moda alemã é conservadora, por assim dizer. Menos pelada. E há uma grande variedade de saias e vestidos longos. Os modelos não são acinturados, mas ainda assim são bonitos e contemporâneos. Este casaquinho é de Colônia."

"É bonito. E de fato clássico. Eu pensaria que uma malha dessa qualidade vinha da Itália."

"Obrigada pelo elogio. Você vai estar em casa amanhã?"

"Acho que sim."

"Vou pedir ao meu neto para levar alguns doces para vocês."

"Obrigada. É muito atencioso da sua parte. Estou curiosa. Seu neto costuma vir para o centro?"

"Quando eu peço a ele, sim."

"Nunca nenhum menino hassídico bateu na nossa porta."

"Nunca é tarde para uma primeira vez. Ele não vai entrar. Ele entrega a caixa na porta. Já está na hora de você provar o meu cheesecake. Você nunca mais vai querer outro."

"Então você vai ter que me dar sua receita."

"Deborah conhece as receitas da avó dela? Ou será que ela também não continua a tradição culinária dos seus antepassados?"

Oito

Esther, que caso não considerasse a televisão um meio de comunicação inaceitável ganharia uma competição de culinária após a outra, me surpreende com seu talento para a cozinha.

Ela própria nunca comeria nada preparado por mim. As leis dietéticas impedem isso, elas contribuem para o separatismo religioso.

Graças à internet e ao seu caráter forte, Esther preparou a couve-flor assada, prato sobre o qual contei a ela, que fez sucesso no mundo todo graças ao famoso chef israelense Eyal Shani e que comi na casa de Dahlia e Naftali.

Em um dos vídeos de seu blog, Naftali, usando avental preto, está curvado sobre uma assadeira na qual há três couves-flores branquinhas, inteiras, com os floretes para cima e um leito de folhas verdes ao redor do talo. Com as palmas das mãos brilhantes de azeite, ele unta as couves-flores cozidas ao dente, massageando de leve, como um daqueles cabeleireiros raros que ainda tocam a cabeça de seus clientes com as pontas dos dedos, sem olhar para o relógio, até que eles cheguem a um estado de êxtase e relaxamento. Ele põe as couves-flores no forno quente e as retira alguns minutos depois com uma crosta dourada e crocante.

Em um banco do parque Middelheim, Esther e eu, com os rostos voltados para o sol de primavera, saboreamos essa iguaria, que também fica deliciosa quando servida fria. Com colheres de plástico resistentes – que ela também trouxe – quebramos pedacinhos da couve-flor, que derretem na boca. Não dividimos a couve-flor na hora; ela já tinha separado antes em dois recipientes.

"Eu acharia muito difícil ter que sempre pensar nessas leis e sempre ter que obedecê-las", comento.

"Eu também não consigo imaginar não as respeitar uma única vez. Sabia que não tenho nenhum problema em ficar longe de doces com creme nas horas depois de comer carne? Que posso jejuar sem problemas nos dias que a Torá prescreve? Mas *oy vey* se tiver doces com creme por perto quando as leis dietéticas permitem. Daí não consigo resistir e não sei parar de comer. Meu peso, portanto, é controlado por *Hashem*."

Ela belisca meu antebraço, dando risada. "Você já deve ter notado que meu peso sobe e desce como um ioiô. Fico feliz que *Hashem* com frequência me faça colocar o enésimo doce de volta à geladeira. Caso contrário, estaria sempre gorda."

Na verdade, eu nunca tinha percebido. As roupas dela escondem suas formas.

Ela diz: "Você tem bons genes. E força de vontade."

"E como é isso com você? Onde termina a sua fé e começa a sua vontade própria?" pergunto, aproveitando a oportunidade para falar mais sobre sua religiosidade.

"Minha fé não acaba", ela responde.

"E a sua vontade própria, onde está?"

"Está na minha fé."

Balanço a cabeça assentindo. Entendi que para Esther há uma grande diferença entre fazer perguntas e pôr algo em discussão. Já fiz isso algumas vezes: dirigi a ela certas questões diretamente relacionadas a viver de modo estrito, de acordo com as normas, se sujeitando aos *rebes*, muitas vezes a *rebes* que não vivem em nosso país, mas que do alto de sua montanha em Israel ou nos Estados Unidos dão ordens aos seus subordinados locais, que então apontam deveres e doutrinas aos seus seguidores piedosos. Ela sempre respondia com suas próprias desculpas.

Uma vez, recebi um vídeo de um amigo ortodoxo moderno no Facebook: um rabino superior ultraortodoxo, junto com sua comitiva, entrou em seu jato particular pelo *finger*. O líder espiritual voou de Israel para Nova York e arredores em um avião que parecia um mini Concorde. Ele tinha ares de estrela pop e era tratado desta forma. Estava cercado por guarda-costas e *groupies*, todos homens vestindo um *bekishe*, o característico casaco preto de seda ou cetim. Lagosta e caviar podiam não estar no cardápio, dada a proibição religiosa de comê-los, mas não há dúvida de que esse líder espiritual estava nadando em luxo a trezentos metros de altitude. Enquanto a maioria de seus seguidores mal consegue sobreviver. O bom homem pertencia ao movimento Skver, uma das dinastias rabínicas fundadas na Ucrânia.

Encaminhei o vídeo a Esther e escrevi algo como: "Ele está se saindo muito bem."

Como resposta, recebi: "Quando não sei do que estou falando, geralmente fico calada."

Um ou dois dias depois, ela argumentou sua resposta: "Sinto muito por ter reagido tão brevemente, mas a) aquele vídeo não me agrada, b) não me agrada o fato de ditos judeus piedosos modernos enviarem este material para você para zombar de nós, hassídicos e c) não me agrada que você me envie isso, porque significa que você acha isso engraçado e não é. Também me incomoda um rabino tão rico assim. Mas ele arrecada fundos em todo o mundo. Ao se exibir, ele gera dinheiro com todos os seus crentes e novas escolas e *yeshivot* são fundadas. Eu não aprovo essas influências. E ele não é nosso rabino. Ele é um Skver. Obrigada pela compreensão."

Quando entramos em conflito, é por causa de sua religião. Às vezes, depois de uma discussão dessas, fico sem notícias dela por semanas ou meses.

No entanto, é ela mesma quem se abre comigo sobre questões religiosas. Como aquela vez em que ela me contou, durante uma visita ao posto de observação do museu MAS, sobre uma das suas muitas netas que tinha ido em peregrinação a Uman. Eu nunca tinha ouvido falar de Uman: uma cidade na Ucrânia onde o túmulo de Rabi

Nachman de Breslov atrai centenas de milhares de hassídicos todos os anos. Nachman de Breslov é bisneto de Israel ben Eliezer, o fundador do hassidismo.

Ela não se interessava por esses eventos que reuniam multidões em torno do local onde ele estava enterrado. Eles, ela e os seus, conheciam pessoas que viajavam todos os anos para Uman. E era sabido que alguns peregrinos perdiam completamente a cabeça: com ações irresponsáveis e libertinagem e bebida e drogas e outras coisas e condições ainda mais perniciosas que nada tinham a ver com a sua fé. Mas ao mesmo tempo ela estava orgulhosa por uma de suas netas ter participado desta peregrinação. Eu não devia pensar que as mulheres não tinham permissão para isso. De fato, Rabi Nachman foi muito progressista. Ele fazia questão de incluir as mulheres na experiência espiritual do hassidismo. E a sua neta rezou lá, juntamente com centenas de outras mulheres devotas. Ela se elevou pelas intensas orações como que por uma corda, surgiu nela uma força que ela não conhecia antes e ela teve a sensação de que, junto com todas as outras, formava uma grande mulher. Se sentiu alçada acima da nossa experiência comum de tempo e espaço.

A própria Esther jamais iria a uma manifestação de massa assim. Ela não precisava de tal "confissão". Porque segundo ela, Uman era isso. Todo lugar de peregrinação era isso, mesmo que se chamasse Lourdes ou Fátima. Um lugar para fazer penitência coletiva e pedir perdão. Um lugar em que as pessoas iam em massa para purificar suas consciências atormentadas e onde, porque o *Yom Kippur* ou o confessionário não eram suficientes, exprimiam a Ele seu arrependimento por seus erros, pecados e falhas.

Ela fecha de novo os tupperwares, embrulha em uma sacola de pano e guarda na bolsa preta. Nós nos levantamos. Ela não chega nem nos meus ombros, mesmo quando, como agora, estou de sapatos baixos. Quando marco um encontro com Esther, adequo minhas roupas a ela. Não que eu renuncie às minhas calças compridas e justas, mas na presença dela eu não uso camisa ou blusa com decote aberto, e os tops sem mangas ficam no armário. É um código social que prescrevo a mim mesma com prazer e que, tenho a impressão, faz bem aos nossos encontros e à nossa amizade.

Suspeito que ela também se adeque um pouco a mim. Quando nos vemos, ela está sempre maquiada. Usa uma máscara de cílios sutil e uma base suave. Suas roupas, embora pareçam neutras, são cuidadosamente escolhidas. Seus sapatos têm um saltinho.

Algumas vezes eu a encontrei por acaso. No Grosz, o supermercado *kasher*. Na rua, perto da Mediaplein. No zoológico onde ela, acompanhada por algumas outras mulheres, era seguida por uma horda de crianças em idade pré-escolar. Ela sempre me cumprimentava de maneira breve e simpática. Ela nunca parou nem nunca tivemos sequer uma conversa rápida. Quem nos via jamais poderia imaginar que, em uma outra situação, confidenciamos histórias pessoais uma à outra. Todas essas vezes ela estava usando sapatos com sola de borracha crepe.

Não foi por acaso que nos encontramos de novo – pela terceira vez – numa tarde no meio da semana no parque Middelheim. Esse belo parque de esculturas ao ar livre fica nos arredores de Antuérpia e só se pode chegar aqui de carro, ônibus ou bicicleta.

Ela veio de ônibus. É o mesmo ônibus que vai para os hospitais perto daqui; seu pai esteve recentemente internado em um deles. Felizmente ele já está em casa. Ela não precisava pegar ônibus para visitá-lo. Como membro da comunidade judaica, ela pode pedir o *Rechev* duas ou três vezes por semana, um bem-organizado serviço de táxi administrado por voluntários que levam a pessoa gratuitamente até seu familiar doente; mesmo que o paciente passe por uma cirurgia cardíaca no hospital de Aalst ou esteja se recuperando de uma fratura no quadril em Knokke. O motorista espera até que o horário de visita termine e depois deixa a pessoa na porta de casa. Uma outra organização chamada *Bikur cholim* se dedica ao bem-estar de pessoas doentes e necessitadas. Seus voluntários visitam todos aqueles que, em casa ou no hospital, desejam ou necessitam de visitas. Eles também entregam refeições *kasher*.

Nós caminhamos e conversamos. A cadência dos nossos passos traz descontração e as esculturas de Rik Wouters, Henry Moore, Auguste Rodin e outros artistas são uma companhia inspiradora. Às vezes paramos diante de uma escultura e a contemplamos por um bom tempo. Ela não quer que eu tire fotos. Nem dela, nem das obras de arte. Ela também não tira. Acha certas esculturas bonitas, como as duas mulheres grávidas de Charles Leplae; estão ali, quase barriga com barriga, maiores que o tamanho natural, conversando entre si e usando vestidos que vão até os tornozelos. Outras obras ela acha interessantes: as de Zadkine e Panamarenko e as freiras de Elia Ajolfi, "mas que elas sejam importantes ou imperdíveis, são outros quinhentos".

Durante a nossa primeira visita a este parque, mostrei a ela no pavilhão a recentemente adquirida estátua de cera de Medardo Rosso, chamada de "o menino judeu". Ela ficou olhando por um bom tempo e teve vontade de tocar e acariciar suas bochechas rechonchudas.

Diante de uma série de esculturas abstratas e instalações com objetos de formato fálico ela balançava a cabeça e erguia os ombros. "O governo tem dinheiro sobrando, com certeza." A estátua de bronze do artista judeu Jacques Lipchitz, *A luta de Jacob com o anjo*, ela acha sombria e melancólica. Mas quando ela descobre que a obra é uma representação da luta do povo judeu por sua existência, acha impressionante.

"Já contei pra você sobre o padre que adora o artista judeu Marc Chagall?", pergunto a ela.

"Eles existem, então? Padres que amam o povo judeu?" Ela ri. Eu também.

Ela diz: "Não sei contar piadas, mas desta vez vou tentar."

Ela coloca de novo a mão no meu antebraço. Ficamos paradas e, olhando para mim, ela começa a contar. De fato, ela não sabe contar piadas. Ela acaba com elas, conta sem qualquer variação de entonação, sem criar um momento de tensão, recitando depressa, como se quisesse terminar logo.

Mesmo assim, ela tem toda a minha atenção.

"O padre diz ao rabino: Sonhei com o paraíso judaico.

O rabino pergunta: E como era o nosso paraíso?

O padre responde: Igual a um mercado mediterrâneo, uma algazarra, só desordem, ninguém arrumava nada, e só pessoas fazendo gestos grandes, agitados e desnecessários, caos, caos, caos.

Ao que o rabino diz: Recentemente sonhei com o paraíso cristão.

Ah, o padre reage com interesse, e como era o nosso paraíso católico?

Está cheio de catedrais e brilha com enorme pompa, comenta o rabino.

Claro, diz o padre com orgulho.

Mas o rabino ainda não terminou de contar: E tudo é feito de ouro, ele diz, e há toda aquela arte, aquelas estátuas e pinturas incrivelmente impressionantes, e no céu de vocês tudo é organizado e arrumado, nada de caos.

Encantado e radiante de orgulho, o padre pergunta: E o nosso povo, como é o nosso povo no paraíso?

Povo? o rabino repete surpreso. Não há ninguém no paraíso de vocês."

É bom dar risada juntas.

"É, agora nós rimos", ela diz, "mas depois da guerra meus pais tiveram a possibilidade de alugar um apartamento interessante quase em frente a uma igreja. Porém rejeitaram a oferta. Minha mãe temia que a igreja, para onde olharia todos os dias, recairia como uma maldição sobre sua família. Alugaram um apartamento menos conveniente, em outra rua."

"Hoje em dia já não seria assim, não é?", comento.

"Vai depender da família", ela diz.

"Você mesma mora perto da Igreja Ortodoxa Russa…"

"Para mim não é nenhum problema", ela responde, pensativa. "E para o meu pai também não é mais, porque ele gosta de morar conosco. Mas com certeza existem judeus que se escandalizariam com isso. Talvez não em Antuérpia, porque aqui vivemos todos misturados, todas as religiões, todas as nacionalidades, todas as cores, todas as línguas. Mas é melhor não chegar com uma igreja em Bnei Brak. Nem em certas áreas de Nova York e dos Estados Unidos. Ah, eu poderia até morar perto de uma mesquita, contanto que possamos ser quem somos e viver como vivemos."

Eu chuto uma pedrinha na minha frente.

Ela diz: "Você não queria dizer alguma coisa sobre um padre?"

Por causa da piada, tinha quase esquecido o que queria contar para ela. "Sobre um padre obcecado pelo pintor judeu Chagall." Retomo o assunto sem nenhuma dificuldade.

Ela faz hmm.

"Chagall ilustrou muitas histórias bíblicas", eu digo. "Ele vem de um meio hassídico. Vocês têm essa origem em comum. De Belarus, se não me engano."

"Ele está morto, presumo."

"Há algumas décadas. Não sei muito sobre o pintor. Mas na sala desse padre, cada centímetro quadrado está coberto com Chagall. Tem mais de uma centena de obras, imagino que sejam reproduções, é um jogo de cores. Suas estantes de livros e aparadores também estão repletos de Chagall. Ele tem mais de quinhentos livros sobre o pintor. Se você toma café ou chá e recebe um pedaço de bolo, a louça será estampada com algum desenho de Chagall. Tudo respira Chagall. Eu não ficaria surpresa se ele também usasse cuecas com motivos de Chagall."

"O homem é são?"

"Acho que sim", sorrio.

"Onde vive esse padre? Neste país?"

"Em Aarschot. Você já esteve lá?"

"Por que eu iria a Aarschot?"

"Eu também não conhecia essa cidadezinha de província. Ou melhor, conhecia apenas como uma estação intermediária no caminho para a cidade dos meus pais. Antigamente, o trem que vai direto de Antuérpia para Hasselt parava ali – tinha que virar lá para continuar a viagem. Nunca tinha descido ali, até visitar o padre Gerits. E notei imediatamente que, quando a gente caminha da estação até a casa paroquial, tem que passar por uma linda beguinaria restaurada. Eu nem sabia que existia."

"Uma beguinaria. Era uma espécie de *kibutz avant la lettre*, mas só para mulheres", ela diz em tom sério.

"Não creio que as beguinas praticassem agricultura."

"Elas não tinham uma horta? Nem um pequeno pomar?

"Tinham."

"E aquela comunidade de mulheres não supria suas próprias provisões?"

"Presumo que sim. Então sua comparação faz sentido. Você já morou em um *kibutz*?"

"Nunca."

"Nem mesmo quando era jovem?"

"Quando eu era jovem, era casada e tinha filhos."

"Você não foi passar um tempo em Israel, como tantos jovens judeus de todo o mundo?"

"Eu já estava casada há pelo menos quinze anos quando visitei Israel pela primeira vez. Mas estamos nos desviando outra vez. Me mostre alguma coisa deste Chagall. Tem alguma escultura neste parque?"

Pego meu iPhone. Nos sentamos de novo em um banco. Ela não pega seu celular. Eu procuro no Google, com a mão sobre da tela, para evitar o sol.

A primeira pintura de Chagall que aparece é a do judeu rezando, com tapete de oração, *tzitzit* e *tefilin*. Ela diz: "Vejo homens assim todos os dias." A segunda é a tela de um judeu piedoso com roupas de oração; ele segura um rolo da Torá embrulhado em um manto vermelho. Ela fica comovida com a visão desse homem; pela solidão que irradia na paisagem fria: atrás dele um cavalo puxa um trenó pela neve. Ela quer ver melhor as pinturas coloridas e os vitrais que retratam histórias bíblicas: a intensa luz do sol dificulta uma reprodução clara. As pessoas e animais coloridos flutuando no ar, como num conto de fadas, fazem apenas com que ela fique um pouco intrigada. Os retratos de Bella, esposa de Chagall, não a empolgam. Ela quer ver de novo a tela com o rolo da Torá.

"Será que a esposa dele ficou feliz com aqueles retratos?", ela pergunta quando guardo de novo meu celular.

"Tenho certeza que sim."

"Eu odiaria se fosse pintada assim e se outras pessoas olhassem para mim depois que eu morresse. Por que esse padre gosta dessas obras?" Ela abre a bolsa, tira um saquinho de pastilhas Ricola, põe duas na minha mão e na dela. "Sem laticínios nem gelatina, o mais *kasher* possível."

"Não posso responder suas perguntas. Não conheço o padre tão bem assim. Por que não vamos juntas até lá uma hora?" sugiro. "Daí você pode ver tudo de Chagall. E vocês poderão se conhecer. Isso me parece bem interessante. Ele certamente estará aberto a isso."

Ela diz: "Calma." E um pouco mais tarde: "Você sempre foi assim? Nunca consegue simplesmente deixar as pessoas e as coisas como estão?"

Gostaria de ainda ficar apreciando algumas das esculturas, mas ela leva um susto quando olha para o relógio. Passamos mais de três horas juntas. E ela ainda tem que voltar de ônibus. Eu vim de bicicleta.

"Temos hóspedes em casa esta noite. *Hachnosas orchim*, você já ouviu falar, *Hachnassat orchim* em hebraico?"

Balanço a cabeça dizendo que não. Me lembro de algo, mas não consigo definir o termo imediatamente.

"*Hachnosas orchim* significa em iídiche: trazer convidados. Nos ensinam essa boa ação desde cedo. Recebemos hóspedes que vêm do exterior: assim eles não precisam ficar em hotel e podem limitar seus gastos. Mas não é tanto por essa economia, embora ela também não seja desimportante. O objetivo do *hachnosas orchim* é que a gente receba em casa convidados estrangeiros – muitas vezes desconhecidos – como se fossem nossa própria família, e que dessa maneira se formem laços."

Ela própria se hospedou muitas vezes com pessoas que não conhecia, mas que pertenciam ao mesmo movimento hassídico. "Nossos filhos têm famílias numerosas e não têm casas grandes. Assim, quando eles celebram um *bar mitzvah*, um casamento ou uma cerimônia de *upsherin* – em Israel ou nos Estados Unidos – a casa deles fica muito cheia e nós, e muitos outros convidados, ficamos hospedados com uma família judia que mora perto."

Também nunca ouvi falar dessa cerimônia.

"*Upsherin*? Você deveria conhecer, não?"

Como eu não reajo, ela continua: "O primeiro corte de cabelo dos nossos meninos. Aos três anos. Começam a aprender o alfabeto hebraico. E cortam o cabelo pela primeira vez, mas não nas têmporas, caso contrário as primeiras *peiot* não podem aparecer. *Upsherin* é uma grande celebração familiar. É um momento importante. Uma bela tradição."

Ela não conhece os hóspedes que chegarão daqui a pouco. Sequer sabe seus nomes. Serão dois, marido e mulher. Eles vêm da Inglaterra. O filho deles estuda na Yeshivá Etz Chaim, a escola superior que não fica longe do parque Middelheim e que oferece uma das formações religiosas mais renomadas do mundo. O talento deste filho e seu desejo de dedicar a vida aos estudos religiosos é apoiado e incentivado por toda a comunidade. Ele é considerado um grande trunfo em seu grupo hassídico.

Esther ainda precisa arrumar as camas e sacudir os edredons. Ainda quer colocar uma garrafa de água no quarto, algumas frutas e toalhas limpas.

"Graças à minha religião, minha vida é ocupada e cheia de aventuras", ela diz. Seus olhos cintilantes brilham por trás dos óculos. Eu me pergunto como ela era quando jovem. Nunca vi uma foto antiga dela.

Nove

São dez horas da manhã quando vou ao dentista, passando pelo parque da cidade.

Nas ruas paralelas ao caminho do parque, para lá da cerca viva, dezenas de meninos e homens judeus ortodoxos se apressam em direção à sinagoga com costas eretas, queixos erguidos e chapéus apropriados. Muitos têm um livro nas mãos ou carregam cuidadosamente o xale de oração dobrado, embrulhado em um envelope quadrado transparente. Alguns hassídicos têm um manto de oração branco sobre os ombros, de lã ou seda, entremeado com azul, preto ou prata. O chapéu de pele deles é quente demais para esta estação.

Acho que reconheço o marido de Esther, o que me acontece com frequência.

Perto da avenida Van Eyck, um pai judeu e seu filho adolescente caminham ao meu lado. Parece que vão para uma festa. Calculo que o menino tenha cerca de dezesseis anos, mas de terno e chapéu de feltro clássico, todo menino parece um pouco mais velho, talvez ele tenha acabado de fazer o *bar mitzvah*.

Pai e filho são muito parecidos. A silhueta deles é a mesma. Eles andam do mesmo jeito. Têm os mesmos ombros franzinos em um mesmo casaco. O mesmo maxilar:

nenhum dos dois tem barba ou sequer indício dela. Eles caminham rapidamente. Mais rápido que eu. Me fazem pensar no Sr. Schneider e seus filhos. Em Naftali e seus três meninos.

Aposto que vão à sinagoga na rua Terlist, atrás da única delegacia de polícia da cidade que ainda é localizada em uma mansão imponente.

Percebo isso antes que pai e filho tenham consciência de qualquer mal. Vejo o homem chegando. Ele é baixo e corpulento, tem cabelo loiro curto e usa uma camisa branca por fora da calça jeans. Ele ataca a pai e filho com toda força. Uma batida de frente – primeiro o pai, depois o filho. Em seguida, uma série de golpes com o ombro. *Alahu Akbar. Allahu Akbar.*

O pai cambaleia e perde seu chapéu. O filho cai na cerca viva, seu livro com letras hebraicas também. Quando se recuperam, o agressor já se afastou cerca de cinco metros. Em uma língua inconfundivelmente eslava, ele grita palavras que a gente nem precisa entender para compreender sua hostilidade. Ele mexe a pélvis para frente e para trás enquanto pega o cós da camisa com a mão direita e gira. Depois de mais alguns *Allahu Akbars*, ele continua cheio de fúria e se choca com um segundo grupo de frequentadores da sinagoga.

"Vocês precisam chamar a polícia", digo ao pai e ao filho. Caminho até os dois. Minha voz está tremendo e minhas pernas também.

"Obrigado", diz o pai. "Mas estamos bem, não aconteceu nada."

"Eu vi tudo", eu digo. "Eu quero testemunhar."

"É muito gentil, mas não é necessário, obrigado", diz o pai. Ele coloca o braço em volta dos ombros do filho empalidecido.

"É importante relatarmos isso", eu insisto. Aponto para trás, onde o homem mais uma vez agita seu pênis improvisado na direção de outro grupo de judeus.

"É triste principalmente para este homem", diz o pai. "Ele deveria falar conosco. Deveria nos explicar por que faz o que faz. Ele deve ter frustrações reprimidas; quem está bem consigo mesmo não faz algo assim."

Eles não chamam a polícia: os judeus devotos não levam o celular consigo em um dia de descanso ou de festividade.

Eles não querem que eu chame a polícia por eles.

Eles não gostariam que nós – eles e eu – fôssemos juntos à delegacia, que está a menos de trezentos metros daqui.

Alisam suas roupas e chapéus, passam a mão nos livros e nas vestes de oração e continuam seu caminho para a sinagoga.

Tenho que reunir todo o meu ânimo para finalizar minha ida ao dentista.

Dez

O "incidente" fica no meu estômago por dias.
 Envio um e-mail a Esther sobre o assunto e recebo imediatamente uma mensagem de texto.
 "Videochamada?"
 "Eu detesto."
 "Nunca faça algo que você deteste. Você já está velha demais para isso. Alguma alternativa?"
 "Nos encontrar. Pessoalmente."
 "Agora não é possível."
 "Nem se for rápido?"
 "Com você nunca é rápido."
 Ela me liga, sem vídeo. E diz: "Eu gostaria de poder escrever como você. Aí eu responderia por e-mail. Mas uma página inteira, como as muitas que você me escreve, para mim demora algumas horas. E se eu ficar na salinha anexa durante horas, meu marido vai se perguntar: o que tanto ela está fazendo no computador?"
 "Salinha anexa?"
 "Sim, a salinha onde está o computador. A porta está sempre trancada. Só meu marido e eu temos a chave. Meus netos não têm permissão para usar o computador. Seus pais

não têm computador. Nós temos um para a contabilidade. E para mim." Ela diz: "Não quero falar sobre esse incidente por telefone agora."

"Isso assusta você?"

"Nada mais me assusta. Mas não quero falar disso agora, se você puder respeitar. Como vai o seu trabalho?"

Não entendo a reação dela. Ela me liga em resposta ao meu e-mail. Mas não quer falar do assunto. Eu não imponho resistência, sigo o seu raciocínio. Conto que estou fazendo entrevistas com ex-funcionários da Sabena, a companhia aérea nacional belga que faliu dezoito anos atrás; no final de 2021 serão lembrados os vinte anos de falência, inclusive por meio da série documental para a qual estou colaborando.

Esther me contou que o falecido pai da família Hoffman estava em um voo da Sabena de Bruxelas para Ben Gurion quando os pilotos receberam a mensagem de que, em um determinado momento, uma bomba explodiria a bordo. Tiveram que fazer um pouso de emergência na Grécia. A sogra dela, infelizmente também já falecida, estava no mesmo voo.

Uma vez no solo, todos os passageiros tiveram que sair pelo escorregador de emergência. Sua sogra perdeu os sapatos nesta operação de resgate. O falecido sr. Hoffman imediatamente tirou seus sapatos e os deu a ela.

Não havia nenhuma bomba a bordo.

Pela primeira vez, fico profundamente frustrada por termos sempre que procurar canais alternativos de comunicação e de encontro. Em vez de todos esses e-mails, ligações e complicações, eu preferiria pular na minha bicicleta e tomar café com ela, ou melhor ainda, gostaria que ela pegasse a bicicleta e viesse se sentar à mesa conosco, para que pudéssemos, uma e outra, conversar em paz e com toda a liberdade, e para que ela pudesse provar que meu cheesecake também é bom, e meu bagel com salmão, e o pastrami de carne da Holsteiner, para mencionar apenas três pratos de assinatura judaica.

Me dou conta de como os desvios que temos que fazer são cansativos. Sem falar nas desconfianças dela, que reaparecem de vez em quando e que às vezes me parecem um tanto artificiais e forçadas.

Nunca seremos amigas normais. E nossa amizade incomum tem tantas barreiras e limitações que me parece provável que um dia uma de nós queira cortá-la. Não há equilíbrio e reciprocidade. Eu pergunto de tudo a ela. Ela responde e raramente me faz uma pergunta pessoal. Talvez cada uma, à sua maneira, queira o impossível.

Me despeço com uma alguma indiferença.

Ela diz: *"Behatslachá."*

"Você também", digo, me recusando a perguntar o que significa.

Mais tarde eu pesquiso. Significa "boa sorte, que tudo corra bem para você", ou algo parecido.

E como não poderia deixar de ser, ela me envia uma série de anexos. Mal consigo abri-los.

São alguns artigos sobre sul-coreanos que estudam o Talmude na universidade em seu próprio país. Não porque tenham interesse pelo judaísmo, mas "porque são ambiciosos e inteligentes e pensam que os judeus, um povo tão pequeno com um número tão grande de laureados do Prêmio Nobel, possuem um método de pensamento que eles não têm, mas que com certeza querem ter". Adotam o antigo método de ensino talmúdico, o jogo intelectual de questionamento, a tradição judaica na qual uma opinião é colocada contra outra e na qual a visão mais crítica pode contar com o maior reconhecimento.

Há ainda um artigo sobre o sequestro de um avião da Sabena em Tel Aviv no início dos anos 1970. Depois fotos de filés de salmão cozinhando em fogo brando com a legenda: "Estou fazendo quarenta porções." E na sequência um porquinho com uma placa de proibição: o ícone para alimentos *kasher*. E atrás, uma série de letras hebraicas, palavras em iídiche.

Envio para ela a mensagem: *"Fun a khazershn ek ken men keyn shtrayml nit makhn."* Um leitor judeu "OTD" uma vez me enviou essa expressão iídiche que eu sei de cor, "não se pode fazer um *shtreimel* com rabo de porco".

Ela responde: "Agora escreva isso no alfabeto iídiche."

Eu: "Me ensine esse alfabeto."

Ela: "Eu já ensino demais para você."

Onze

Nos encontramos na loja de departamentos Inno.
A sugestão veio dela. Ela percebeu que eu estava farta com todos os hábitos que impregnavam nossa relação.

A primeira coisa que ela me disse é que não tinha nenhuma guloseima para mim: "Ando tão ocupada, com coisas demais na cabeça, não só os negócios, mas situações com um dos meus filhos e com um proprietário de imóveis, envolvemos até o *rebe*, não foi nada bom."

Pegamos juntas as escadas rolantes até o restaurante no último andar. No térreo, ela parou na seção de meias-calças e meias. Nem prestou atenção nas roupas masculinas do primeiro andar. Nas roupas femininas, ela só se demorou olhando para calças largas de veludo. Com uma das pernas da calça na mão, ela diz: "Algo assim ficaria bem em você." Utensílios de cozinha, roupas infantis e malas de rodinha receberam toda a sua atenção.

No departamento de roupas de cama ela começou a falar sobre o *rebe*. Uma de suas netas de Antuérpia se casou recentemente com um jovem hassídico de Israel. A nova vida dos dois seria em Antuérpia. O jovem casal morou com a família aqui por um tempo. Até encontrarem um "apartamento ideal" à venda.

Só que o senhorio está criando dificuldades. Ele também é judeu, naturalmente. Por definição, um judeu *frum* tem poucas chances com proprietários não-judeus: nenhum *goy* quer tantos carrinhos de bebê no corredor ou consegue tolerar tanta cantoria – sinto muito, mas é a verdade.

Mesmo este proprietário judeu, que infelizmente não é nem *belzer* nem hassídico, não está ansioso para vender o pequeno apartamento ao jovem casal. Os dois, ambos com menos de vinte anos, pretendem se mudar para o apartamento vago imediatamente como imóvel alugado, antes mesmo do empréstimo para a hipoteca estar finalizado.

Alugar antes de comprar é normal, acredita Esther. E dentro da comunidade, é tradição que os recém-casados recebam uma ajudinha. Mas o proprietário diz: "Se vocês alugarem este apartamento e a hipoteca não der certo, eu é que sofrerei as consequências. Porque a senhora vai engravidar. E um proprietário judeu que expulsa à força uma mulher grávida de sua casa, assina a sua sentença de morte na comunidade. Se eu alugar para eles, nunca irão comprar. E eu nunca poderei vender."

Ela não entende o senhorio. Sim, o jovem marido da sua neta está desempregado. Mas ele é inteligente. Ele tem cabeça para livros sagrados. E todos sabem que seria uma perda para o mundo se ele não dedicasse sua vida ao estudo da Torá. É preciso apoiar um homem assim. E sua neta também tem habilidades. É uma menina ótima. Pode trabalhar no negócio de cozinhas da família. Sem dúvida eles encontrarão uma fonte de renda para ela no círculo de familiares e conhecidos. Se a menina engravidar, e a esperança é que logo possam celebrar este acontecimento feliz, é claro que um emprego fora de casa em período integral já não seria uma opção, mas será que as pessoas querem ter filhos ou riqueza material neste mundo?

Foram procurar o rabino. Ele ligou para o casal, para os pais da menina e para o senhorio e decidiu que os pais tinham de assinar o contrato de aluguel com opção de compra como fiadores. Do jovem ele exigiu que pagasse um sinal de 8.000 euros ao proprietário no momento da mudança para o apartamento, como prova de que eles realmente querem comprar o imóvel. Durante os primeiros três meses o valor do aluguel será de 650 euros. Ao longo deste trimestre, o jovem casal pode providenciar a hipoteca. Se o empréstimo bancário não for garantido ao fim de três meses, o aluguel aumentará para 5.000 euros por mês – para aumentar a pressão e proteger o proprietário! Os pais da menina – o filho de Esther e sua esposa – seriam corresponsáveis pelo pagamento. Como esses pais também são fiadores de empréstimos para seus outros filhos, o rabino também convocou os avós – Esther e seu marido – para do mesmo modo assinar o contrato.

O incidente antissemita no parque da cidade.

Começamos a falar disso quando estamos em nossa cafeteria favorita, sentadas em nosso lugar favorito.

Ela já tinha me escrito um e-mail sobre isso. Mas no fim não enviou.

"Tenho aqui comigo", ela diz. Tira uma carta da bolsa e desdobra. É uma página inteira, impressa, com fonte em tamanho padrão. Ela lê em voz alta e complementa com novas formulações.

> Durante Pessach, nossa neta, Malka, subiu no banquinho do vovô Apfelbaum e, quando foi descer, caiu de mau jeito e machucou o pulso, que começou imediatamente a inchar. Sim, temos netas de dezoito anos e de dezoito meses, é o que acontece com famílias numerosas como a nossa.
> Malka chorou, mas se manteve forte. Desconfiei daquilo, principalmente porque aquele pulsinho ficou tão grosso quanto suas pulkies. Ela não queria mais brincar. Viramos a articulação no eixo com cuidado, ela deixou, mas ao virar provocou dor e ela chorou mais, só tem dois aninhos. Nos reunimos à mesa com todos os adultos que estavam nos visitando. Um pulso torcido no Shabat é completamente diferente de um pulso quebrado. Segundo a Torá, um osso quebrado é um problema de saúde urgente. Em caso de fratura, aplicam-se regras de emergência, mas não no caso de uma torção. O que devíamos fazer? Devíamos quebrar as regras porque era permitido em caso

de fratura, ou devíamos quebrar as regras sem a certeza de que era permitido?

Fui caminhando até o pronto-socorro do Hospital Sint-Vincentius com a mãe de Malka. Pegar um táxi ou um bonde significaria uma dupla violação. Minha nora, Noreena, levou Malka nos braços.

Sint-Vincentius é uma clínica pela qual agradecemos a Hashem. A enfermeira foi muito simpática e profissional e os médicos também. O exame mostrou que o pulso de Malka não apresentava fratura. Ficamos aliviadas, nada foi quebrado, nem rompido, mas houve torção grave, dos males o menor, Baruch Hashem, louvado seja o Senhor.

Mas daí veio a mulher da administração!

Ela queria que preenchêssemos uma papelada. Queria que pagássemos. Ela sabe muito bem que nós, judeus ortodoxos, não estamos autorizados a pagar nas datas festivas. Ela trabalha lá há muito tempo. Eu já a vi antes. Ela parece muito simpática, mas não é.

Muitos pacientes judeus vão ao Sint-Vincentius. A maioria dos nossos filhos nasce lá. Nossos costumes são conhecidos. Vários médicos judeus trabalham lá. As pessoas nos conhecem e nos levam em consideração. Mas não essa senhora da administração. Ela empurrou a caneta para a minha mão. Eu não reagi. Então ela

> se virou para Noreena: "Aqui, preencha, assine e pague."
> Pedimos à mulher, gentis e educadas como somos, se ela poderia preencher os formulários para nós, já que não podemos escrever em dias festivos, mas ela continuou a ignorar o nosso pedido, falando sem nos ouvir. Mesmo quando indiquei que já fazíamos parte de sua base de pacientes há muito tempo, ela não recuou um centímetro. "Por favor, preencha, assine e pague, obrigada."
> Eu disse que ela poderia enviar a conta para nós. Ela perguntou: "Dinheiro ou cartão?" Eu disse que não tínhamos levado nem dinheiro nem cartão. Ela perguntou em que país nós achávamos que vivíamos.
> Fiquei muito brava com ela.

Ela dobra a carta novamente e pergunta se eu quero beber mais alguma coisa. Pega uma Coca diet para ela e outra água com gás para mim.

Ela me entrega a carta. "Fique com ela."

Mas não foi por isso que ela insistiu em me ver.

"O mais importante ainda está por vir", ela fala.

Sentada diante de mim, ela põe as mãos na mesa e entrelaça os dedos: unhas feitas, como sempre.

"O mundo não é tão ruim quanto pensamos", diz. "Uma senhora que estava esperando para ser atendida nos observava. Ela deve ter ouvido alguma coisa. "Posso ajudá-las de alguma forma?" ela perguntou para mim e Noreena. "Por favor", eu disse. Ela pegou a caneta da mulher no balcão da administração e foi nos perguntando informações e dados, preenchendo nossos papéis com paciência e cuidado. Providenciou para que a conta fosse enviada para nós. Bem, isso era o que eu queria dizer a você: aquela mulher era uma muçulmana que usava véu. Aquela mulher é o outro lado do homem que você viu no parque. Nunca devemos esquecer disso."

"Acho muito grave o que aconteceu no parque", ela continua. "Mas como eu disse: não fico surpresa. Fico, sim, surpresa é com a reação do pai; não posso aprovar, nem com a melhor boa vontade do mundo! Ele disse que aquele agressor deve ter seus próprios problemas. Que as frustrações daquele homem são a origem do seu comportamento violento. Não posso concordar com um raciocínio assim. Me recuso a cair nesse autoengano. O agressor foi motivado por ódio aos judeus. Como é possível que ainda existam judeus que inventam desculpas para esses fanáticos cheios de ódio? Não posso suportar isso."

Passado o período de festividades, ela voltou ao hospital para conversar com a mulher do balcão. "Eu disse a ela: 'Minha senhora, peço desculpas pelo meu comportamento, não pelo que eu disse, mas por ter me enfurecido com a senhora. Espero que os outros pacientes judeus que a senhora tenha que registrar e liberar não tenham que pagar o preço pelo que minha reação causou na senhora.

Espero que a senhora não sinta nenhum desejo de vingança. E espero que a senhora não contagie seus colegas com seu antissemitismo, porque em um abrir e fechar de olhos a senhora pode contaminar a maioria'." Em seguida ela comunicou: "A senhora não está perguntando, mas vou lhe contar. A pequena Malka já está melhor, obrigada. Ela é forte. Se parece com a avó."

***

Em casa, continuo remoendo a história dela por vários dias. Não consigo tirar a reação de Esther da cabeça.

Se Esther considera a atitude da funcionária do hospital antissemita, eu também tenho traços antissemitas. Não estou dizendo que teria ignorado os costumes religiosos. Mas entendo o aborrecimento da atendente.

O pronto-socorro não tem nada a ver com leis e tradições religiosas. Se todos os grupos minoritários da nossa sociedade se comportassem de maneira tão intransigente, os serviços de saúde neste país não seriam como são hoje. O Sint-Vincentius não é um hospital privado, é uma instituição pública, com raízes católicas, em grande parte financiada com dinheiro dos contribuintes. Se uma criança é examinada, o cartão do banco também deverá passar pela maquininha depois, é de se pensar. Caso não se pense, como Esther, segundo a lógica religiosa.

Eu também consigo entender o aborrecimento de Esther. Sua perseverança. Suas lutas internas. A liberdade religiosa é um direito fundamental. A sua religião não só lhe dá o sentido da sua existência, mas é o fio condutor para tudo o que ela faz e pensa, dia e noite. A verdade de *Hashem* é irrefutável. Para quem vive neste ambiente, Deus sempre vence a burocracia.

Compreendo a mulher muçulmana e sua simpatia ativa por Esther. Como crente, ela deve ter se reconhecido nela. Talvez justamente porque o islã e o judaísmo, em nossa sociedade e hoje em dia também no Oriente Médio, são vistos como opostos um do outro.

Compreendo meus próprios ímpetos.

Mas onde termina a compreensão e começa o abaixar de cabeça? Quando a individualidade começa a perder espaço em benefício do outro? Onde a tolerância começa a friccionar? Um hospital originariamente católico, ainda que funcione em uma sociedade secularizada, deve estar atento aos hábitos de minorias religiosas e levar em conta todos esses costumes?

É possível que todos os envolvidos tenham razão? O judeu, o católico, o muçulmano, o secular?

É possível que o direito de todos seja contestável e que contenha inerentemente uma falta de razão?

E há ainda uma observação que não quer dar o braço a torcer. Esther considera a atitude conciliadora do pai para com o agressor uma forma de autoengano. "Ele deve ter dificuldades, do contrário não faria algo assim." Ela acredita que dar desculpas para ataques antissemitas é uma forma de antissemitismo e usa conscientemente a expressão "ódio aos judeus".

Tive que pensar em uma vez que estava esperando o trem na Estação Central com Naomi e Dahlia e, por desatenção, esbarrei em um homem que me atacou com muita grosseria. A reação imediata de Dahlia foi me afastar dele, não entrar em discussão e acalmar a mim e a situação com palavras como: Tenha pena dele, ele provavelmente tem problemas pessoais e precisa descontar suas frustrações em algo ou alguém.

Aquele incidente não teve absolutamente nada a ver com antissemitismo. Mas a reação digna e civilizada de Dahlia me chamou atenção e eu nunca me esqueci.

Talvez, penso, evitar criar confusão seja uma tendência transmitida ao longo de gerações: não chame atenção, não procure problemas, não torne nossa vida mais difícil do que já é. Muitos grupos minoritários dominam esta tática de sobrevivência, especialmente os que se sentem frequentemente visados. Mas será que aqueles que estão constantemente em alerta podem viver plenamente?

No entanto eu também entendo a reação de Esther. Não é típico dela e de seu temperamento não dizer abertamente quem ela é. Talvez, dentro da comunidade hassídica, ela seja ainda mais única do que eu já imaginava.

Em uma próxima visita ao Hoffy's, sondo o significado de *pulkies*. É iídiche para coxas de frango. E para "aquelas bundinhas apetitosas de bebê, quentinhas, cheirosas e rechonchudas que mães e avós tanto têm vontade de morder".

Coloquei um livro de receitas assinado por Moshe Hoffman na caixa de correio de Esther – não na de sua loja de cozinhas, mas na de sua casa.

"Obrigada, foi muito atencioso da sua parte", ela escreve em um e-mail que também traz a seguinte afirmação: "Eu mesma nunca teria comprado o livro, gosto de cozinhar de acordo com minha própria culinária judaica ☺. Mas estou feliz por ter recebido como um presente seu! Embora a capa me lembre mais um livro religioso do que uma bíblia de culinária, você não acha? Se a gente não sabe o que é, parece inclusive ter um quê islâmico, ou será que sou a única que acha isso? E por que os Hoffmans escolheram quarenta e três receitas, que tipo de valor numérico é esse, esse número não tem nenhum significado espiritual especial, não é? Seria mais lógico ter quarenta receitas, o povo judeu passou quarenta anos no deserto. É verdade que o livro também tem uma versão em inglês? Será que lá no Hoffy's eles estão achando que vão conquistar o mundo?"

O lockdown

Com Esther, Dan, Silvain, Hoffy's, Leah,
Dahlia e Naftali, Jonathan e sua futura esposa

Um

Estão falando de um vírus de morcego que vem da cidade chinesa de Wuhan, que se chama corona e que seria tão contagioso como a SARS e talvez como o Ebola. Centenas de pessoas já morreram em decorrência da doença em Bérgamo, na Lombardia, no norte da Itália; o vírus é mais perigoso para os idosos, ataca os pulmões e depois o resto do corpo e dos membros.

Os ministérios Europeus de Assuntos Exteriores ainda não desaconselharam oficialmente as viagens. Mas quando dez dias atrás, partindo de Bruxelas, caí na armadilha dos túneis de revista da aduana com quase mil passageiros do Eurostar, senti, e assim como eu muitas outras pessoas, que não estávamos apenas ultrapassando as fronteiras entre Bélgica, França e Reino Unido.

Meu trem para Londres estava lotado. O vagão de Martinus, que viajou uma semana depois de mim, não tinha nem a metade dos passageiros. Agora, no trem que pegamos juntos para casa, há apenas onze assentos ocupados em nosso vagão. Em um período de dez dias o mundo mudou.

Quase cancelei minha participação na *Jewish Book Week*. Eu não teria sido a única. No entanto, não foi pelo vírus que pensei em cancelar. Há um motivo mais decisivo pelo qual quase não fui.

Há algumas semanas, Martinus foi encaminhado pelo médico de família ao otorrinolaringologista. Descobrimos há quatorze dias que a estranha dorzinha de garganta que não queria passar é um tumor maligno.

Não foi o coronavírus que de repente passou a censurar nossa existência. Acabamos de conhecer, contra a nossa vontade, aquela outra linha divisória que atravessa inúmeras vidas e agora também a nossa: a de uma vida antes e depois do câncer.

Não tem metástase. Ouvimos esta notícia do especialista em Londres, por telefone. Segundo os médicos, o tumor parece até bonito. Está em posição ideal e tem o tamanho desejado para o tratamento, "Não podia ser um tumor mais perfeito".

Fazemos piadas sobre isso no trem. Elas flutuam sobre nossas cabeças, como balões de histórias em quadrinhos. Estamos bem; radiantes e animados, estimulados com esperança e coragem.

É estranho como notícias pesadas podem tornar uma pessoa leve.

Dois

Dois dias depois de voltarmos para casa, começa o lockdown.

O país está na onda das máscaras faciais. Numa semana são obrigatórias, na outra não. Numa semana devem ser usadas apenas em ruas movimentadas, na outra também fora delas. Políticos, virologistas e jornalistas falam em máscaras bucais e máscaras buco-nasais, mas eu continuo dizendo máscara facial. É um exercício para mim mesma. Ao dizer máscara facial, talvez também possa dizer câncer.

Martinus usa não apenas máscara facial. Ele vai receber uma máscara de gesso sob medida: será conduzido com ela para o aparelho de radiação, uma espécie de camisa-de-força para a cabeça, todo o seu rosto foi moldado em gesso, a máscara fica fixada no scanner.

Ele e sua máscara não podem se mexer no aparelho. Só assim as ondas de rádio podem atingir o belo tumor bem na mosca.

Eu não posso estar junto em nenhuma parte do tratamento. Nenhuma das mais de cinquenta sessões de radiação. Nem de quimioterapia. Ele recebe uma infusão após a outra, até cinco ou seis seguidas. Qualquer visita ou acompanhante não essencial está proibida no hospital. Não posso nem ir ao estacionamento. Não espero no carro até que ele volte. Ele prefere dirigir até a clínica sozinho. Só ele, de um lado para o outro em seu Volvo coberto de embalagens de chocolate e balas de alcaçuz, com o volume de uma estação de rádio ruim tão alto que se pode ouvir a pulsação do lado de fora. Isso o deixa calmo.

Ele está impressionado com a simpatia calorosa e a solicitude profissional da equipe de enfermagem. Na área mais ampla ao redor do hospital, ele encontra assistentes sociais do departamento de Covid-19 fazendo horas extras todos os dias. Mesmo à distância ele vê as marcas que as máscaras deixam em seus rostos.

Nós ainda colocamos uma outra máscara. Escondemos a doença de Martinus para o grande mundo exterior. Somente quem convive diretamente conosco foi informado. O resto não sabe de nada. A escolha não surgiu por vontade própria, mas por conta das circunstâncias. Com o coronavírus, não é possível criar um ambiente adequado para compartilhar este diagnóstico com os amigos. Não falamos com ninguém sem que nós e a outra pessoa esteja usando máscara facial. Não tocamos em ninguém. Ninguém nos visita em casa. Nem sequer encontramos ninguém. Os médicos nos pediram para evitar qualquer complicação – especialmente a Covid-19: se o tratamento tiver que ser interrompido, mesmo o tumor perfeito deixa de ser ideal.

Tento por telefone. Quero informar um amigo íntimo. Duas amigas. Não consigo. Toda conversa imediatamente se desvia para o único assunto do ano, o corona.

E todo mundo já está bastante afetado: física, mental e financeiramente.

Martinus e eu decidimos acreditar no efeito benéfico deste paradoxo: como a vida lá fora teve de ser interrompida, vamos segurar firme a vida aqui dentro.

Três

Temos um ritual.

Após cada tratamento, fazemos uma caminhada. Como Martinus está enfraquecendo, ela se torna mais curta a cada semana.

A cidade tem características de uma estância termal. Não há apenas um silêncio sem precedentes. O silêncio cria um estado de tranquilidade que vai muito além da ausência de som. Tudo o que viveu sem parar durante décadas, parece finalmente tomar fôlego. A estação do ano se mostra em seu lado mais ensolarado e brilhante, como se as pessoas lá em cima percebessem que a vida aqui embaixo está precisando de um ânimo. A cidade emana uma beleza latente que de outra forma não teria chance de ser vista.

Antes eu sempre passava por esse caminho de bicicleta. Agora nós o percorremos caminhando. Pelo menos vinte e cinco vezes, distribuídas em três meses: via Estação Central, passando pelo Bairro do Diamante até o Groen Kwartier.

Certa tarde, quando a doença de Martinus ainda não tinha lhe sugado toda a gordura abaixo da pele, fomos "chamados" durante esse passeio por um simpático casal que conhecemos profissionalmente e que recentemente se mudou para a região da rua Nerviër. Eles, Annie e Andres, compraram um apartamento duplex ali, com um jardim estreito e comprido mais baixo que o andar onde moram e que dá para os fundos desordenados de uma fileira paralela de casas.

Uma garrafa de *crémant d'Alsace* é aberta nesse jardim.

Em algumas varandas e nos telhados planos ao redor, e nos jardins em torno do de Annie e Andres, homens judeus ortodoxos estão rezando sozinhos com seus mantos de oração, fazendo o movimento de balanço para frente e para trás. Ouço mais vizinhos rezando do que vejo. Um homem recita uma oração. Outros vão entrando. É a primeira vez que vejo e ouço judeus ortodoxos rezando em público, com exceção daqueles que vão ao "Muro das Lamentações" em Jerusalém. Sinto uma onda de alegria e orgulho e penso em Moshe: "Só em Antuérpia."

Quando criança, eu adorava aqueles livros de desenho com páginas cheias de números que você tinha que conectar a lápis na ordem correta e com uma linha contínua para praticar seus conhecimentos de aritmética e habilidades motoras. Enquanto deslizava a mão sobre o papel, a gente descobria imagens surpreendentes. De modo indireto, aprendia-se sobre a riqueza que pode estar escondida atrás de uma superfície aparentemente sem graça.

Eu conecto os homens que rezam e cantam uns com os outros. Conto mais de dez. Enquanto conto, suspeito que, sob este céu de azul intenso, eles estejam formando um *minyan* ao ar livre. Tenho quase certeza de que esta constelação é uma solução segura e engenhosa para a proibição de reuniões e o fechamento obrigatório das sinagogas por causa do coronavírus.

Não é surpresa que eu pense em linhas pontilhadas. No corpo de Martinus, do queixo ao umbigo, foi feita uma delimitação vertical com pontinhos usando uma tinta especial roxa: o meridiano no qual médicos e enfermeiros se baseiam quando precisam apontar as armas radiológicas para o alvo certo.

***

Annie e Andres querem dizer alguma coisa sobre seus vizinhos da direita.

Ao lado deles, também no térreo como eles, mora uma família hassídica. Em todo caso, o homem tem barba e cachinhos nas têmporas e usa sempre os mesmos ternos pretos com camisas brancas e às vezes eles escutam quando ele ri muito alto e não conseguem acreditar no que ouvem, porque quando o veem na porta ou na rua ele parece severo, mas nunca tão severo, não, carrancudo, como sua esposa; quando cruzam com a esposa dele inesperadamente, segundo eles, ela corre para o outro lado da rua, mas eles podem estar errados.

Quando Andres diz bom dia para o homem, ele frequentemente acena de volta. Ela nunca. Ela olha de modo ostensivo para os filhos ou para o carrinho de compras cinza-escuro de quatro rodas que, embora seja o maior que

Annie já viu, geralmente está cheio até além de sua capacidade, com fraldas e toalhas de papel formando uma torre muito acima da aba que deveria fechá-lo.

Os vizinhos têm muitos filhos, Andres e Annie não sabem quantos. Nunca perguntaram a eles. Eles ouvem a prole de vez em quando. Não que os vizinhos os perturbem, na verdade não, seria um exagero dizer isso, há uma diferença entre ouvir e perturbar. Mas as crianças, às vezes, muitas vezes, todos os dias, jogam suas bicicletas de um jeito muito descuidado contra a fachada, a fachada deles, e Andres e Annie disseram algo sobre isso algumas vezes, para as crianças e para os pais, e depois de cada intervenção as bicicletas ficam distantes por alguns dias, mas não demora para que Annie e Andres tropecem nelas novamente.

Do primeiro andar de seu apartamento, que tem dois andares, Andres e Annie podem ver o pequeno pátio dos vizinhos de baixo. Assim que a epidemia de coronavírus acabar, com certeza poderemos ver o apartamento inteiro – agora entramos direto no jardim deles pela porta da frente.

O pátio dos vizinhos, cuja porta da frente muitas vezes fica aberta, está cheio de brinquedos de plástico. Fizeram uma caixa de areia com uma piscininha inflável. Às vezes tem dez crianças, meninos e meninas, brincando juntas nessa caixa de areia. Eles escutam tão bem a criançada que não conseguem comer em paz em seu próprio jardim, mas, bem, quem não tolera outras pessoas ao redor tem que morar em uma propriedade rural ou emigrar para o Canadá ou o Arkansas.

Quando chove, a caixa de areia vira uma poça de lama. Nos três meses que moram aqui, viram a mãe, que é chamada de *mammie mammie mammie*, limpando a caixa de areia algumas vezes depois dos aguaceiros. Com a ajuda dos filhos, ela coloca a areia molhada em sacos que vão para o carrinho e desaparecem em algum outro lugar. Uns dias depois, ela volta ao pátio e, com uma força que se esperaria de um homem, tira de seu carrinho sacos pesados cheios de areia fresca. Será que eles estão tirando isso de alguma praia? Os milhões de grãozinhos brancos não estão em sacos fechados como os que se compra numa loja, mas em sacolas plásticas do Action, Kruidvat, Delhaize e Albert Heijn[4].

Annie e Andres nunca veem o marido dela no pátio. Ele nunca puxa o carrinho. A família não tem carro. Mas ela, a esposa, faz tudo a pé e pega regularmente o ônibus e o bonde e eles também a veem com frequência entrando em uma van, uma espécie de táxi só para mulheres judias, judias ortodoxas, eles querem dizer, talvez hassídicas, isso eles não sabem, também não ficam bisbilhotando tanto, não são especialistas.

Ele tem uma bicicleta. A bicicleta do pai, ao contrário daquelas das crianças, é colocada no corredor, que está cheio de casacos e sapatos e mochilas escolares, mal dá para acreditar que aquela senhora passe por um corredor

---

4 Nomes de lojas e supermercados populares na Bélgica. (NDT)

tão lotado com seu carrinho e consiga chegar ao pátio lá atrás sem quebrar o pescoço.

Seus filhos e filhas, grandes e pequenos e todos os que estão no meio, ajudam nas tarefas domésticas, cuidam uns dos outros, são tão espertos que quase se tem inveja, porque quando eles, Annie e Andres, se lembram de como eles mesmos eram nessa idade, não se recordam de serem crianças tão independentes assim.

Para Annie e Andres, há uma cena de rua clássica e familiar que eles conhecem desde a infância, que hoje em dia desapareceu na maioria das cidades ocidentais, mas que aqui, nesta parte de Antuérpia, que ainda tem características de um *shtetl*, ganha vida novamente em todos os cantos: aquela de crianças inteligentes em idade pré-escolar que caminham despreocupadas, sem acompanhamento de adultos, de mãos dadas pela vizinhança, entretidas em conversas, tão profundamente envolvidas umas com as outras que andam além do seu destino e, no meio do caos do trânsito, retornam tranquilamente. Às vezes ela vê duas irmãzinhas dos vizinhos, a mais velha provavelmente com apenas cinco anos de idade, indo buscar coxas de frango na venda. Elas logo voltam para casa com a sacola plástica transparente na mão, carregando as coxas carnudas e depenadas como uma mochila escolar.

Pode ser que alguém da família beba muito. Deve ser o pai, eles não imaginam que a mãe possa gostar de tomar um copo de vinho, cerveja ou vodca. De qualquer forma:

um dos meninos – ele não tem mais de oito anos – sempre vai de bicicleta até o contêiner de garrafas, Annie às vezes cruza com ele quando vai para o trabalho. O garoto, que ela reconhece pelos cabelos ruivos, pedala em pé nos pedais de uma bicicleta desengonçada e grande demais. Dos dois lados do guidão balançam sacolas cheias de garrafas vazias, e o vidro, em sacolas com inscrições em hebraico, tilinta a cada manobra que ele faz, e ele faz muitas manobras, passando ligeiro entre carros e pedestres e sinaleiros, esse garoto que escolheu o contêiner de vidro mais perigoso do país para jogar suas garrafas, o contêiner que fica no meio do movimentado cruzamento na altura da rua Plantijn Moretus com Quinten Matsijs, bem ali onde a Brialmont, a Charlotte e a avenida Van Eyck se unem – o que faz qualquer pessoa de bom senso se perguntar que cérebro aturdido ou maligno teve a ideia de colocar um contêiner de garrafas, entre tantos lugares, bem naquela ilha em meio a essas ruas movimentadas e poluídas, em um cruzamento repleto de sinalizações de trânsito –, mas aquele garotinho parece não ter problemas com isso, ele navega por entre tudo e todos, com as sacolas e cachinhos balançando, e joga as garrafas, coloridas com coloridas e transparentes com transparentes. Em seguida o garoto vai embora, acenando para os militares que cuidam de sua outra segurança, sem saber que Annie está com o coração na mão.

Annie e Andres não conseguem se acostumar à presença de militares nestas ruas. Onde eles moravam antes, numa parte mais ao sul da cidade, a segurança parecia garantida. Aqui, a apenas três quilômetros do seu antigo apartamento, escolas, *yeshivot* e sinagogas são vigiadas por soldados que se posicionam dois a dois, de pernas abertas, em frente aos edifícios, com uniformes camuflados e metralhadoras nos ombros. Um veículo de combate ronca perto da Mediaplein. O tipo de tanque de guerra que só circula pelas ruas de cidades ocidentais nos filmes.

Os filhos dos vizinhos, segundo Andres e Annie, são como adultos, mas um pouco menores. E são bastante simpáticos, não que olhem para eles quando passam, não que os cumprimentem, mas certamente também não são hostis, pelo menos não como a mãe, que nem olha para eles, e não como o pai – que parece sempre distraído, embora isso possa ter a ver com a barba, homens com barba pontuda parecem distraídos ou religiosos.

Na semana passada aconteceu algo particularmente interessante.

O vizinho veio chamar Andres. Primeiro gritou do pátio para o jardim: "Olá, tem alguém aí?", e quando Andres respondeu: "Sim, estamos aqui", o homem disse que iria até a porta da frente, e Annie e Andres estavam atentos o bastante para reparar que era noite de sexta-feira, *Shabat*, e também já sabiam que um judeu religioso não está autorizado a pedir ajuda neste dia de descanso, ao menos não explicitamente, implicitamente pode, implicitamente muitas coisas são permitidas.

Andres abriu a porta e Annie foi atrás. O vizinho ficou na porta. Andres, que não gosta muito de ir ao porão com estranhos, seguiu o homem cegamente, desde o primeiro segundo ficou claro o que se esperava dele, a casa inteira estava sem luz, os fusíveis tinham caído, e embora seja melhor não tocar nos circuitos elétricos no dia sagrado de descanso, a intenção não é ficar completamente sem eletricidade.

Guiado pelo feixe de luz de seu celular, Andres desceu até o porão, um porão que, para sua surpresa, não parecia bagunçado, estava cheio, isso sim, de prateleiras de metal repletas de todo tipo de suprimentos: farinha, açúcar, óleo, toalha de papel, potes de plástico... Dois freezers grandes se destacavam ali no meio, e também estavam sem energia.

Depois que Andres verificou todos os fusíveis, ligou e desligou algumas vezes e mexeu na caixa elétrica, as luzes da casa reacenderam num zás e os freezers voltaram a funcionar com seu zumbido característico. O vizinho e seus filhos fizeram um longo agradecimento e na porta da sala, que dá para a cozinha, e agora que a luz estava de novo acesa era banhada por uma iluminação branca e forte, a mulher, *mammie*, acenou gentilmente para ele com a cabeça. Ela agradeceu Andres, olhou para ele e atrás dela algumas menininhas davam risada. Segundo Andres, que tinha olhado por trás de todas as saias e vestidos risonhos na sala, havia pelo menos vinte cadeiras em torno de uma longa mesa de jantar e, se não estivesse enganado, as cadeiras eram forradas com capas de plástico, como se tivessem acabado de chegar da loja e servissem sua finalidade sem serem desembrulhadas. O piso de ladrilhos era branco e frio e brilhava tanto que dava para andar ali com patins de gelo.

Naquela noite, Andres ainda notou que as portas duplas da biblioteca, localizada na parte da frente da casa e separada da rua apenas por uma fina cortina de voile, ficavam totalmente abertas no *Shabat*, de modo que a mesa da sala de jantar – cujas extensões em ambos os lados estavam abertas – continuava até essa sala da frente, onde havia inúmeras obras hebraicas, lombadas escuras decoradas com frisos dourados que preenchiam uma parede inteira.

Poucos dias depois da sua heroica intervenção, que segundo Andres tinha quebrado o gelo entre eles, ele encontrou a vizinha na rua, próxima à porta de entrada. Ele disse um amigável bom dia e perguntou a ela se tudo ainda estava bem com a energia. Ela olhou para o outro lado, fingindo que ele não existia, que era menos que ar.

E eles não gostaram disso, nem ele, nem Annie. Agora Annie acha que eles não devem mais tolerar as bicicletas, ela já as retirou algumas vezes e colocou contra a própria fachada deles, mas acabou não sendo uma boa ideia, porque duas mulheres que trabalham nos escritórios acima de seus vizinhos começaram a se queixar de todas aquelas bicicletas na frente da sua porta, e Annie ouviu quando elas criticaram muito a vizinha e as crianças, e ela ficou com tanta pena que colocou as bicicletas de volta onde estavam, encostadas em sua própria fachada, que no futuro eles querem cobrir com glicínias, e que essas relações não estão equilibradas, que não pode vir tudo de um lado só, então, bem, era isso que eles queriam me dizer, se quem sabe eu saiba como eles podem fazer contato com seus vizinhos, porque não pode ser que os judeus muito ortodoxos, que desde Abraão, o primeiro judeu, têm o hábito de se distanciar da maioria, ajam como se a evolução não existisse, talvez se possa negar uma teoria da evolução, mas não a outra, a do século XXI: viver juntos em uma cidade e em uma rua.

Felizmente, seus vizinhos também oferecem naturezas mortas inesperadas das quais eles gostam.

Annie conta como, aos domingos, *mammie* estica um varal no pátio e pendura nele as roupas íntimas do marido para secar: ao lado de uma fileira de *talitot* grandes e pequenos e mantos de oração, esvoaçam acima da piscina transformada em caixa de areia, presas com prendedores de roupas de plástico coloridos, uma série de cuecas brancas tão enormes e com pernas tão largas e fundilhos tão grandes que, segundo Annie, as crianças poderiam fazer uma barraca com elas, e uma vez a vizinha de cima de Andres e Annie, uma viúva que morava no apartamento acima do duplex deles, falou que aqueles grandes *talitot*, aquelas vestes de oração brancas, austeras e quadradas, que na verdade mais parecem um lençol com um buraco no meio para a cabeça, são o motivo da lenda urbana que afirma que os casais hassídicos fazem sexo com um lençol entre seus corpos nus, porque quem não sabe que se trata de mantos de oração, inventa suas próprias histórias, e se a história é boa, ela dá a volta ao mundo, e histórias que envolvem sexo, sempre soam boas e costumam rodar o mundo rapidamente, principalmente se essas histórias estiverem ligadas a uma comunidade hermeticamente fechada sobre a qual todos têm curiosidade.

Quando mais tarde contei isso a Esther, que andava muito preocupada com o fechamento obrigatório de sua loja de cozinhas, ela ficou tão encantada com essa explicação que, se fosse possível, teria passado pelo telefone para me abraçar, coronavírus ou não.

Ela mesma nunca havia feito a ligação entre *talitot* esvoaçantes, lençóis furados e fantasias humanas. Nunca tinha lhe ocorrido que um varal pudesse ser a origem dessa lenda urbana. "E ainda por cima preciso ouvir essa feliz explicação de uma *goy*."

Quatro

Dan é o melhor contato que posso imaginar em tempos de Covid-19. O distanciamento social tem sido seu único código de conduta desde que nasceu – ele é extremamente versado nisso e sua experiência é uma bênção para mim.

Ele não permite objeções, subterfúgios ou tentativas de burlar o distanciamento. Ele me liga. "Alô, aqui é o Dan, estarei na sua porta hoje à tarde por volta das três horas e então, depois que eu tocar a campainha, vocês descem e vamos dar um passeio, e enquanto isso conversamos, esticar as pernas é importante, e colocar o papo em dia também, vou levar tortinhas."

Ele vem. Sempre. Chega na hora. Sempre. Fica uma hora e meia. Sempre. Traz docinhos. Sempre.

Assim que me vê na porta da frente, ele pergunta: "Tudo bem? Onde está Martinus?"

"Está descansando."

"Por que ele está descansando? Ele não está doente, está?"

"Está cansado."

"Cansado do quê, o restaurante está fechado, não está?"

"Não somos mais tão jovens, como você sabe."

"Sim, eu sei."

Ao longo dos anos, desenvolveu-se entre ele e Martinus um tipo de relação homem-a-homem que é engraçada de ver e da qual eu fico totalmente de fora. A linguagem corporal de Dan se derrete quando ele está na companhia de Martinus. De repente ele fica ali descontraído, com as mãos nos bolsos e não dá mais passos rígidos para a frente e para trás, mas gira alegremente em torno de Martinus, como se estivesse se revirando em um ninho no qual se sente à vontade. Solta um trocadilho atrás do outro. "Você sabia que Elon Musk vai projetar foguetes espaciais? Musk não é deste planeta, não é verdade? Entendeu? Foguetes espaciais, não é deste planeta?" Quando Martinus ri ou reage com um gracejo, Dan encosta seu ombro no dele. Para Dan isso é proximidade extrema.

Colocamos a conversa em dia. Quer dizer, pulamos de um assunto para o outro.

À medida que as semanas de quarentena avançam, nossas conversas se estreitam. Nossa casa está trancada. Meu mundo acontece na minha cabeça. Comecei este livro mais ou menos ao mesmo tempo que o início do lockdown. Me esforço para reunir o máximo possível de informações do maior número possível de vizinhos judeus. Para viajar na própria cidade. Negocio com o premeditado; não se pode dizer que meu método de trabalho é completamente *kasher*, mas não vejo outra possibilidade. Tudo o que não ajuda a minha mente ou o livro, eu sinto como um fardo. Com exceção de Martinus. Embora não tenha talento para cuidar dos outros, cuido dele da melhor maneira possível. Leio para ele. Conto histórias. Esfrego seu pescoço e garganta com uma pomada para queimaduras. Eu o incentivo a comer e beber, ponho petiscos e bebidas perto dele. Ele descansa. Cuida da papelada. Liga para seus funcionários e fornecedores. Elabora novos cardápios: para quando o negócio puder reabrir. Ele dorme. Sente náuseas. Eu estou a seu lado.

Assim como todo mundo, Dan também não encontra mais quase ninguém, fora nós. Ele já não anda livremente pelas ruas com sua câmera pendurada no pescoço. Não há café ou terraço onde possa beber seu chá gelado, contar piadas ou pedir moedas de dois euros aos clientes e funcionários. Ele quer ir para Paris com o Thalys[5] para visitar uma exposição de fotografias e tem dificuldade em aceitar que, por enquanto, terá de adiar estes planos. Esta nova lógica – não conseguir fazer o que ele planeja – tem causado grandes complicações.

Às vezes, quando caminhamos por uma estrada com declive acentuado ou subimos uma escada na estação, suas pernas parecem estar fugindo. Ele caminha como uma coluna ambulante que dispensa qualquer contato com o ambiente. Jamais o vi tão extremamente fechado em si mesmo, às vezes ele perde o controle sobre seus movimentos. Como todo mundo está com medo do corona, ele volta e meia recebe olhares irritados dos transeuntes. Uma vez

---

[5] Trem francês de alta velocidade. (NDT)

as coisas ficaram tensas e alguém estourou com ele com violência. Ele pediu desculpas sem olhar para a mulher e saiu com passos rápidos, pequenos e comedidos. Estamos comendo uma tortinha. Ele diz: "Ainda temos que ir juntos a Putte algum dia."

***

Quase sem precisar olhar, Dan digita os códigos dos portões de entrada dos cemitérios *Machsike* e *Shomrei Hadass*. Eles ficam um ao lado do outro. Um é da comunidade religiosa mais rígida, o outro da moderadamente ortodoxa. Para mim, não parecem muito diferentes.

Nenhum deles é triste, independentemente do céu azul, do ar ameno e do canto dos pássaros. São sóbrios e extensos e irradiam uma espécie de tranquilidade, liberdade e até beleza. Não a paz e a austeridade de um cemitério de soldados, onde reinam a ordem, a uniformidade e a simetria, assim como no exército. Não a beleza monumental e a liberdade do Cimetière du Père-Lachaise, em Paris, do Zentralfriedhof, em Viena, do Schoonselhof, em Antuérpia, do Dieweg, em Ukkel. Aqui em Putte não há alamedas majestosas ou trilhas para caminhada. Não há sepulturas pomposas ou mausoléus. Não há banquinhos à sombra. Não há folhetos ou mapas na entrada. Não há setas indicando o caminho.

É a desordem quase natural dos canteiros, ladeados por pinheiros altos, que impressiona. As sepulturas desalinhadas e inclinadas, quase todas sem enfeites. Estão misturadas em todas as direções. Idiomas e alfabetos também são misturados. Neerlandês, francês, inglês e iídiche são onipresentes nos epitáfios cinzelados. Os pássaros cantam.

Caminhamos ao longo e entre os túmulos. Dan me mostra a *bêt tahara*, onde os mortos passam pelo ritual de limpeza e as orações fúnebres são proferidas. Ele faz fotos. Olho ao redor, vagueio entre os túmulos que nem sempre são acessíveis pelos caminhos. Dan colocou uma *kipá*: ele sempre tem algumas à mão no porta-malas de seu carro. Seguindo seu conselho, pus um xale leve na cabeça. Fora nós, não há ninguém a vista.

Me chama a atenção quantas pessoas, de acordo com os epitáfios, nasceram em Cracóvia. Seu local de nascimento torna a sua história ainda mais dolorosa. Eles fugiram dos pogroms para o nosso país, onde uma parte deles foi colocada no trem em Mechelen, na Caserna Dossin, para Auschwitz – a setenta quilômetros de Cracóvia. Hoje em dia é possível sair dessa cidade polonesa, onde o gueto judeu foi transformado em atração turística, e fazer um passeio até Auschwitz-Birkenau. Essa rota faz tanto sucesso que os operadores turísticos competem entre si com descontos.

O lapidário de diamantes Jacob Birnbaum, de 25 anos, que afundou com o Titanic em 15 de abril de 1912 e cujo corpo foi pescado depois de vários dias e trazido para Putte, também tem raízes em Cracóvia. Ele morava na rua Memling, em Antuérpia. Dan me leva até seu túmulo.

Conto a ele que havia louças e talheres *kasher* a bordo do Titanic – carimbados com as palavras CARNE ou LEITE. Uma vez vi alguns exemplares em um leilão online. Dan responde que os números de infecção por coronavírus da Bélgica são melhores que os da Holanda e cita estatísticas perturbadoras.

Na entrada de ambos os cemitérios há um grande pote cheio até a borda de seixos e pedrinhas brancas. Há um terceiro cemitério adjacente, pertencente a uma outra comunidade judaica, mas não vamos visitá-lo. Tiramos algumas pedrinhas do pote e colocamos nos túmulos dos pais de Dan. Ele fala sobre sua mãe, que morreu alguns anos atrás. Conta que ela sempre o apoiou. E que depois teve que continuar sem ela.

E algo acontece em uma fração de segundo. Um elástico dentro de mim, que mantinha tudo unido até então, se arrebenta. E de repente não consigo mais ficar neste lugar. Tenho que ir embora, quero ir para casa. Mesmo que mal tenhamos visitado os cemitérios. Mesmo que só estejamos aqui há meia hora. Mesmo que eu quisesse ver muito mais e absorver muito mais detalhes.

Ligo para Martinus, que não atende, provavelmente porque está na radioterapia. Dan não entende o que aconteceu comigo, mas percebe que os planos estão sendo irrevogavelmente alterados. Ele não se opõe. Pelo contrário. Assume o comando. Andamos até o seu carro, ele põe a câmera no banco de trás e pergunta umas dez vezes se eu estou bem. Depois dirige, com calma, até a sorveteria mais próxima; as da Holanda estão abertas durante este lockdown. Ele acha que preciso me refrescar. Pede três bolas de sorvete de chocolate e insiste que eu coma pelo menos uma bola de baunilha. Enquanto tento de novo contatar Martinus, ele pergunta ao sorveteiro se poderia ver suas moedas de dois euros, "o senhor deve ter muitas, já que uma bola de sorvete custa dois euros".

Milhares de joaninhas giram diante dos meus olhos. O chão dos cemitérios pululava com elas.

Cinco

Esther me envia fotos de seu marido, visto de costas, na sacada, envolto em um manto de oração.

Recebo junto a cópia digitalizada de uma carta que foi colocada em sua caixa de correio e na de muitos outros moradores do bairro.

A carta é assinada por Silvain Salamon.

Preciso pensar um pouco. O nome me diz alguma coisa. Então me lembro. Eu conheço esse Salamon. Ele escreveu *O manto*, uma coletânea de contos com temas judaicos. Li o livro há décadas e até me lembro de uma certa atmosfera – solitária – que ele tinha. Ainda me lembro do amor de Salamon pela língua neerlandesa, da imprensa que o elogiou muito, finalmente um escritor judeu na nossa região.

Acho que depois de *O manto* nunca mais li ou ouvi falar nada dele. Ele não está na minha estante. Enquanto meu olhar percorre as prateleiras, penso que as iniciais SS são bem estranhas para um judeu.

Caros vizinhos,

Na última quinta-feira, 12 de março, à meia-noite, todas as sinagogas foram fechadas por ordem das autoridades devido à crise da Covid-19.

Em princípio, os judeus religiosos rezam três vezes ao dia. Na prática, a oração da tarde é frequentemente combinada com a da noite, de modo que as orações só são feitas na sinagoga duas vezes por dia. Embora todos possam rezar individualmente, a oração, a princípio, requer um quórum de pelo menos dez homens com mais de treze anos *("minyan")*.

Os moradores de um edifício de apartamentos na Belgiëlei estão convocando (cada um de sua sacada) os residentes das ruas circunvizinhas para formar um *minyan* com as sacadas adjacentes e as do outro lado da rua e vice-versa.

Numa recente mensagem de áudio, distribuída via internet e dirigida a todos os membros de sua comunidade, o rabino superior da congregação judaica ortodoxa *Machsike Hadass* pediu no dia 5 de abril, entre outras coisas, o seguinte:

1. Seguir rigorosa e conscientemente todas as diretrizes do governo.

2. Manter a distância necessária e não realizar reuniões de qualquer espécie por motivos religiosos.

3. Em caso de possíveis orações nos terraços e sacadas de prédios de apartamentos: respeitar a paz e a tranqui-

lidade dos vizinhos não-judeus (de preferência nenhuma oração coletiva, especialmente não tarde da noite e de preferência rezar em silêncio).

Infelizmente, este último conselho não é seguido de maneira inequívoca, uma vez que as pessoas avaliam de maneira subjetiva como e quando esta paz é perturbada e até que ponto erros de julgamento são inevitavelmente cometidos.

O fato de não se poder entrar nas sinagogas (pela primeira vez desde a Segunda Guerra Mundial) tem um sério impacto psicológico na comunidade. A sinagoga funciona não apenas como um local de oração, mas também como um espaço de encontro social onde as pessoas podem conversar após as orações. Essa conversa muitas vezes leva a ações sociais propositais, como descobrir por que um idoso não apareceu para rezar, recorrer a organizações beneficentes dentro da congregação para fornecer ajuda a alguém, etc.

A crise do coronavírus empurrou a todos nós, em especial os jovens que foram retirados da escola, de maneira brutal para o isolamento social.

Tenho notado como o nosso filho mais novo tem participado dessas "orações no terraço" com mais motivação do que o habitual.

É uma forma original para que ele e outros meninos judeus da sua idade rompam o isolamento social através do sentimento de união criado pela oração coletiva.

Quase Kasher

É por isso que alguns deles participam da oração de maneira muito emotiva e se deixam levar um pouco em relação ao volume.

Inevitavelmente, aqui e ali também se vê o fenômeno do participante individual que mede erroneamente suas qualidades de cantor, que acredita que seu momento da verdade chegou e está sinceramente convencido de que os moradores do entorno com certeza terão prazer em ouvi-lo.

Os últimos dias foram particularmente agitados, pois houve uma sucessão de duas festividades judaicas (*Pessach* foi na quinta e sexta-feira) seguida pelo *Shabat*. São três dias consecutivos com orações matinais de cerca de duas horas (das dez ao meio-dia).

A Páscoa judaica (que relembra a escravidão e o êxodo do Egito há cerca de três mil quatrocentos e sessenta anos) dura oito dias e termina na noite de quinta-feira, 16 de abril.

É importante que nós, como concidadãos judeus, também rezemos repetidamente por um rápido fim da epidemia do coronavírus para toda a humanidade e por uma rápida recuperação de todos os doentes.

Esperamos que todas as nossas orações sejam ouvidas, incluindo as dos supostos Pavarottis.

E por fim uma *"witz"* (piada) judaica:

Um candidato a cantor de uma grande sinagoga volta para casa depois de ter conduzido as orações em caráter experimental.

Sua esposa lhe pergunta cheia de expectativa: "E aí? Como foi?"

O homem responde, completamente abatido: "Seria melhor não ter perguntado isso."

Ela: "Como assim?"

Ele: "Os *shammash* (sacristãos) vieram até mim depois da oração e disseram: 'Meu caro, o senhor canta como um galo!'"

"Ah", reagiu a mulher, "não se preocupe com isso. Esses sacristãos não entendem nada de canto. Eles só repetem os comentários dos frequentadores da sinagoga!"

Tudo de bom para vocês,
Silvain Salamon

Seguido por seus endereços residencial e de e-mail.

***

Esther se torna instantaneamente fã de Silvain. Ela não o conhece – "ele é um judeu ortodoxo moderno".

Me lembro de uma piada que ela me contou uma vez, como quem não quer nada, na qual a hierarquia dentro do judaísmo ortodoxo era denunciada em poucas palavras. Um menino judeu pergunta à sua mãe hassídica, em iídiche: "*Mame*, como se diz 'honesto' em hebraico moderno?" A mãe responde: "Meu filho, essa palavra não existe no hebraico moderno."

Quase Kasher

Ao telefone, ela não se cansa de elogiar Salamon. "Eu admiro demais essa carta. O escritor explicou nossos costumes de uma maneira bonita e positiva. Alguém tem que fazer isso. É necessário. É bom para nós. Para todos nós, judeus e não-judeus. Eu enviei a você fotos do meu marido durante um *minyan*, mas muitas pessoas à nossa volta, vizinhos não-judeus, fazem fotos e vídeos de nossos homens enquanto rezam. Isso é permitido. Não tenho problema com isso. Pelo menos não durante a semana. Em nossos dias santos, eu preferiria que deixassem as fotografias de lado, é claro, mas novas circunstâncias impõem novas exigências, e estes tempos não são ideais para ninguém, então não estou reclamando, estamos felizes por podermos orar e cantar juntos."

Em seguida vem toda uma explicação sobre alguns moradores da região que declararam online em um site do bairro que chamariam a polícia no caso de qualquer "incômodo com as orações", "pois imagine se os muçulmanos também começarem a rezar nas suas sacadas, e depois os católicos e budistas, uma overdose de tolerância matará a nossa sociedade livre". E que Antuérpia não é Israel, alguns se queixam, embora, segundo Esther, eles nunca tenham estado em Israel e embora aparentemente não saibam que certos *haredim*, como os *satmars*, são radicalmente contra a existência do Estado de Israel, a algumas quadras de distância dela, jovens *satmars* uma vez até atearam fogo à bandeira de Israel, de tanto ódio que alguns deles sentem por aquele estado político, que impede a existência do seu sonhado estado religioso! Mas atenção, a queima da bandeira incendiou os ânimos na vizinhança apenas uma vez; toda a comunidade, incluindo os *satmars*, condenou imediatamente aquele ato, e nas décadas seguintes nenhum jovem, do grupo Satmar ou não, sequer pensaria em fazer algo assim em público, algo que voltaria a aparecer na mídia; meninas, por definição, não tiram uma bobagem assim da cabeça, as meninas são mais sensatas.

Esther sabe muito bem que está se repetindo, mas mesmo assim ela precisa dizer mais uma vez: "A mídia não está sinceramente interessada em nós e em nossas vidas, a paz e a tranquilidade nunca são notícia, mas basta uma bandeira queimada e viramos notícia mundial."

Foi a conversa telefônica mais longa que tive com ela.

Talvez a mais longa que tive nos últimos vinte anos.

Ela está mais enfurecida, mais veemente e mais afiada que de costume.

Eu também. Tenho a impressão de que durante a nossa conversa abri algumas janelinhas em minha mente que estavam fechadas há muito tempo. Nestes múltiplos dias de isolamento, em que a ventilação é incentivada, minha mente anseia por ar fresco.

Ela pergunta como estou passando por esse momento.

Digo que estou escrevendo e asseguro a ela que eu e os meus estamos bem.

Ela não sabe nada sobre o câncer de garganta de Martinus. Não escondo o estado de saúde dele de propósito.

Não consigo compartilhar os fatos por telefone ou por videochamada. Embora o telefone aproxime as pessoas, ele também cria distância. Videochamadas, depois que a gente desliga, fazem o mesmo. A gente pode se afogar no vazio e na ausência que vêm depois. Além disso, não menos importante: enquanto eu não falar com Esther sobre o câncer, falaremos sobre outras coisas.

Ela diz que não seria capaz de levar uma vida como a minha vida.

"O que você quer dizer?"

"Sem família."

"Eu tenho Martinus."

"Quantos anos você tem? Não preciso saber. Cerca de cinquenta. Não tenho reclamações do meu marido, mas eu não conseguiria preencher minha vida só com ele. Como você faz sem ter filhos, sem netos, sem sogros, que podem ser uma bênção ou uma maldição, mas, no que nos diz respeito, fomos poupados de verdadeiros desastres neste ponto."

"Martinus tem filhos e netos. Eles moram na Inglaterra."

"Eles não têm o seu sangue. Você não liga para eles todos os dias. Não os ouve todos os dias. As pessoas dizem: 'Não se pode sentir falta do que não se conhece'. Mas essa expressão está completamente errada. Pode-se sentir muita falta de algo que nunca se conheceu." Sua voz dispara.

"Você agora pensa por mim, Esther?", pergunto zombeteiramente.

"Jamais."

"Onde você está querendo chegar?"

"Antigamente, minha mãe lavava roupa sem máquina. Os nós dos dedos dela ficavam ralados de tanto esfregar. E levava horas para lavar a roupa. Você acha que a minha mãe, enquanto esfregava nossas roupas, não sentia falta de uma máquina de lavar? Claro que sim."

"Então eu sinto falta de filhos e netos porque sua mãe sentia falta de uma máquina de lavar."

"Só porque você não tem uma coisa em casa, não significa que não possa realmente sentir falta, é isso o que estou tentando explicar. Para nós, não existe o desejo consciente de não ter filhos. Criar uma família numerosa é nossa principal missão."

"Você sabe tão bem quanto eu que essa missão às vezes leva a situações angustiantes. Há uma coação para ter filhos. E filhos homens. As clínicas de fertilidade sabem muito bem disso."

"É terrível quando uma mulher não pode ter filhos, não importa quem ou qual seja a causa. Sinto falta dos meus filhos, netos e bisnetos. Mal posso esperar até a pandemia acabar. Também quero poder viajar de novo, encontrar todos aqueles que não moram nesta cidade."

"É claro, você não pode vê-los por causa do lockdown e de todas as restrições sociais."

"Não todos de uma vez, não."

"Ao todo, quantos são agora?"

"Filhos, netos e bisnetos? Muitos. E todo ano chegam mais."

"Agora você está celebrando o *Shabat* sozinha com seu marido?"

"Com meu marido e meu pai. Nenhum filho ou neto pode nos visitar. Principalmente por medo de que meu pai possa se contaminar. De todos os seus filhos, ele prefere ficar comigo, mas você já sabia disso. Sou a mais difícil. E, portanto, a mais interessante! Mas meu pai não pode ficar doente de jeito nenhum. Estamos cuidando disso. Não posso nem pensar que ele acabe num hospital. Acho terrível ver como os internos de lares de idosos, cada um no seu quarto, acenam pela janela para quem está do lado de fora e não pode entrar. Acho realmente terrível."

"E de fato é."

"Nós também temos lares para idosos. Mas uma casa de repouso *kasher* é a última opção. A maioria dos avós mora com os filhos ou está rodeada pelos familiares de forma a poder continuar a viver na sua própria casa. Nós honramos os mais velhos. Pelo menos nossos filhos têm avós. Eu nunca conheci uma avó ou um avô."

Demoro um instante para entender o que ela quer dizer.

"Só agora estamos vivenciando a primeira geração de idosos em nosso meio", ela continua. "As gerações anteriores, bem, não preciso explicar a você como e onde elas tiveram o seu fim..."

Eu nunca tinha pensado sobre isso. Digo isso a ela.

Ela diz: "Estamos acostumados."

"Sinto muito."

"Nunca percebeu que os idosos, quando vão à padaria, ao açougue ou a outro estabelecimento, são quase sempre atendidos com muita paciência? Sabia que há idosos não-judeus que vêm especialmente aos estabelecimentos judaicos porque sabem que nós respeitamos seus movimentos e reflexos mais lentos? Não que sejamos originais ou únicos neste aspecto: também se vê essa atitude respeitosa em relação à velhice em lojas turcas e marroquinas cujos proprietários resistem às duras normas econômicas ocidentais. Eles também sabem que é importante. Mas, *oy vey*, daqui a três ou quatro gerações, esses valores desaparecerão de novo."

"Nunca prestei atenção nisso."

"Agora sou avó e bisavó, uma *alte kacker*. Mas quando eu era criança, na escola, perguntávamos para a professora: "O que é isso, uma avó, um avô?" Não existiam avós no nosso meio.

Fico em silêncio.

"Posso garantir: quando você descobre quem são um avô e uma avó e – por mais vago que seja – por que motivo você não os conhece, você fica sem ar. Não que o ar não entre nos pulmões. É como se algo fosse espremido dentro de você."

Não sei o que dizer. E então falo: "Tome cuidado, mantenha uma distância segura de outras pessoas, para que seu pai possa ser avô e bisavô por muito tempo, e você também possa ser avó e bisavó por muito tempo."

"Obrigada pela preocupação. Faço o melhor que posso. Mas é difícil para mim. A impossibilidade de nos reunirmos com a família para rezar e conversar é difícil para todos nós. Uma família judia, um lar judaico, para nós é ainda mais importante do que a *shul*."

"Você conhece alguma família que hoje em dia ainda celebra o *Shabat* em grandes grupos?" eu pergunto. Mesmo em momentos íntimos não consigo silenciar a jornalista que há em mim.

"O que você acha? Nada do que é humano nos é estranho."

"Essas famílias estão sendo cobradas por seu comportamento dentro da comunidade?"

"Diretamente? Não sei."

"Você fala com eles sobre isso?"

"Não. Nosso rabino superior faz isso, mas não é algo óbvio. Ah, como posso explicar isso para você? Como posso esclarecer por que somos quem somos e por que não vamos mudar tão cedo...»

"Tente."

"Há quanto tempo nós nos conhecemos? Mais de dois anos? Ou já são três? Se você ainda não compreende, nunca compreenderá."

"Nossos mundos estão muito distantes um do outro."

"Nós, o povo judeu, vivemos o agora, é isso, essa é a grande diferença. A vida não está diante de nós, não está depois de nós, acontece agora, agora, agora, agora. Sempre foi assim. Queremos agora, durante esta visita à terra, observar a Torá tão estritamente quanto possível. Queremos obedecer às 613 *mitsvot* agora, e não mais tarde e nem ontem. Mas por que estou lhe contando tudo isso, nossas leis não são novas. O coronavírus é novo e é um transtorno."

"Você concorda com os infratores?"

"Eu os compreendo."

Ela acredita que Silvain Salamon, a quem ela sempre chama de Salomon, tocou em um ponto sensível. Ele enfatizou a função social da sinagoga. E isso é bom e está certo. Mas ele não deveria se esquecer das mulheres. "O que a sinagoga é para os homens, a calçada é para as mulheres", ela diz. "É incompreensível que os carros ocupem tanto espaço na cidade. Todas aquelas pessoas sentadas em suas caixas de lata, sem falar com ninguém! Mas olhe para as nossas calçadas, as mulheres estão conversando, rindo e fofocando que é uma delícia. Eu, uma *belzer* hiperortodoxa, defendo a reabilitação da calçada como espaço público."

Eu adoro quando ela se inflama. "O que você está dizendo agora, eu já venho dizendo há muito tempo. Mais calçadas. Mais praças. Mais lugares onde as pessoas possam se cruzar." Minha voz soa encorajadora.

"Mas estou falando da minha perspectiva, e ela não é a mesma que a sua. Você vai ao café. Encontra amigos e amigas, por acaso ou não, em locais públicos. Para nós, mães e avós, que não andamos de carro nem de bicicleta e não temos tempo de ir à sinagoga, a calçada é o café. Paramos para conversar no caminho para a escola ou para o mercado. Nós, só entre mulheres, sem os homens."

"Então você não está perdendo muita coisa durante o lockdown", digo, meio brincando. "As calçadas continuam livres. Mas os cafés foram obrigados a fechar."

"Hoje de manhã eu ainda fui ao Grosz. Todos os funcionários que trabalham naquele supermercado são do bairro, conhecemos todo mundo. Acho isso saudável! Que todos conversem uns com os outros."

"Para mim a impossibilidade de anonimato parece sufocante. Sem falar em toda a fofoca!"

"O Grosz e as lojas vizinhas andam extremamente movimentadas esses dias. Todo mundo está estocando, para quando for preciso. Sempre fazemos isso. Fomos ensinados assim: a guerra pode estourar a qualquer momento e é melhor estarmos preparados. Mas desde o coronavírus, até nós estamos estocando mais do que o normal. E você? Já encheu seus armários e freezers?"

"Na verdade, não", eu respondo.

"Faça isso", ela aconselha. "Não espere até que seja tarde demais."

Penso nos freezers que Andres viu no porão do vizinho – provavelmente indicativos do mesmo comportamento.

"Não temos dinheiro no banco", ela continua.

Eu me assusto. "Sua empresa corre risco de falir?", pergunto, ao mesmo tempo que percebo que as coisas não podem acontecer assim tão rápido.

"Você não está ouvindo bem. Eu disse: não temos dinheiro no banco. A conta corrente da empresa às vezes tem uma quantia grande, mas os salários são pagos dali todo mês e então não sobra muito. Nós não colocamos nossas economias no banco, quero dizer. Porque no momento em que a gente precisa, às vezes não pode sacar. Infelizmente, também temos essa experiência. Meu marido e eu temos um cofre. Não fica em casa, não somos tão burros. Não vou contar onde ele fica. Nós e um de nossos filhos temos a chave. Um outro conhece o código. E um outro sabe onde ele está. Mas não vou revelar nossos segredos aqui para você. De qualquer forma, não é coincidência que os judeus se destaquem tanto no ramo de diamantes. Dá para engolir essas pedras ou colocá-las no bolso caso seja preciso correr para salvar sua vida."

Minha orelha está quente por causa do telefone. Meu braço está formigando. Não falo nada sobre isso. Esther, que desde que a conheço sempre mantém o celular no viva-voz na mesa à sua frente quando fala, riria de mim. Seu celular foi recentemente conectado aos interfones de sua casa e da empresa. Quando alguém toca a campainha, onde quer que esteja, ela pode ver na tela quem está ali. Eles têm aparelhos de ar-condicionado "inteligentes" na loja. Mesmo que ela esteja com seus filhos e filhas em Bnei Brak ou no Brooklyn, ela pode ajustar a temperatura e a velocidade do ventilador.

"Esta semana, depois de uma ida à *shul*, meu marido me contou sobre um jovem professor de 'judaísmo' que, depois da oração em uma das salas de estudo, falou em pormenores sobre a cidade do futuro. Não tenho ideia de como esse assunto surgiu. Acho que ele foi entrevistado por um arquiteto de Nova York, suponho que tenha sido via Zoom ou WhatsApp. Mas: você sabe que termo eles usam para resumir essa cidade do futuro?" ela pergunta e não espera a resposta. "A cidade dos dez minutos", exclama lacônica. "Arquitetos e pesquisadores visionários que estudaram durante anos em universidades e cobram altos honorários, descobriram que na cidade do futuro tudo poderá ser alcançado em dez minutos a pé: padarias, açougues, peixarias, manicures, brinquedos, livros, escolas, templos, restaurantes…"

Tenho que sorrir. Sei o que ela está insinuando.

"Exatamente", ela diz. "Onde quer que os judeus religiosos vivam, eles vivem numa cidade de dez minutos. Nossos *shtetls* são cidades projetadas em escala humana há milhares de anos. Temos o *eruv*. Temos nossas regras. Temos nossas calçadas."

Agora ela também ri. Um riso longo e caloroso.

Me sinto tentada a contar sobre a doença de Martinus. Sobre a profunda inquietude que tomou conta de mim desde o dia do diagnóstico e que permanece ali, pesada, no fundo da minha alma. Sobre a sobriedade corajosa de Martinus, sua força serena, que por enquanto aceita sua sorte com resignação, mas ao mesmo tempo prova sua crença na cura e na recuperação.

Ela o viu uma vez. Numa tarde de verão do ano passado, ela se sentou no banco do lado esquerdo diante da Igreja Carolus Borromeus. Dali ela passou o tempo todo de olho no terraço do Bohm & Berkel. Nos garçons e seu chefe. Ela disse: "Ele parece diferente no Facebook."

"Você já ouviu falar da cabala." Ela não pergunta, apenas fala.

"O lado esotérico do judaísmo", resumo sucintamente. "A outra dimensão do judaísmo."

"Algo assim", ela diz. "Na cabala, todas as letras do alfabeto têm um valor numérico. Chamamos isso de gematria, mas isso não importa."

"Sim."

"Você sabe que tenho um genro que é rabino e canhoto."

"Sei."

"Fiquei sabendo disso através dele. Corona é escrito com seis letras em hebraico e tem um valor numérico total de 367."

"E daí?"

"A palavra hebraica para 'Messias' tem quatro letras, que juntas têm um valor numérico de 358."

"Ok..." Não entendo onde ela quer chegar.

"Se você adicionar a ela a palavra 'Venha', pode adicionar outros 9."

"Ok..."

"Você não contou. 'Messias, venha' ou 'venha, Messias' corresponde a 358 mais 9, portanto, 367. O valor numérico é o mesmo do corona!"

Fico em silêncio na linha por um instante.

Ela também.

"Você acredita nisso?", pergunto a ela, estupefata.

"Acredito que o Messias está vindo", ela responde.

Seis

Andres e Annie também receberam a carta de Salamon. E não conseguem ficar calados sobre isso. Annie, em todo caso, não. Para ela, a carta abriu portas diretas para o mundo desconhecido de seus vizinhos.

Annie diz: "E ele ainda escreve tão bem."

Compreendo a sua surpresa com o domínio linguístico do neerlandês por um judeu flamengo. Para os membros da comunidade judaica de Antuérpia, a motivação para tornar a língua neerlandesa o seu idioma diminuiu ao longo dos anos. Em um casamento internacional, o inglês ou o francês são coroados como língua oficial, ao lado do hebraico. A maioria dos jovens judeus que realizam estudos superiores o fazem em uma língua internacional e se mudam para o exterior.

Ela enviou três e-mails para Salamon. Neles ela insistiu vivamente que as orações no terraço não incomodavam nem um pouco, que ele não precisava se desculpar, pelo contrário, as orações são um efeito colateral agradável e surpreendente do coronavírus, o mundo paralelo da comunidade judaica finalmente se revela e eles desfrutam desta oportunidade única de conhecer a vida religiosa de seus vizinhos.

Ele a respondeu as três vezes, atenciosamente.

O quarto e-mail dela foi menos amigável e tinha como assunto: "passaram dos limites". Ela ainda está agitada quando me conta a respeito.

No dia 11 de maio, portanto depois de *Pessach*, seus vizinhos colocaram dois alto-falantes no pátio. A algumas casas de distância, num telhado plano sem nem sequer uma amurada, homens hassídicos colocaram um sintetizador, uma bateria, caixas de som e tudo mais. "Isso já não pode ser chamado de oração. Já não tem nada a ver com respeito pelos vizinhos. Damos a mão e eles pegam o braço inteiro."

Silvain também respondeu a este e-mail com gentileza e atenção.

"E agora sabemos muito mais do que você", diz Annie. E ela me conta sobre *Lag BaOmer*, uma grande festa alegre, com serpentinas e música ao vivo, com balões, fogos de artifício e pistas de dança por toda parte. *Lag BaOmer* é um dia especial, no qual os judeus religiosos celebram o fim das misteriosas mortes entre milhares de alunos do rabino Akiva. O dia também celebra o aniversário de morte do rabino Shimon bar Yochai, um dos mais proeminentes escribas; seu túmulo está localizado no Monte Meron, no norte de Israel, e se tornou um verdadeiro local de peregrinação para os ortodoxos.

Na nossa região, a festa de *Lag BaOmer* acontece em ambientes fechados. Mas este ano – graças ao coronavírus – será celebrada nas sacadas, nos parques e nos jardins. E nos pátios. Pela primeira vez, o mundo exterior vê tantos foliões judeus delirantes. O frenesi deles é menos estranho quando você ouve a explicação religiosa. "Entre *Pessach* e *Shavuot* – que é a comemoração do dia em que Deus deu a Torá ao povo judeu – há um longo e rigoroso período de luto que dura quase cinquenta dias. Um período no qual não é permitido se casar. No qual nenhuma música é permitida. No qual não é permitido cortar o cabelo. No qual todas as atenções devem estar voltadas para o luto. Exceto naquele único dia. *Lag BaOmer*. Durante esse período de 24 horas, os crentes podem perder a cabeça."

Para Annie, tudo isso foi uma revelação. Ela quase chamou a polícia. "Tive a impressão de que os homens estavam drogados, pelo jeito que gritavam!"

Salamon conversou com os vizinhos em questão e pediu-lhes que batessem na porta dela e de Andres e contassem por que comemoraram aquele dia tão efusivamente.

Os vizinhos ignoraram seu conselho. Não bateram na porta deles. Mas Annie encontrou uma caixa de *madeleines* na porta; o papel de embrulho dizia: "Nos desculpe pelo barulho, com os melhores votos do número 53."

Annie diz: "Achei que as *madeleines* foram um exagero. Porém pensei o mesmo da barulheira deles."

Mas ela sentiu pena do garoto ligeirinho: no dia seguinte, ela o viu pedalando até o contêiner com ainda mais garrafas que o normal.

Sete

Eles não colocaram sonda estomacal em Martinus. Acham que ele consegue ficar sem. Provavelmente também pensam que é aconselhável reservar o maior número possível de leitos hospitalares para pacientes de Covid-19.

Ele toma shakes que vêm da farmácia e substituem as refeições, eu compro em embalagens de seis, ele toma dois ou três por dia.

O farmacêutico da esquina gosta de me ver chegando. Ele imagina que eu estou de dieta – muitas mulheres começam uma maratona para perder peso com esses shakes. Toda semana ele me pergunta se eu quero um cartão-fidelidade. E toda semana eu digo: "Não, obrigada." Após a terceira semana, eu divido as compras em estabelecimentos diferentes: um cartão fidelidade em uma farmácia seria o fim da picada.

A quimio e a radioterapia começam a maltratar Martinus. No começo não é perceptível, pelo menos não para o mundo exterior. Ele até engordou no primeiro mês, por orientação da equipe médica. "Coma o máximo possível, o mais gorduroso possível, o mais doce possível e pelo tempo que puder, porque as coisas logo vão mudar para o senhor."

Ele, que raramente ou quase nunca come hambúrguer, comeu três seguidos. Ragu de frango: devorou avidamente, de uma só vez, uma porção para duas ou três pessoas. Batatas fritas: os palitinhos crocantes de batata tinham tendência a ficar presos na garganta; ele passou a mergulhá-los em maionese e ketchup.

Agora ele só toma os shakes e litros de Coca-Cola. Quando ele come, são picolés superdoces, até seis por dia. Ele deixa cubinhos de gelo derretendo na boca e lambe queijos cremosos *petit-suisse* que coloquei em um palito e congelei.

Não é tão difícil enganar as pessoas à nossa volta. Os suéteres de gola alta escondem seu pescoço chamuscado e lhe dão um toque clássico e fashionista. A máscara facial cobre metade de seu rosto emaciado. Ele usa um chapéu para se proteger do sol. A pele ao redor de suas têmporas e sob seus olhos ficou fina e amarelada: mas ninguém consegue ver por trás de seus grandes óculos escuros. E ele já era careca antes de fazer quimioterapia.

Quando encontramos conhecidos que não sabem de nada, eles dizem: "Você está tão bem." Quem presta atenção ouve os sons metálicos que se alojaram em sua voz: como se uma outra pessoa falasse por aquela garganta tão familiar. Quem presta atenção também ouve que ele está cansado: como ele não consegue engolir, não consegue dormir.

Se percebo que também estou perdendo peso, eu como até recuperar. Me tornei ainda mais cuidadosa. Não só em termos de peso e do coronavírus. Em todos os sentidos. A ponto de chegar ao ridículo.

Quase não há tráfego durante o lockdown. Mesmo assim, ao atravessar a rua, olho enfaticamente à minha volta. Mesmo que não haja nenhum pedestre, bicicleta, carro ou van à vista nem de longe, espero pacientemente até que o sinal abra. E quando o semáforo está verde, fico olhando da esquerda para a direita enquanto atravesso a rua.

Espero que todos sejam pelo menos tão cuidadosos quanto eu. O desejo é tão forte que pode ser considerado uma exigência. Não tolero que as pessoas violem as regras da quarentena. Acho, imagine só, que o governo tem mesmo que tomar medidas extremamente rigorosas em caso de violações. Fico com raiva de qualquer pessoa que represente um perigo para o homem que quero proteger acima de tudo. Ao protegê-lo, protejo a mim mesma e a vida que vivemos. A intolerância que borbulha em mim me deixa consternada. O medo do vírus e o profundo pavor de perder o que me é mais precioso despertam em mim um rancor e uma raiva que eu nem suspeitava que existissem.

A segunda metade da Bohm & Berkel é referente às tradicionais máquinas de corte e balanças Van Berkel, um fabricante originalmente holandês. Nós, Martinus e eu, amamos esses aparelhos clássicos pesados e bonitos. No nosso bistrô temos uma pequena coleção de balanças mecânicas com pesos deslizantes, com ou sem pesos de aferição adjacentes dispostos em conjunto numa caixa. Não sei se uma coisa tem a ver com a outra, mas há dias em que fico pesando continuamente todo tipo de dor em pensamento. Descobri que o medo é uma espécie de dor. Raramente acho o sofrimento de outra pessoa maior que o nosso. É triste que os avós não possam ver seus netos. Mas ninguém jamais morreu por sentir saudade dos netos. Lamento a proibição de viajar. Mas quem está tratando um tumor não precisa sequer pensar em viajar. É uma pena que não possa haver mesinhas ao ar livre, mas o dono do restaurante sofre mais do que o cliente que fica sem ele por um tempo.

Eu também peso o ambiente próximo a nós. Dos amigos e familiares a quem informei, acredito que não há ninguém que tenha reagido bem. Considero todas as reações insuficientes. "Ah, mas daqui a seis meses ele estará de novo como antes, hoje em dia já não se morre tão rápido de câncer", "Que triste, mas sabe, meu irmão acaba de descobrir que está com câncer de próstata", "Vamos conversar sobre outra coisa, quando sai seu próximo livro?"

Não tem ninguém que reaja bem ou que atenda ao padrão que eu espero.

Não consigo expressar o que eu desejo. Não faço ideia de qual reação colocaria peso suficiente na balança.

O que eu recebo não tem peso suficiente. O que eu não recebo, idem.

E então – sabíamos que esse dia iria chegar – Martinus não sente mais o sabor dos shakes que substituem as refeições: mocha, chocolate, café, baunilha. Sua boca e língua são como cortiça, toda a produção de saliva parou; ele não consegue mais distinguir entre doce, azedo, salgado e amargo, tudo tem gosto de nada e tudo dói.

Ele chora. Eu também.

Leah me liga para perguntar como estou.

***

Eu conto a ela.

Ela me diz para ir até sua casa na quinta à noite ou na sexta de manhã. De preferência de carro. Ela me dá o endereço dela.

Quando toco a campainha, às onze da manhã de sexta-feira, ela abre a porta usando um avental de cozinha. É um avental longo, de mangas compridas, em algodão azul-pastel com motivo floral e na frente uma fileira de botões fechando de cima a baixo.

Ela acaricia meu rosto de leve e fica ao lado da porta. Está sem peruca. Seu cabelo verdadeiro é castanho claro entremeado com grisalho, com corte pajem. Reparo que suas sobrancelhas estão depiladas de forma assimétrica; essa descoberta me faz sorrir.

Ela não me convida para entrar. Mesmo sem o coronavírus, imagino que eu não seria convidada a entrar na sua cozinha ou sala de estar, especialmente na sexta-feira, quando o *Shabat* começa à noite – no calendário judaico o dia começa quando o sol se põe, não quando ele nasce. Ela já está cozinhando, sem dúvida para mais pessoas do que sua própria bolha. Ela tem mais ou menos a mesma idade de Esther.

No vestíbulo, ao lado de um cabideiro onde estão pendurados dois casacos de cetim preto, há uma sacola plástica reforçada do Action. "Se der, pode trazê-la de volta da próxima vez?"

A sacola está cheia de potes plásticos transparentes de 350 ml, todos fechados com uma tampa branca. Leah está me dando três litros e meio de caldo de galinha caseiro. "Para o seu marido. Se ele não consegue comer, deveria pelo menos beber isso. Guarde no freezer, acrescente um pouco de arroz ou macarrãozinho se quiser, isso deixa a sopa ainda mais nutritiva."

Ela me pede para ir todas as sextas-feiras de manhã, até que Martinus se recupere. Diz que não custa nada fazer quinze litros em vez dos doze que ela normalmente faz toda quinta-feira.

Em cada potinho tem uma etiqueta em que está manuscrito o conteúdo e a data de fabricação. Quando congelada, a penicilina judaica permanece boa por meses. Leah me aconselha a fazer com que Martinus coma um ou dois potinhos por dia. "Se a garganta dele não tolerar temperaturas quentes ou mornas, coloque a penicilina em forminhas de gelo e congele tudo. Quando ele tomar água, você coloca um cubinho nela."

Ela me pede para anotar o nome completo de Martinus, assim como o de sua mãe. Ela os entregará a seu marido, que os incluirá em suas orações diárias. Há uma oração pelos enfermos que ocorre todos os dias, *refua shlema*. Só funciona se os nomes do doente e da mãe forem falados corretamente, ela diz. "Vamos incluir Martinus em nossas orações até que ele esteja completamente curado."

Quando toco a campainha na porta de Leah na manhã da sexta-feira seguinte, tenho comigo a sacola resistente e os potinhos de plástico lavados. Ela diz que posso ficar com os potinhos.

Demoro algum tempo para perceber que, pela enésima vez, me equivoquei sobre o alcance da *kashrut*, as leis dietéticas. Se as cozinhas judaicas são divididas em partes para carnes e para laticínios, se o padrão é que essas cozinhas tenham duas máquinas de lavar louça e duas pias, então é óbvio que Leah, ou qualquer mulher ou homem judeu ortodoxo, nunca trará para casa recipientes de plástico que eles não sabem onde foram lavados ou onde estiveram; talvez tenham entrado em contato com gotas de leite, ou quem sabe, com restos de chouriço: tanto o porco quanto o sangue são proibidos, até um ovo contendo um traço de sangue é tabu.

Ela arruma quinze potinhos novos de caldo de galinha clarinho na sacola. A entrega não leva nem cinco minutos. "*Beteavon*", ela diz, e imediatamente acrescenta, "embora eu saiba que seu marido perdeu o paladar, espero que ele encontre apetite suficiente para tomar a sopa."

Na volta vejo como livros, cadernos e papéis estão sendo trocados nas janelas e portas de todo o bairro. O fenômeno é tão antigo quanto o coronavírus. Como nos meios hassídicos, devido ao costume de não usar computadores e internet, o ensino digital à distância não é uma opção, todas as tarefas escolares são feitas e corrigidas manualmente, e passam pela janela ou porta do aluno para o professor, e do professor de novo para o aluno. Algumas famílias têm mais de dez filhos. Em alguns prédios de apartamentos, vivem mais de quarenta crianças.

Faço um pequeno desvio pela rua de Esther. Do carro não consigo ver se há algum sinal de vida no andar em que ela mora.

A sacola cheia com a sopa de Leah, que está do meu lado, no banco do passageiro, me dá uma sensação de traição em relação a Esther, em quem não consigo pensar sem lembrar de seus pratos deliciosos. Tenho vontade de tocar a campainha dela. Um grupo de homens está conversando no hall do seu prédio. Dois deles estão usando máscara facial, os outros três não, ou não como deveriam, um deles está com a máscara no queixo, por cima da barba.

Na medida do possível, não quero correr nenhum risco de contaminação. Então não toco a campainha. Estaciono e, com o carro ligado, envio uma mensagem de texto para ela. Digo que conosco vai tudo bem e espero que ela e os seus também estejam bem. "Com muito carinho."

Sei que a amizade entre Esther e eu é assim mesmo, não há nada a fazer.

De todo modo, não gostaria de uma vida sem Esther.

Quando aviso sobre minha próxima visita, Leah me informa que não poderá estar em casa naquela manhã de sexta-feira. Ela me manda o endereço de uma de suas filhas pelo WhatsApp e diz que a entrega estará me esperando lá.

Depois de dizer meu nome no interfone, a filha de Leah desce a estreita escada em caracol de seu prédio trazendo uma sacola plástica. Ela é seguida por pelo menos sete crianças, todas entre quatro e oito anos, calculo.

Ela não está usando máscara. Me olha diretamente nos olhos, a única parte do meu rosto que não está coberta. "Então é você a *gitte goyte* de quem minha mãe fala." Ela me entrega a penicilina. "Espero que seu marido melhore. Meus pais estão rezando por ele e por você."

Não acredito em oração. Não acredito em Deus. Não acredito que a vida seja justa, muito menos a morte. Acho que câncer é câncer e morte é morte. Acredito na ciência. Em remédios. No desenvolvimento de técnicas de destruição que possam eliminar os tumores de uma vez por todas. Acredito nos frutos do século XXI.

Mas eu estaria mentindo se dissesse que as orações de Leah e seu marido, orações que vêm desde muito antes do nosso calendário existir, me deixam indiferente. Não tenho nenhuma explicação para estes sentimentos ambivalentes. Neste isolamento social e rodeada pelo câncer e pelo coronavírus, acho um alento perder um pouco o contato com a realidade. Me faz bem me entregar a forças que estão fora do meu controle. Talvez, penso, o irracional no homem fique mais livre quando se depara com um grande desafio ou perigo. Talvez eu esteja fazendo o mesmo que os cabalistas e sua gematria. Procuro uma explicação para o que é incompreensível. Enquanto ao mesmo tempo me dirijo a esse incompreensível como se fosse uma resposta.

***

Leah é a mulher que conheci há alguns anos na sala de espera da fisioterapeuta e que em hipótese alguma queria aparecer no meu trabalho.

Ela não ergueu os olhos quando entrei na sala de espera e disse "boa tarde". Ela estava falando ao telefone em um iídiche temperado com inglês. Eu não conseguia ouvi-la, ela falava com a voz abafada. E mesmo que ela falasse alto o bastante, eu não a entenderia. "Diga-me como você fala iídiche e eu lhe direi de onde vêm seus ancestrais." O sotaque iídiche de uma pessoa é grego para outra.

Quando ela terminou a conversa, eu a cumprimentei de novo.

"Boa tarde", ela respondeu sorrindo. Sua voz soava mais jovem do que ela parecia ser.

Ela deu um saltinho para pegar uma das revistas da mesa e caiu de joelhos.

Em um reflexo, corri para ajudá-la. Apoiando-se em meu ombro dolorido, ela se desculpou e afundou de novo na poltrona.

"Quer uma revista?", perguntei quando ela já tinha se sentado, aliviada.

"Não, obrigada", ela respondeu, "deixa pra lá." Ela procurou de novo o celular. Alcancei algumas revistas para ela. Eu sabia muito bem que as salas de espera de não-judeus são um dos poucos lugares onde os haredim podem folhear revistas sem inibição, desde que ninguém com o mesmo credo esteja por perto.

A partir daquele momento, começamos a conversar. E continuamos conversando quando ela foi fazer exercícios para os joelhos na cabine ao lado da minha, onde eu recebia impulsos elétricos de uma máquina a laser no ombro.

Ela conhecia a família de Dan. Sua filha e a família dela moravam em um apartamento acima dos pais de Dahlia. Ela não tinha lido meu livro – sempre *Mazal Tov* – e não pretendia ler. Mas tinha ouvido falar sobre ele. Os únicos textos não-judeus que ela lia eram as breves máximas sobre modos de vida da *Bond zonder Naam*[6], que existem até hoje. "Nunca comece o dia com os estilhaços de ontem", "Só se vê erros quando o amor é escasso", "Você pode quebrar nozes, mas nunca pessoas".

Só quando converso sobre isso com Leah é que fico sabendo que esses dizeres costumavam ser gravados como

---

6   Bond zonder Naam (Liga sem Nome) é um movimento flamengo de conteúdo social conhecido por mensagens que convidam à reflexão. (NDT)

mensagens telefônicas nos primeiros anos deste movimento social de inspiração católica.

Quando era adolescente, para grande temor e indignação de seus pais hassídicos, Leah fazia ligações intermináveis para o número da *Bond zonder Naam*, que indiretamente também era o número do inspirador do movimento, o padre Phil Bosmans.

Fora duas vezes em passeios pelo centro da cidade, eu só a via na fisioterapeuta, a quem pedimos para agendar nossas consultas no mesmo dia e por volta do mesmo horário, pedido que ela acatou com prazer.

Quando uma vez sugeri a Leah que, depois do tratamento, fosse comigo até o Hoffy's para comer alguma coisa, ela respondeu: "No meu mundo, a gente não se exibe com os outros. Um restaurante é uma vitrine. Não vou me sentar em uma vitrine."

Oito

Em meados de junho, após três meses de fechamento obrigatório de hotéis, cafés e restaurantes, um Martinus bastante magro, mas muito contente, desenrola o primeiro toldo do Bohm & Berkel e abre de novo as janelas e portas do bistrô. Isso foi exatamente doze dias depois que ele apagou com uma toalhinha molhada a linha pontilhada roxa que ia diretamente do seu umbigo até o pomo-de-adão.

Ele usa suéteres de gola alta feitos de lã fina que o fazem parecer mais cheio. Como o cinza e o preto tornam a pele pálida ainda mais descorada, ele opta por mais cor – até mesmo vermelho-forte, azul-celeste e roxo. Suas bochechas encovadas ficam escondidas atrás da obrigatória máscara facial, que ele usa presa nas orelhas e no maior tamanho. Contratou um funcionário extra para provar tudo na cozinha.

Ele volta à vida.

A confirmação médica dessa energia renovada é obtida a cada três meses.

No primeiro exame de controle, tudo parece normal. Muito queimado e inchado, mas bastante normal.

No segundo controle, dizem que não há mais nenhum vestígio do lindo tumor, mas que comer alimentos sólidos ainda será doloroso ou até impossível por mais alguns meses. Ele tem que continuar bebendo sucos e shakes de proteína para recuperar os dez quilos que perdeu. "Oito é suficiente", eu comento.

Seu olfato e paladar provavelmente ficarão fora de jogo por pelo menos mais seis meses. É a maior provação. A dor ao engolir ele acha suportável. O fato de o que ele engole não ter gosto de nada e desta falta de paladar parecer não ter fim, é o que às vezes causa uma dor que chega a ser insuportável.

No terceiro controle, otorrino e oncologista dizem: "Só mais alguns meses e o senhor voltará ao que era antes!"

Ao que Martinus brinca: "Preferiria voltar a ser uma versão mais jovem de mim mesmo."

Conto a Leah que o caldo de galinha ajudou Martinus.

Leah responde que posso pensar assim, mas que estou errada. "O caldo de galinha deu força ao seu marido. Mas foram as orações que o ajudaram."

"Posso escrever sobre você e sua sopa de galinha no meu próximo livro?", pergunto a ela, já contando que não obteria nenhuma resposta.

Mas para minha surpresa, ela responde: "Vá em frente. Não vejo nenhum problema. A sopa e as orações são a nossa vida. Ilustram quem nós, hassídicos, somos. Mas, por favor, mude meu nome. Esta vitrine também não é necessária."

Nove

Esther pegou. E não só ela. Muitos membros de sua família foram infectados com o vírus – não, não todos, também não posso exagerar, sei o quanto a família dela é grande.

Ela preferiu não ser internada. Mas quando a febre alta continuou por quatro dias e o nível de oxigênio nos pulmões ficou muito baixo, o clínico geral a encaminhou para o pronto-socorro, que a transferiu para um leito de hospital. Ela está no Sint-Vincentius.

Ela quer ligar a câmera de vídeo.

"Não faça isso", eu digo.

Ela liga mesmo assim. Ela quer me ver também. Obediente, ligo a câmera do meu celular.

Ela parece pálida, cansada e doente. Não entendo por que ela quer que eu a veja nessas condições.

"Já encontrou a sua funcionária favorita?" pergunto brincando, mas tenho que explicar a ela a quem estou me referindo. Ela ergue os ombros.

"Tem alguma ideia de quem você ganhou esse vírus de presente?" questiono.

Ela balança a cabeça. "Pode ter sido qualquer um. Nós, meu marido e eu, celebramos a Festa dos Tabernáculos em casa, na nossa bolha. Mas alguns filhos, netos e funcionários da empresa viajaram para a Inglaterra, Israel e Estados Unidos para *Sucot*. Nos Estados Unidos grandes reuniões de pessoas não estão proibidas. Lá as pessoas acreditam em *Hashem* e no poder da imunidade de rebanho. E em alguns estabelecimentos aqui do bairro também. Pode-se dizer que são um foco. Você vai comprar cinco quilos de laranja para as suas vitaminas e volta com um vírus no corpo."

Ela está sentada na cama com um travesseiro grande nas costas. Seu roupão, de mangas compridas e fechado até o pescoço, é rosa claro. Acho que é de flanela, parece macio e muito quente. O cabelo da peruca dela está escorrido.

"E seu pai?", eu pergunto. Como ela ainda não o mencionou, temo pelo pior.

"Ele está bem, obrigada", ela diz. "Ele foi levado para a casa de uma das minhas irmãs, provavelmente bem a tempo. Ela mora na mesma rua que nós. Na casa dela, por enquanto, os netos não estão fazendo visitas, porque seu marido é um paciente de alto risco. Meu pai está seguro lá. Na sua família todos estão bem?"

"Felizmente."

"Seus pais, sogros, irmãos e irmãs?"

"Eu só tenho um irmão e uma irmã. Eles estão bem e com saúde, obrigada." Ela raramente pergunta sobre minha família, fora Martinus e seus filhos. Se meus pais alguma vez aparecerem durante nossas conversas, é no contexto do meu trabalho: "Eles concordam com o fato de você ser escritora?"

Ela tosse. É uma tosse seca que soa tão feia que tenho tendência a afastar o celular de mim.

"E seu marido?", ela pergunta quando recupera o controle da respiração.

"Ele está bem, obrigada", minto.

"Não é possível. As coisas não podem estar bem para um empreendedor que é obrigado a fechar as portas. Nós sabemos bem disso."

"Pelo menos ele ainda não pegou covid."

"Me conte alguma coisa."

"Sobre o quê?"

"Qualquer coisa. Aqui não acontece nada. E lá fora também não. Hoje em dia, a gente anseia até por um funeral, sabe? É a única ocasião em que podemos sair da pasmaceira. O único lugar onde podemos estar com cinquenta pessoas. Tem rabinos que já sugeriram colocar um caixão na *shul*. Quando há um morto, de acordo com as regras da Covid-19, até cinquenta pessoas podem rezar juntas. Será que a polícia, que não sabe que os judeus praticamente nunca velam seus mortos na sinagoga, olharia no caixão para ver se tem mesmo um corpo? Eu acho que não."

"Você está falando sério?" Dou uma risadinha.

"Está circulando uma outra alternativa para um grande *minyan*. Nos bondes e ônibus é permitido um número ilimitado de passageiros. O transporte público pode atrair quantas pessoas quiser. E se o nosso *rebe* alugar um ônibus ou bonde, estacioná-lo na Mediaplein e transformá-lo em uma sinagoga temporária?"

Eu começo a rir. Algum dia alguém deveria estudar a engenhosidade dos judeus ortodoxos, a criatividade de seus cérebros, treinados para moldar uma doutrina religiosa milenar em um formato contemporâneo, século após século, ano após ano, dia após dia.

"Nesta estação, não há nem mesmo *minyanim* ao ar livre", ela diz. A conversa exige muito de sua respiração: posso ver e ouvir. "Já está escuro às quatro ou cinco horas. E o clima horrível deste outono não é exatamente adequado para nossas orações na sacada. Agora que todos os templos estão obrigatoriamente fechados de novo, temos que rezar sozinhos. É uma vergonha. Rezar sozinho. Celebrar os grandes momentos da sua vida sozinho. Tivemos dois *bar mitzvahs* na família. Um casamento. Para nós, esses são eventos para os quais nos preparamos e ansiamos por anos. Eles dão sentido às nossas vidas. A quem somos. Ah. Vamos falar sobre outra coisa. A menos que você queira que eu morra de ataque cardíaco aqui e agora!"

Ela fica vermelha. Como se realmente tivesse as artérias obstruídas e pressão alta. Isso me faz sentir sufocada por ela.

"Ligo de novo para você ainda esta semana. Você precisa descansar agora."

"Me conte alguma coisa."

"Vou escrever. E caso eu não escreva, é porque estou ocupada escrevendo."

"Ainda aquele livro sobre o Irã?"

Esqueci que conversei com ela sobre as histórias nas quais eu estava trabalhando até recentemente. Uma delas é sobre Marjane, uma jovem que fugiu na década de 1990 de Teerã para a Bélgica, onde teria morrido de solidão se não tivesse retornado ao Irã. Eu tinha mais de sessenta páginas prontas, mas a história não fluía, eu não encontrava o tom certo. Devido à covid, foi impossível viajar para Teerã. Não vi outra opção a não ser deixar de lado: para depois ou nunca mais.

"Ah, não, comecei algo completamente diferente já faz um tempo", comento.

Ela se endireita na cama. Pega um guardanapo na mesinha de cabeceira a seu lado e enxuga a testa com ele. "Calor", ela diz, e me mostra o quarto inteiro pela câmera, a calefação embaixo da janela que não pode ser aberta, sua vizinha deitada na cama ao lado assistindo TV. "Eu não assisto TV", ela sussurra por trás da mão, que agora mantém sobre a boca como um abafador de som. "Minha vizinha judia assiste. Eu teria preferido ficar ao lado de uma não-judia. Daí não ficaria irritada. Não gosto de devotos que, assim que têm oportunidade, infringem as leis. Fora isso, essa mulher é até simpática. Ela não está me ouvindo, não se preocupe. E neste sentido é uma bênção não podermos receber visitas. Eu teria achado terrível se nossas famílias tivessem que se sentar aqui lado a lado. Este livro que você começou também é sobre nós, judeus?"

"É mais forte que eu", digo rindo e em parte me desculpando.

"Espero aparecer nele."

"Não quero falar muito sobre isso."

"Ah, pare."

"Falar sobre um livro em andamento dá azar."

"Ah, então a senhora de repente ficou supersticiosa."

Uma enfermeira entra. Ela coloca comprimidos na mesinha de cabeceira de Esther. Olhando nos olhos da mulher, Esther diz bom dia e obrigada e pede desculpas por estar ao telefone.

Quando a enfermeira sai, ela me diz que só posso escrever coisas boas sobre ela. E que não posso de maneira alguma mencionar seu nome. E ela quer ler o livro antes de ser publicado.

"Não funciona assim", eu digo.

"Mas é sobre mim."

"Ainda não posso dizer nada a respeito."

"É sobre nós, hassídicos."

"É muito cedo para falar sobre isso."

"Você acha que é uma boa ideia, escrever um livro sobre nós?"

"Depende do ponto de vista de quem você está considerando."

"Então é mesmo sobre nós. Minhas amigas acham que *Mazal Tov* é uma total vergonha."

Balanço a cabeça. Me lembro de um momento desagradável no bonde 11 quando uma mulher hassídica se aproximou de mim furiosa. "A senhora é a autora daquele livro, reconheci pela foto. Vou dizer uma coisa à senhora. A senhora nunca deveria ter escrito aquele livro." Em seguida ela voltou para a frente do veículo e me deixou para trás atônita.

Quando contei esse incidente a Esther na época, ela quis saber exatamente em que bonde eu estava, onde e a que horas o miniconfronto em forma de monólogo tinha acontecido. Ela queria descobrir quem era a mulher. Que ela não estivesse contente com *Mazal Tov* não foi surpreendente ou chocante para Esther: é claro que de vez em quando eram feitas críticas violentas a mim por parte da comunidade hassídica – e às vezes também das comunidades mais moderadas. Ela não se importava com isso. Porém ela ficou revoltada com a forma como a mulher me deu a conhecer a sua indignação, salpicada de uma pitada de desprezo – "isso não se faz no bonde, isso se faz de maneira digna, ela deveria ter pedido o seu endereço de e-mail. Ou o da sua casa. Ela não deveria ter confrontado você com a opinião dela. Isso é indelicado e sem precedentes. Nem um pouco como nós somos, e nem um pouco como devemos ser. Ela deveria ter falado com você com toda a discrição. Como ela era, quantos anos mais ou menos ela tinha, por que você deduziu que ela é hassídica, quem poderia ser?"

Hoje Esther também está me parecendo muito revoltada.

Eu preferiria que terminássemos a conversa. Que ela reservasse suas forças para a sua recuperação. E que eu gastasse minha energia em outra coisa e não nesta videochamada.

Parece não haver mais espaço em branco entre nossos mundos. Nossas vidas sempre puderam dançar em uma margem, uma em torno da outra. Agora elas estão sobrepostas. Se arranham e se espremem. Não há mais espaço de manobra. A covid mancha o país e desbota as relações humanas.

"Qual é o título do seu novo livro?"

"Ainda não sei."

"Também só damos um nome aos nossos filhos cerca de uma semana depois que nascem. Os primeiros dias de vida costumam apontar o caminho para o nome certo. Com um livro é um pouco mais difícil. Tem que ser impresso antes ser lançado para o mundo."

Ela tosse novamente.

"Não se esqueça de escrever que no máximo cinco por cento da população judaica mundial é hassídica", ela continua. "Coloque isso em letras maiúsculas na capa, na frente e no verso, se possível. Estamos falando de quantas pessoas no mundo todo? Um pouco mais de meio milhão, talvez um milhão? Quantos habitantes tem Antuérpia? De fato, mais ou menos essa mesma quantidade. No mundo inteiro vivem tantos hassídicos quanto a população de Antuérpia. E no mundo inteiro vivem aproximadamente tantos judeus quanto a população da Bélgica, consegue acompanhar meu raciocínio? No entanto, nunca ouvi ninguém falar de um lobby belga. Mas o lobby judeu, *oy vey*, para um povo tão pequeno é uma hipótese e tanto."

Ela tira os óculos. São diferentes dos habituais. "Posso ler seu livro antes de ser publicado?", ela pergunta outra vez e limpa os óculos com o lençol.

"Tenho revisores fixos", minto.

"Então me inclua também", ela diz.

"Você precisa descansar."

"Eu descanso o tempo todo."

"Ainda não está pronto."

"Eu frequentei a escola, viu? Não muito tempo. Mas mesmo assim. Sou inteligente o suficiente para ler seu livro e dar conselhos."

"Não é essa a questão. Não duvido da sua inteligência. Raramente permito que pessoas que não sejam ligadas à editora leiam meu trabalho antes da publicação." Outra mentira.

"Na minha época, nossas meninas não tinham as oportunidades que têm hoje. Tenho uma neta que, graças às vastas possibilidades de ensino à distância de hoje, está fazendo faculdade. Ela estuda tecnologia da computação."

"Eu achava que os hassídicos não usassem computadores e internet?!"

Percebo que ela se cansa com a conversa. Também percebo que ela não quer parar. Assim como ela levanta os óculos contra a luz para inspecionar a clareza das lentes, ela também parece querer me mostrar essa faceta de sua vida.

"Meninas com mais de dezessete anos são cada vez mais incentivadas a fazer cursos online. É um fenômeno bastante novo. Antes dessa idade, elas não têm internet. Mais tarde são conectadas à rede escolar digital, sob supervisão. Na universidade, como você sabe muito bem, meninos e meninas se sentam lado a lado, misturados. Entre os hassídicos, isso não pode. Os dois não devem se misturar. Não literalmente. Mas em uma sala de aula virtual é impossível entrar literalmente em contato com o sexo oposto! Portanto, graças à sua formação virtual, logo minha neta poderá, cercada por seus filhos, desenvolver websites *kasher* trabalhando em sua própria casa. Ela poderá ganhar dinheiro para sua família. O marido dela é um estudioso dos livros sagrados, ele é fenomenal, temos orgulho dele. Achamos revoltante que no momento as aulas sobre a Torá e o Talmude não possam continuar. Nada é mais importante que as aulas de religião. Nossa religião é tudo. Sem a nossa religião, nós não somos quem somos. Mas o governo prefere pôr todo mundo em quarentena. O governo não se importa conosco."

"Você está doente. Você está com covid."

"Eu entendo o objetivo da quarentena. Mas acho o nosso cotidiano religioso tão importante que não aguento mais esperar. Você entende? Quem tiver que ficar doente, ficará doente. Ninguém escapa dos caminhos do Altíssimo. Sim, o primeiro confinamento ainda trouxe algo de emocionante e esperançoso. O tempo estava bom. Todos nós acreditávamos que as coisas dariam certo. Já este segundo lockdown foi demais em muitos aspectos. A pandemia está durando muito. E está cavando muito fundo. Está minando nosso modo de vida. Precisamos poder nos reunir de novo. Poder viver outra vez nossas vidas simplesmente como somos. Esse é o nosso dever, não ficar em casa."

"A medida de quarentena não é para proteger a si mesmo, mas aos outros", corrijo. Minha intenção não é contrariá-la, mas não tenho escolha: a extrema cautela define todos meus dias desde o início do primeiro lockdown.

"Eu conheço a toada." Ela põe os óculos de novo e alisa o lençol. "Alguns rabinos comparam esta pandemia à peste, ou a outras pandemias do passado. Eles dizem: 'Se houver risco para a vida e a saúde, inclusive para a vida e a saúde de outras pessoas, caem todas as leis e regulamentos religiosos'. Mas também há *rebes* que dizem que *Hashem* sabe o que faz e que nos orientam a continuar vivendo como devemos viver. Ou proclamam que o vírus é uma invenção dos ateus. É a maneira deles de nos enganar. Para nos humilhar." Ela suspira. Seu rosto ficou vermelho.

"Em qual *rebe* você acredita?" eu pergunto.

"Como pode uma *gitte Frau* escrever um livro sobre nós?" ela diz.

Ela já não me chama mais de *goyte* ou *gitte goyte*, mas de boa mulher. Fui promovida.

Dez

Encontro Dahlia em uma pequena rua de comércio, em uma ala lateral do centro comercial da cidade. Ela me vê antes que eu a veja. Do outro lado da rua, ela grita meu nome e vem até mim acenando. Sua máscara combina com seu casaco de inverno: verde-escuro com bolinhas azuis.

É bom nos encontrarmos dessa forma totalmente inesperada depois de tanto tempo.

Ela está procurando um casaco de inverno para a filha mais velha, que atualmente estuda em casa. A garota viu um casaco acolchoado online, mas Dahlia não quer comprar roupas online e foi procurar uma boutique que vende aquele modelo. "Uma loja bonita e fina em uma rua elegante. Vou voltar semana que vem com minha filha. Eles têm o casaco que ela queria. É um pouco caro. Mas se Lily puder usufruir dessa compra por dois, três, talvez quatro anos, o investimento vale a pena."

Falamos sobre nosso trabalho. Sobre os hotéis, restaurantes e cafés que voltaram a fechar. Sobre as habilidades culinárias de Naftali: agora que recebemos menos pessoas em casa, ele está experimentando fazer conservas. Os freezers estão cheios. A despensa lotada com de chutneys todos os sabores, aromas e cores, "o suficiente para alguns anos". Ele faz suas próprias versões de picles judaicos – pepino, alho, endro e vinagre são os ingredientes básicos. Com a quantidade que ele colocou em potes até agora, já dá para abrir uma loja. Dahlia vai dar alguns para nós.

Nem os coleguinhas de seus filhos os visitam mais nestes tempos de covid. E ela conta que eles, e muitos outros, estão incomodados com alguns hassídicos que estão criando uma má impressão de toda a comunidade. Pergunta se eu ainda encontro minha amiga hassídica, como ela está e se pertence ao grupo dos que estão infringindo as regras da covid.

Dentro da comunidade ortodoxa moderna, aqui e ali são formados *minyanim* ilegais. Há famílias que continuam viajando para o exterior. "E como muitos de nós temos nossos próprios negócios – a única maneira de seguir o calendário judaico e seus feriados específicos – não é tão difícil agendar uma viagem como se fosse para negócios quando a pessoa na verdade está indo para o *bar mitzvah* de um sobrinho no Brooklyn. Não se viaja com a família inteira como antes. Mas existem – ainda que sejam uma exceção – famílias ortodoxas modernas que enviam um ou mais representantes para festas. Principalmente se a pessoa já teve covid, ela se arrisca. Em Nova York as festas ainda são permitidas."

Mas ela não se refere a esses tipos de violações individuais.

Segundo ela, existe em Antuérpia, dentro da comunidade ultraortodoxa, uma pequena minoria que põe a Torá e a *Halachá* acima das leis do país. "Podem ser menos de trezentos, mas são a maçã podre no cesto, se envolvem diariamente em práticas nada recomendáveis. Eles acreditam que *Hashem* oferece a resposta para o vírus e não a ciência, as medidas de distanciamento social e de higiene, nem a vacina. Eles colocam suas vidas e as de seus semelhantes nas mãos de *Hashem*. Estão mal-informados ou simplesmente não estão informados. Não sabem nada do mundo terreno. Nós achamos isso terrível. *Hashem* nos ordena a colocar a vida acima de tudo. Mas eles, pelo jeito, não veem isso. Acreditam na sua própria lógica, e ela está a quilômetros de distância da nossa."

Pergunto se não há nenhum rabino com autoridade para levar informação a esse grupo.

"Naftali diz que os rabinos deles são marionetes. Segundo ele, em toda a Europa hassídica faltam rabinos e rabinos superiores com autoridade; faltam grandes espíritos de liderança. Não conheço as sutilezas, mas sei que há muitos atritos dentro de todas as denominações judaicas atualmente. E que, em determinadas sinagogas hassídicas, são organizadas reuniões clandestinas. Em várias *yeshivot*, grupos de meninos recebem educação religiosa clandestinamente em pequenas salas o dia inteiro. Como se o mundo ainda fosse o mesmo de antes da covid! E como se eles não devessem proteger suas mães e esposas grávidas!"

É uma pena que não possamos sair para tomar um café juntas por causa da covid. O tempo está péssimo. E uma bebida de um *take away* não é uma opção para uma judia ortodoxa em Antuérpia: você nunca verá uma delas comendo ou bebendo nada na rua. No trem, sim. Na estação, às vezes. No parque, sempre. Nos Estados Unidos, onde as pessoas parecem comer mais nas vias públicas e no metrô do que em ambientes fechados, estas exigências sociais já mudaram.

Dahlia menciona sua última visita à Ikea[7]. Eles precisavam de escrivaninhas novas para seus filhos. A mesa da cozinha já não podia mais servir como carteira escolar digital para a família inteira.

Como era impossível para ela carregar tudo sozinha, ela levou um dos filhos junto, contra as regras da covid, que não permitem fazer compras com duas ou mais pessoas.

O menino entrou na gigante sueca de móveis cerca de cinco minutos depois de sua mãe. Eles se encontraram no depósito, onde carregaram juntos o carrinho de compras. Em seguida, foram até o caixa, cada um separadamente, com seu próprio carrinho. O filho foi ao mesmo caixa que sua mãe, deixando alguns clientes entre eles. No seu carrinho só tinha uma plantinha para pagar.

Um dos seguranças suspeitou de alguma coisa. "Você aí." E apontou para ela. Seus olhos deslizaram pela fila. "E você aí." E apontou para o filho dela. "Vocês não podem fazer compras juntos. Um dos dois saia imediatamente, por favor. Vocês estão infringindo a lei."

---

[7] Rede sueca de móveis populares presente em toda a Europa. (NDT)

Ele tinha ligado a aparência de Dahlia — suas roupas ortodoxas e sua peruca — com a de seu filho: o único garoto na fila usando *kipá*. Fez o mesmo com algumas muçulmanas que usavam véu, o segurança as ligou a homens que não tinham características caucasianas. Ele classificava os clientes com base em suas características físicas.

Dahlia conta que naquela fila, com aquele olhar que filtrava e aquele dedo apontando para ela, sentiu algo que ela esperava que nem existisse.

Só quando vou caminhando sozinha para casa é que sinto a gravidade da ameaça que Dahlia acaba de me descrever.

É assustador como uma atividade que até recentemente era considerada a coisa mais normal e admissível do mundo – como fazer compras juntos – se tornou da noite para o dia um crime, uma atividade ilegal que é tratada com punição e multa: pelo governo e por empresas privadas.

É assustadora a rapidez com que todas as partes envolvidas – incluindo nós, clientes – aceitaram essa nova realidade. Por preguiça? Por obediência cega? Por medo do vírus? Medo de perder a segurança? Medo de uma rebelião?

Para não falar nos delatores.

Uma vez, no supermercado, estive prestes a me tornar um desses delatores. Foi no final do tratamento de Martinus, quando ele estava fisicamente em seu ponto mais baixo e mentalmente exausto; uma condição à qual eu também não fiquei imune. Fui com meu nariz mascarado até os congeladores da seção de picolés e sorvetes. Enchi minha cesta higienizada com tantos sorvetes e picolés que poderiam pensar que eu tinha em casa a prole de uma família hassídica.

Quatro adolescentes se agruparam ao meu lado. Eles não deveriam estar ali em um aglomerado de quatro. Cada um deles empurrava seu próprio carrinho. Eles faziam algazarra, gritando e rindo alto através das máscaras. Começaram a empurrar os carrinhos uns contra os outros. Um carrinho bateu em uma garota com tanta força que ela tropeçou e praticamente caiu em cima de mim. Cambaleei, mas consegui me manter em pé. Ao menos fisicamente. Mentalmente, eu tinha menos controle sobre mim mesma. Me enfureci com eles. "Seus egocêntricos", gritei, mesmo sem estar entusiasmada com minha escolha de palavras, "já não tem gente suficiente morta ou em perigo de vida?!" E com passos rápidos e duros, jorrando frustração, fui chamar o gerente do supermercado. Eu queria que ele interviesse. "Intervenção" é uma palavra mágica hoje em dia.

No caminho até o gerente do supermercado, recuperei meu juízo.

Vi a tempo os lados terrivelmente errados do que eu pretendia fazer. Por um triz não denunciei quatro jovens só porque estavam fazendo compras juntos.

Onze

Numa noite de dezembro, diante das lentes de câmeras que, de uma forma divina, pareciam estar de prontidão, a polícia, usando uma esmerilhadeira, arrombou as fechaduras de um salão de festas judaico. Em plena pandemia, estavam realizando ali um jantar para cem pessoas.

Algumas semanas mais tarde, uma sinagoga na Mediaplein foi fechada por ordem da polícia por quatro semanas depois de reuniões ilegais terem sido realizadas pela enésima vez.

Recentemente, foi permitido que um máximo quinze pessoas possam rezar no mesmo espaço, seja em igrejas, mesquitas, templos ou sinagogas. Para uma pequena minoria de ultrarreligiosos, um *minyan* de quinze homens parece não ser grande o suficiente. Essa minoria dentro da minoria desrespeita fragrantemente as leis.

Em janeiro, o prefeito, que tem acesso a todos os números de infecção e não é cego ao vínculo entre famílias numerosas e unidas, decidiu testar coletiva e preventivamente para a Covid-19 todo o bairro judeu. Segundo ele, a situação é extremamente preocupante. A taxa de infecção naquele bairro é quatro vezes maior do que a média da cidade. Além disso, o prefeito sabe que todas as famílias judias têm raízes internacionais que chegam até Israel, Inglaterra e Estados Unidos, países com cidades grandes para os quais as pessoas, ainda que seja um grupo limitado, continuam viajando apesar das restrições.

Nas reportagens sobre estes testes coletivos fala-se sobre o "bairro judeu". "Bairro judeu é terreno fértil para o vírus", "Vírus assola o bairro judeu". Junto aparecem fotos e imagens de judeus hassídicos, o menor grupo dentro do judaísmo, mas o mais estereotipado de todos. A situação leva a grande indignação em vários campos – por que apenas os judeus devem ser testados, por que os judeus pensam que podem fazer de tudo, se os muçulmanos desrespeitassem as leis, o país pegaria fogo, de onde o prefeito tirou a ideia de visar os judeus desta forma, como se não fosse grave o bastante ter arrombado sinagogas com uma esmerilhadeira.

É neste período que, pela primeira vez desde o início da pandemia, vou comprar alguns pratos no Hoffy's. O restaurante parece triste sem clientes e sem aqueles funcionários que sentem prazer em cumprir sua razão de existir: mimar os fregueses.

Tenho que tirar a máscara do nariz e da boca para que os Hoffmans me reconheçam e seus rostos sérios se iluminem. Em dois bancos embutidos em frente ao balcão refrigerado, que não está cheio nem pela metade, estão sentados, a uma distância segura um do outro, os homens barbudos que tantas vezes ficam parados na calçada. O sr. Schwarz não está lá.

Quase Kasher

Nós conversamos – o que mais poderíamos fazer? – sobre os negócios. Sobre o excelente livro de receitas do Hoffy's, que ainda vende bem e que gera muitas reações de leitores e clientes. Sobre Martinus, seu trabalho, não sua doença. Sobre a rainha: para sempre um breve tópico de conversa entre Moshe e eu. Sobre o meu próximo livro: "Seria ótimo se pudéssemos ter algum papel nele." E, naturalmente, falamos sobre a covid.

"Deve estar sendo difícil para vocês", digo, "assim sem o restaurante e sem festas."

"Difícil não é a palavra", responde Yanki. Ele parece estar perdido. Todo mundo se perdeu. Agora que o objetivo dos Hoffmans foi cumprido – apresentar a culinária judaica como uma questão de importância estatal – suas vidas têm um sabor insosso. "Mas tempos melhores virão. Temos que ser pacientes e cuidadosos, não correr riscos."

Eles contam que recebem muitas ligações de jornalistas. "Os da DPG Mídia às vezes passam por aqui, trabalham aqui perto. Querem saber como explicamos os altos números de covid em nossa vizinhança", diz Yanki por trás de sua máscara facial. "Eles vêm sondar nossas reações sobre às festas e *minyanim* ilegais. Acham que somos os porta-vozes de todos os judeus de Antuérpia. Mas é óbvio que não somos. Dissemos a eles: lamentamos, mas não podemos ajudá-los, não podemos responder a todas as suas perguntas, não sabemos quem são esses infratores."

Moshe, como sempre usando um avental recém-engomado, completa, balançando a cabeça. Não fica claro para mim se seu tom é despreocupado ou sério. Sua voz fica suspensa atrás da máscara e suas expressões faciais estão ocultas. "Nós mesmos somos extremamente cuidadosos. Nenhum de nós viaja ou viajou, embora a maioria dos nossos filhos, netos e bisnetos viva no exterior. Seguimos as regras deste país." Nos últimos meses, ele tem trabalhado muito menos do que o habitual. No entanto, parece mais cansado. Há uma lentidão em seus movimentos que não estou acostumada a ver nele.

Walter, o fiel garçom *goy* do Hoffy's, que trabalha para os Hoffmans há vinte e cinco anos, diz que quando Dana ganhou o Festival Eurovisão da Canção representando Israel, eles tiveram o mesmo grande interesse jornalístico. Inúmeros jornalistas de todos os meios de comunicação bateram a porta do Hoffy's querendo saber o que os judeus achavam da cantora e de sua música. Pensavam que a opinião de Moshe e seus irmãos era a opinião de toda a comunidade judaica. Mas os Hoffmans, que não ouvem rádio, nunca veem TV, não leem jornais – a menos que eles mesmos apareçam em alguma matéria – não faziam a menor ideia do que os jornalistas estavam falando. Nem sabiam o que havia de mais sobre a artista. Walter conta que então trouxe os jornais. Mostrou para os Hoffmans as manchetes e as fotos. Explicou que Dana primeiro foi homem e depois se tornou mulher. Explicou, de forma breve e concisa e sem entrar em detalhes, o que são as pessoas trans, e os Hoffmans ouviram com grande espanto: nunca tinham ouvido falar de transições assim. Alguém buscou a Torá. E o Talmude. E foram procurar passagens.

Depois eles decidiram, e não foi difícil chegar a um consenso, que não eram as pessoas certas para responder a este tipo de perguntas. Os Hoffmans não podem fazer nada se o mundo exterior acredita que os judeus de todo o mundo formam uma unidade. Mas podem deixar claro, com a cortesia típica de seu restaurante, que não representam todo o povo judeu ou toda a Antuérpia judaica, e que existem inúmeras comunidades judaicas. Eles continuam abertos – só um pouquinho – para aqueles que se interessam sinceramente por suas vidas. E como um dos dois homens sentados no banco em frente ao bufê acrescenta à conversa: "Agora me diga, quem é o mais alheio ao mundo, os hassídicos que não sabem nada sobre pessoas trans, ou os jornalistas que pensam que têm de bater na porta dos hassídicos para saber como o povo judeu reagiu ao primeiro lugar de Dana no Festival Eurovisão?"

É também nesse período que Esther me envia algumas mensagens que ela apaga em seguida, antes que eu consiga ver ou ler.

Ainda há certezas: quem recebe cem elogios e um único comentário negativo se lembrará detalhadamente daquela crítica e mal conseguirá se lembrar do conteúdo dos elogios. A notificação de "mensagem apagada" aciona esse mesmo mecanismo em mim e me deixa mais pensativa do que as muitas mensagens que eu recebo e que às vezes nem perco tempo para ler ou olhar com atenção.

Pergunto a Esther sobre o conteúdo apagado. Ela não reage. Ao menos, não imediatamente. Depois de quase quatro semanas de silêncio absoluto, ela me encaminha um vídeo com uma breve explicação.

Um judeu ortodoxo muito idoso que passou quase quatro meses no hospital e finalmente venceu a batalha contra a covid, pôde finalmente voltar para casa. Quando retorna a sua casa, no coração do Bairro do Diamante, é recebido por cerca de quarenta companheiros de fé. A calçada é uma faixa de pessoas em preto e branco comemorando e aplaudindo. Quase todos homens, jovens e velhos. Todo mundo está feliz. Todo mundo lado a lado, bem juntinho. Praticamente ninguém de máscara.

No começo ela não percebeu o quanto essas imagens eram chocantes. Ela achou comovente que esse ancião fosse recebido com uma homenagem assim nos braços da comunidade. Estava alegre por ele ter sobrevivido. E agradecia a *Hashem*.

Uma hora depois de enviar essas imagens para todos os seus círculos do WhatsApp, um de seus filhos ligou furioso: ela tinha esquecido quantos pacientes judeus estão usando respiradores e há quanto tempo estão hospitalizados? Será que ela poderia não subestimar os custos de uma internação hospitalar? Ela morava na Europa, mas muitos deles, como ele e sua família, viviam nos Estados Unidos, e lá, principalmente quem tem famílias numerosas, nem sonha em ter seguro saúde. Não se lembra de como ela mesma esteve tão doente? Esqueceu que alguns familiares passaram e ainda estão passando pelo pior momento de suas vidas?

Ele está convencido de que *Hashem* ainda tem planos futuros com ele e sua família, e também com seu pai, mãe e avô, mas ao mesmo tempo não quer que outras pessoas fiquem doentes devido à negligência de seu próprio círculo. O que a equipe do hospital não deve estar pensando dessa atitude.

Ele ficou muito zangado com ela. "Ele nunca fica zangado comigo."

Doze

Conto a Esther como o tumor foi descoberto e como o tratamento correu paralelo ao primeiro lockdown. Tento explicar a ela o que isso fez conosco – embora eu ainda esteja longe de realmente saber. Explico por que não envolvi nem ela nem outros amigos em nossos problemas e peço desculpas pelo distanciamento, que atribuo em grande parte à pandemia. E assim por diante.

Ela compreende perfeitamente. Ela teria feito o mesmo. Em sua comunidade, quase todos teriam feito o mesmo – porque não se exibe uma doença, e certamente não esta doença, se um dos pais tem câncer, os filhos também podem ter o gene cancerígeno e é preciso ter cuidado com os genes, eles podem, por exemplo, dissuadir bons pretendentes de casamento; um *shadchen* levará isso em consideração. "Não se diz quais doenças a gente tem na família." Ela diz que nem consegue imaginar como passamos esse período de confinamento. E que não considera mentiroso da minha parte que, todas aquelas vezes que ela me desejou *"Sei gezind"*, eu não tenha dito uma palavra sobre o câncer de garganta que fez da covid um problema secundário para nós. Que deve ter sido difícil para mim ver alguém que eu amo sofrer, e que se eu tivesse dito a ela, com certeza ela poderia ter me dado dicas e feito doces e sopas também, naturalmente.

Falo sobre algo que está preso na garganta faz tempo: que eu ia buscar caldo de galinha com Leah toda semana, enquanto há anos tenho uma profunda estima tanto pelas habilidades culinárias quanto pela amizade de Esther. Conto que a sopa era gostosa, mas certamente não poderia ser tão saborosa quanto a dela. Assim que digo isso, sinto meus ombros ficarem mais leves.

Ela fica em silêncio na linha por um instante. Quando ela retoma a conversa, percebo que sua voz soa mais grave. Ela não está contente. E é isso o que ela me diz, que não vai negar que isso a magoou. E ainda: "É claro que minha sopa é mais saborosa e nutritiva. Se precisar de novo, ligue pra mim."

Não falo sobre as orações de Leah pelo enfermo.

Menos de dez minutos depois, estamos falando das vacinas gratuitas que as crianças estão recebendo na escola: contra a poliomielite, coqueluche, sarampo... Graças à vacinação em massa em tenra idade, organizada de maneira estrutural, essas doenças perigosas e contagiosas podem ser mantidas sob controle em nossa sociedade.

"Os pais têm que dar o seu consentimento para essa vacinação."

"Claro, naturalmente", eu digo.

"Sem permissão, não pode."

"Você acha que a vacina da covid será dada a crianças pequenas na escola? Você tem medo de que isso aconteça sem permissão das famílias?"

"Não quero pensar nisso ainda."

"E sobre o que você está pensando?"

"Na vacina contra o HPV. Todas as crianças belgas vão receber aos quatorze anos. Não autorizamos essa vacina."

"O papilomavírus humano", comento.

"Correto. As mulheres podem ter câncer do colo do útero com isso. Os homens câncer de garganta e outros tipos." Ela tosse. Como se ela mesma sentisse alguma coisa na garganta. Talvez fosse melhor ter ligado a câmera para esta conversa.

"Só se pode transmitir esse vírus através de relações sexuais", eu digo, quebrando o tabu no lugar dela.

"É melhor não falarmos sobre isso agora."

"Por que não?"

"Não precisa ter medo, nem todo câncer de garganta é causado pelo vírus", ela diz, como se temesse ter me magoado ou ofendido. "Tem cânceres de garganta que não têm nada a ver com esse tipo de relação ou com o HPV. Não sei como *Hashem* organiza tudo isso, mas o próprio vírus só pode ser contraído através de relações sexuais, o câncer de garganta e de próstata pode vir de toda e qualquer coisa."

"Eu honestamente não sei. Mas acredito na sua palavra."

"Nossos filhos e netos, portanto, não precisam de vacina contra o HPV. Isso é o que eu quero dizer. E o motivo é simples: entre nós, não existe relação sexual antes do casamento. Assim como entre nós não existem relações entre homens e mulheres além ou fora do casamento."

Camuflo minha perplexidade tossindo.

"Nós casamos. Temos um parceiro permanente. E nosso parceiro é sempre do sexo oposto. Portanto, nunca podemos infectar ninguém além dessa pessoa. Sendo assim, para nós esse vírus é completamente inofensivo."

Não há mais espaço para brincadeiras. Não apenas hoje. Por algum tempo. Ao longo do segundo lockdown, as veias da nossa amizade foram assoreadas.

"No seu livro você faz algo que... como devo dizer... algo que não deveria ter feito."

"Meu livro?", digo surpresa.

"Sim, em *Mazal Tov*."

"De onde você tirou isso agora?" O novo ponto de vista me surpreende.

"Eu nunca disse antes."

"O quê?"

"Você está na cama..."

"Como?"

"Você está na cama. Até o fim. Isso é horrível. Para seus pais. Para seu marido. Para você mesma."

"Não entendi."

"Você escreve que está nua na cama ao lado de Martinus."

O sorriso que eu dou não é retribuído.

"Por que você tinha que escrever isso? Por que simplesmente não guardou para si mesma? Quem ganha alguma coisa com isso, com esse fato?"

"Só está escrito que estou deitada nua. Nada mais, nada menos", digo.

"Você está ali nua para o mundo inteiro. Para todos os seus leitores. Todo mundo vê você."

"Ninguém me vê."

"Claro que sim."

"Não tem fotos no livro!"

"Não faz diferença."

"Você nunca fica nua na cama, por acaso?"

"Nunca."

"Nunca?"

"Sempre uso camisola."

"Sempre?"

"Sempre. Não consigo dormir nua. Mesmo nos dias em que eu menstruava e dormia separada, eu usava roupa à noite. Eu, nós, partimos do princípio de que alguém está olhando de cima. *Hashem*, o Supremo, o Altíssimo. À noite, depois de tirar a peruca, cubro imediatamente a cabeça com uma faixa especial. Não consigo dormir sem a cabeça coberta. Me sentiria nua demais. Mas por que estou explicando tudo isso pra você? Eu não quero mais isso.

Você me faz todo tipo de pergunta quando na verdade eu não quero me expor de maneira nenhuma, mas de maneira nenhuma, mesmo."

Eu suspiro. "Não quero aborrecer você", digo, "mas foi você mesma que tocou no assunto."

"As diferenças entre nós são muito cansativas."

"Tudo é cansativo durante esses meses de covid", eu falo. Tento salvar o que pode ser salvo. "Não somos feitos para uma existência tão antissocial. Principalmente vocês."

"Vocês?"

"Vocês, famílias grandes judias."

"Você é igual a eles."

"Eles?"

"Você está dividindo o mundo. Em eles e vocês."

"Você também faz isso, não é? Você mesmo acabou de dizer: você é igual a eles." Perco as estribeiras, mas sem raiva. Digo, com um tom frouxo e até cansado: "Esther, você sempre falou sobre 'nós' e 'eles'. 'Nós não somos assim.' 'Nós não usamos internet.' 'Nossa educação não é mista.' 'Nós damos importância aos idosos.' 'Nós comemos *kasher*.' Nós isso, nós aquilo. Mas não durante a covid?" Justamente porque não há energia nas minhas frases, elas atingem com mais força, eu mesma posso ouvir bem.

Ela responde: "Uma amiga minha disse: mais um pouco e grudam outra Estrela de Davi em nós."

"Que exagero horrível", eu digo.

"Sim, é um exagero, concordo", ela rebate, "mas por quanto tempo será um exagero? Na década de 1930 as pessoas também achavam que nunca se chegaria a este ponto... Sinto muito. Estou batendo na mesma tecla. Me desculpe. Estou envergonhada. Você já tem problemas suficientes. Nunca quis incomodar você com as minhas coisas. Não sei o que deu em mim. Sugiro que deixemos isso por aqui, se você não se importar, e caso se importe também. A covid me transformou. Minhas reservas acabaram. Talvez eu consistisse apenas de reservas. Vai melhorar. Sinto falta da minha família, sinto falta da nossa vida como a nossa vida deveria ser. E você tem que cuidar bem do seu marido. E de você mesma. Cuide-se bem, por favor. E se precisar de sopa, é só me mandar uma mensagem que eu posso mandar um entregador da loja levar na sua porta. Vou rezar por vocês. Desejo tudo de bom para vocês. *Behatslachá.*"

E assim ela se foi.

Ela já desapareceu muitas vezes da minha vida antes.

E ela sempre volta.

Treze

*E*ntão Dahlia deixa uma mensagem de áudio no WhatsApp.

Não conheço muitas pessoas que consigam falar por quatro minutos com uma secretária eletrônica tão naturalmente quanto ela.

Percebo imediatamente que ela está animada. Há uma mola em sua voz que salta pra lá e pra cá. Ela conta sobre seu segundo filho, Jonathan, de vinte e um anos. Ele está temporariamente na Bélgica e não pode retornar a Israel devido à covid. Ele foi apresentado a uma jovem de Antuérpia por um *shadchen*. Uma garota ideal. Qualquer um ficaria feliz com uma nora daquelas e Dahlia, Naftali e Jonathan estão exultantes. Eles gostariam muito que o primeiro encontro entre os pretendentes acontecesse nas melhores condições, mas devido ao coronavírus não é possível ter condições ideais para este primeiro encontro, e é inverno, os dias são curtos, o tempo está frio e cinza, as crianças – ela diz "crianças" – não podem fazer um piquenique, não podem se encontrar em um banco no parque, tinha que ser um lugar romântico, mas tudo que é romântico está fechado, os lobbies dos hotéis estão fechados, os restaurantes trancados, e ela, Dahlia, está ligando há dias, tentando encontrar alguma coisa em algum lugar – ligou até para os shopping centers perto de Antuérpia, onde é permitido circular, mas todos os bancos nesses lugares foram desmontados, não se pode sentar, não é permitido sentar, e quem é que acha que um shopping center é romântico, um lugar assim poderia prejudicar o andamento das coisas no futuro, porque esse primeiro encontro é de crucial importância, se dois candidatos se derem bem no primeiro encontro, as coisas normalmente correm bem depois, nos encontros subsequentes, nem sempre, é claro, talvez nem mesmo na maioria das vezes, mas o primeiro contato dá o tom, isso é mais que certo, e eles não querem pressionar o filho, ele tem que se sentir bem, mas querem dar uma mãozinha para que ele se sinta bem, e também querem ajudar a garota, porque com o filho mais velho eles precisaram ter muita paciência, ele encontrou várias candidatas e com todas elas ele soube no primeiro encontro, depois de alguns minutos, que "não, não posso compartilhar minha vida com ela", e por isso a família inteira está com o coração na mão, porque se Jonathan for tão difícil quanto David, eles teriam que testar a paciência de todos os envolvidos, até mesmo a do casamenteiro, mas o que Dahlia pensou ontem em voz alta, ontem, quando ela e o marido estavam quebrando a cabeça sobre possíveis locais de encontro, e sobre o que eles passaram a noite toda remoendo, e o motivo de ela me ligar tão cedo esta manhã: isso não pode ser coincidência, é uma questão de predestinação, e de ajuda lá de cima, porque esta é a pergunta que ela quer fazer: será que Martinus poderia abrir seu restaurante por uma noite para Jonathan e sua quem sabe futura noiva, bem, não abrir realmente, será que o restaurante fechado poderia abrir uma noite só para eles e será que Martinus também poderia servir como acompanhante?

***

No dia seguinte, Martinus mostra o local a Dahlia, Naftali e Jonathan.

Jonathan é alegre e esperto. Ele parece muito jovem, Martinus acha, "jovem demais para se casar".

Os três estão em exploração. Querem ver tudo muito bem antes de decidirem que este será o local do primeiro de encontro. Não só a atmosfera do bistrô é importante para este *shiduch*, como é chamado em hebraico o primeiro encontro entre dois pretendentes solteiros. O ambiente ao redor e a praça também fazem parte. Sobre isso Dahlia comenta: "exatamente como Paris ou Veneza". Ela conhece o núcleo histórico dessas cidades melhor do que o de sua cidade natal. A árvore da praça, segundo Jonathan, que nunca esteve nesta parte de Antuérpia, é a cereja do bolo. Aquela tília tem mais ou menos a mesma idade que eu. Agora, no inverno, os galhos de sua copa desfolhada são cobertos até o topo com luzinhas que são ligadas às seis da tarde e ficam acesas até meia-noite. No verão, sua folhagem generosa em forma de cone se estende acima da Biblioteca do Patrimônio e salpica flores de aroma intenso nos paralelepípedos cuidadosamente colocados. A folha da tília tem a forma de um coração: predestinação maior não pode haver.

Já aguardando a visita deles, Martinus ligou a calefação do restaurante. As venezianas estão abertas. Junto às grandes janelas, mesinhas postas para duas pessoas estão prontas, com toalhas brancas engomadas e tudo o mais.

No entanto, o jovem casal não se sentará na frente; isso chamaria muita atenção durante este lockdown, em que todos os cafés e restaurantes devem permanecer fechados e os esquadrões da polícia circulam lentamente pelas ruas para verificar se todos estão seguindo as regras.

O casal de namorados pode agir como se o estabelecimento fosse a sua sala de estar. A cozinha permanecerá fechada. E mesmo que estivesse aberta, eles não poderiam comer: só o cheesecake da Kleinblatt vem de uma padaria *kasher*, mas a torta está em um prato que vai para a máquina de lavar louça junto com os pratos de carne. Fora Martinus, ninguém mais estará presente.

"Tudo bem se eu beber álcool amanhã?", Jonathan pergunta.

"Talvez seja melhor você deixar que 'ela' escolha amanhã", aconselha Martinus, uma vez que seus pais não respondem imediatamente. "Se ela pedir uma taça de vinho ou outra bebida alcoólica, você pode fazer o mesmo."

Dahlia intervém rapidamente: "Não, Jonathan, você com certeza não deve beber álcool nesta fase. Se mais tarde houver um noivado, vocês podem abrir uma garrafa de champanhe. Mas antes disso, é melhor ficar longe do álcool. Você tem que ser um exemplo, garoto. Além disso, não menos importante: você é o motorista, você vai dirigir o meu carro."

***

Na noite seguinte, da sala dos fundos do restaurante, Martinus acompanha os dois jovens que se veem e conversam cara a cara pela primeira vez em uma sala à parte.

Eles estão impecáveis. Estão nervosos. Dançam com perguntas e respostas de um para o outro e se sentam a mais de um metro e meio de distância.

Eles chegam às oito horas e ficam até pouco depois das onze. Bebem água. Riem muito. A garota é falante e articulada, Martinus me conta por mensagem de texto, e isso, é claro, me deixa contente. Eles passam a última hora da noite na *Schoon Verdiep*, como é chamada a sala dos fundos do andar de cima, em referência ao andar mais bonito do prédio da prefeitura de Antuérpia. Martinus colocou duas poltronas em frente à lareira acesa.

Quando Martinus volta para casa com seu patinete depois que o jovem casal sai do restaurante, ele os encontra na calçada, debruçados sobre seus celulares. Jonathan não consegue encontrar o estacionamento onde deixou seu carro, o carro de sua mãe. Eles não conhecem sua própria cidade e caminharam na direção errada, Martinus os coloca de volta no caminho certo.

***

A dupla vem ao Bohm & Berkel uma segunda vez. Através de Dahlia, que ligou antes para mim e para Martinus, falando extensa e animadamente, eles pedem permissão para se sentar na sala dos fundos, um ao lado do outro, com um metro e meio de distância entre eles. Querem olhar para a lareira, apreciar aquele jogo de chamas.

Martinus, que é novamente escalado como acompanhante, nota que o riso deles está bem mais descontraído. Também diz que Jonathan gosta de falar e é tão bom nisso quanto sua mãe. Mais uma vez, eles só bebem água. Ficam até pouco antes do início do toque de recolher.

Quatorze

Em março, Dahlia liga, tão aliviada quanto animada, para dar a seguinte notícia: "Assim que o governo permitir festas de novo, eles vão se casar."

Agradecimentos

Meus agradecimentos a todos os leitores de *Mazal Tov*, na Bélgica e no exterior. Meus agradecimentos aos tradutores, até o momento quase sempre tradutoras. Meus agradecimentos à fundação Literatuur Vlaanderen. Meus agradecimentos às inúmeras cartas, e-mails, conversas, reações. Meus agradecimentos a todas as histórias e novos encontros que resultaram disso. Meus agradecimentos a Antuérpia. Aos Schneiders. A Ernst Martinus. Meus agradecimentos a Dan Zollmann; nesse meio tempo, nossa exposição dupla da Caserna Dossin também foi exibida na República Tcheca. Meu muito obrigada a toda a família de Dan. Meus agradecimentos a Moshe, que até hoje fica com lágrimas nos olhos quando fala sobre a Caserna Dossin e a rainha Mathilde. Meus agradecimentos a Veerle Vanden Daelen, cuja tese de doutorado sobre o hassidismo é um livro fascinante e muito bem escrito: *Lomir vayter cantou zeyer lid, Continuemos a cantar sua canção*; deveria ter sido traduzido para o inglês e o iídiche há muito tempo. Meus agradecimentos aos Hoffmans e a todos do Hoffy's. Meus agradecimentos a Christophe Busch e Caserna Dossin. Obrigada ao *mashguiach* e sua prestimosidade. Obrigada à rainha. A Simon Gronowski. Muito obrigada a Naomi e toda a sua família.

A Dahlia e Naftali e seus filhos, a Jonathan e sua nova esposa; eles se casaram no verão. Meus agradecimentos especiais a Esther e Devorah. A Leah, seu marido, sua filha, seu caldo de galinha. Meus agradecimentos a algumas Esthers e Leahs que não citei, mas que mesmo assim estão incluídas neste livro. Meus agradecimentos à nada ortodoxa Deborah. Meus agradecimentos a Christiane, que organiza mais do que ela pensa. Meus agradecimentos particularmente sinceros a Julien Klener, professor honorário da Universidade de Gent, especialista em hebraico e ex-presidente da Assembleia Israelita Central da Bélgica, que deseja ser incluído neste agradecimento sem floreios e que, com a sua erudição e generosidade, me passou tanto material que poderia me ocupar uma vida inteira. Meus agradecimentos ao médico judeu que examina minuciosamente meu conhecimento limitado do judaísmo, mas que não quer ser identificado. Meus agradecimentos a Silvain Salamon, por sua carta, por sua coletânea de contos, *O Manto*, que não consegui encontrar em parte alguma na minha própria coleção de livros e que achei no circuito de segunda mão e reli com crescente interesse, surpresa e admiração. *O Manto*, de Salamon, foi republicado em setembro de 2021: contém histórias inesquecíveis. A coletânea começa com esta citação: *"Numa noite muito rigorosa do inverno polonês, o velho Rabi Menachem Mendel de Kotzk, envolto em um manto de pele, estava estudando em frente à lareira. De repente, a campainha tocou. O rabi desceu as escadas o mais rápido que pôde e ao mesmo tempo tirou seu manto e o jogou no chão. Ele abriu a porta e o ar gelado en-*

trou na casa. Na porta, como de costume, havia um viajante perguntando se poderia se aquecer um pouco. Depois de comer alguma coisa e descansar por um tempo, o viajante continuou sua jornada. A rebetsin perguntou a seu marido: 'Por que você tirou seu manto agora há pouco?' O rabi respondeu: 'Ao tirar meu manto e ficar exposto ao frio cortante ao abrir a porta, pude sentir verdadeiramente a dor do viajante e compreender melhor seu sofrimento. Assim pude ajudá-lo melhor'." Meus agradecimentos a Henri Rosenberg, cujo conhecimento e temperamento são dignos um do outro e cujas posições e ações controversas, com as quais muitas vezes não posso concordar, em todo caso proporcionam reflexão, debate e muita discussão. Aguardamos a publicação da obra à qual dedicou toda a sua vida: este jurista e sociólogo escreveu mais de mil páginas sobre sua visão do judaísmo e do direito judaico. Meus agradecimentos à editora Atlas Contact. Meu muito obrigada a Tilly Hermans, que supervisionou a criação deste livro de uma distância segura. A Anita, que preparou tudo para publicação. Ao café e bistrô Bohm & Berkel, à lareira, ao terraço, a toda a equipe, ao Grüner Veltliner austríaco, aos trapistas de Westmalle. Meus agradecimentos ao lockdown, que me manteve perto da minha lareira/laptop. Meus agradecimentos a Huub Gerits, sacerdote em Aarschot, agora aposentado e morando na abadia de Averbode, onde o visitei enquanto escrevia este livro e onde falou tão apaixonadamente sobre o pintor Marc Chagall que quase se chega a pensar que ele nasceu na religião errada. Meus agradecimentos a Roby Herskowicz, com quem troquei ideias sobre todo tipo de coisa, mas principalmente sobre ser judeu em Antuérpia e no mundo. Meus agradecimentos aos hassídicos e ex-hassídicos de Antuérpia, vivendo na Bélgica e no exterior, que me procuraram e compartilharam suas experiências. Meus agradecimentos a Pascal Verbeken, editor e revisor desde o início. Meus agradecimentos a minha irmã, que tem sido minha caixa de ressonância crítica desde que nasceu. Meus agradecimentos a Marcella e Mister B. Meus agradecimentos a Jan Peumans, apoiador nos dias bons e ruins. Meus agradecimentos aos médicos e enfermeiros da GasthuisZusters Antwerpen, à qual pertencem os hospitais Sint-Vincentius e Sint-Augustinus. Meu muito obrigada a Paul Gybels, professor de iídiche na Universidade de Antuérpia, um homem cujo entusiasmo por sua profissão é ainda maior do que sua tendência para a procrastinação, que é bastante grande. Meus agradecimentos ao Sofeer, o dicionário em neerlandês para palavras em hebraico e iídiche que foi usado como referência neste livro. Nem todo mundo usa a grafia do Sofeer como norma, o professor de iídiche Paul Gybels, por exemplo, prefere a grafia iídiche.

Meus agradecimentos a todos que esqueci de mencionar aqui.

Glossário

ASQUENAZES judeus originários da Europa Central e seus descendentes

BAR MITZVAH cerimônia de entrada de um menino de treze anos para a categoria dos adultos

BARUCH HASHEM literalmente "bendito seja o Nome (do Senhor)", "louvado seja o Senhor"

BEHATSLACHÁ "(desejo-lhe) boa sorte!"

BEKISHE kaftan, casaco preto de seda ou cetim usado por homens hassídicos

BELZ grande movimento hassídico que leva o nome da antiga cidade polonesa e agora ucraniana de Belz

BETEAVON hebraico para "bom apetite"

BÊT TAHARA casa de purificação, local no cemitério onde o corpo de uma pessoa falecida é purificado ritualmente

BORSCHT sopa de beterraba

CHABAD-LUBAVITCH a única seita hassídica que quer converter outros judeus

CHALÁ pão trançado comido no *Shabat*

CHAZAN cantor em uma sinagoga

CHUPÁ dossel de casamento

CHOL HAMOED os dias entre o primeiro e o último dia de *Pessach* e a Festa dos Tabernáculos

ERUV cerca simbólica ao redor de uma cidade dentro da qual algumas obrigações do *Shabat* não se aplicam

FRUM piedoso, devoto

GEER grande movimento hassídico cujo nome faz referência à cidade polonesa Góra Kalwaria, Ger em iídiche

GEFILTE FISH bolinho com textura de mousse, doce ou salgado, preparado com carpa e vários outros ingredientes, como ovos cozidos picados, fígado de frango picado, cebola e farinha de pão ázimo

GOY gentio, não judeu

GOYTE Mulher não-judia

HACHNOSAS ORCHIM hospitalidade

HALACHÁ o conjunto de regulamentos, costumes e tradições que juntos formam a lei judaica

HAREDIM seguidores do judaísmo ultraortodoxo haredi

HASHEM literalmente "o Nome", Deus

HASSÍDICOS seguidores de um determinado movimento ultraortodoxo dentro do judaísmo

HEIMISCH caseiro, aconchegante

KASHER ou KOSHER apropriado segundo as leis dietéticas judaicas

KASHRUT as leis dietéticas judaicas

KEYNMOL nunca, jamais

KIDUSH "consagração", bênção sobre uma taça de vinho no início do *Shabat*

KIPÁ solidéu

KITEL roupa branca que os homens usam em certas ocasiões especiais
KOHEN descendente da classe sacerdotal
KOL HAKAVOD literalmente "todo o respeito", "parabéns"
LAG BAOMER o trigésimo terceiro e único dia alegre do período considerado de luto entre *Pessach* e *Shavuot*
LATKE, LATKES panqueca(s) de batata
L'CHAIM literalmente "à vida", é dito quando se faz um brinde
LEKAF ZECHUS regra que exige que a princípio se julgue os outros favoravelmente
LEVI, LEVITA descendente da classe sacerdotal que não é *kohen*
LITVAK seguidor de um movimento haredi, ou seja, ultraortodoxo, que se opõe ao hassidismo
KUGEL ou KIGEL torta de macarrão ou batata com cebola, existem muitas variações
MARIT AYIN literalmente "aparência para os olhos", proibição de ações aparentemente inocentes, mas que dão uma falsa impressão a pessoas de fora de uma violação da lei judaica
MASHGUIACH supervisor das leis dietéticas judaicas
MENORÁ castiçal de sete braços, símbolo do Judaísmo e também de Israel
MESHUGÁ louco
MEZUZÁ pequeno tubo com um rolinho de texto em pergaminho que é colocado no batente da porta
MIKVÊ banho ritual
MINCHÁ oração da tarde

MINYAN quórum de dez homens adultos exigido para se rezar em grupo

MITSVOT os 613 mandamentos religiosos

NESHOME alma

NIDÁ conjunto de regras e práticas do relacionadas à suposta impureza de uma mulher durante a menstruação

NISHT EMES não é verdade, incorreto

OFF THE DERECH (OTD) "fora do caminho (correto)", ter deixado o mundo hassídico ou haredi

OY VEY ai!

PEIOT cachos e mechas de cabelo nas têmporas de judeus devotos

PESSACH ou Festa que comemora a libertação dos hebreus da escravidão do Egito, em 1446 A.E.C. (antes da Era Comum).

PULKIES coxas de frango, e também bumbum de bebê

PURIM ou Festa que comemora a salvação dos judeus do extermínio na Pérsia antiga, por volta de 450 A.E.C. (antes da Era Comum).

REBE rabino hassídico, líder espiritual hassídico

REFUA SHLEMA recuperação total após uma doença

ROSH HASHANÁ o Ano Novo Judaico, início do ano de acordo com o calendário judaico

SATMAR movimento hassídico antissionista, chamado assim em referência à antiga cidade húngara e atualmente romena de Satu Mare

SEFARDITAS judeus originários da Espanha e Portugal e seus descendentes

SHABAT o dia sagrado de descanso que dura de sexta-feira até sábado à noite

SIDUR Livro de orações para uso diário

SHADCHEN agente matrimonial

SHAVUOT ou Festa das Semanas, festividade que comemora o recebimento dos Dez Mandamentos no Monte Sinai

SHEITEL peruca usada pelas mulheres devotas casadas

SHIDUCH encontro para um casamento arranjado

SHIKSA (frequentemente pejorativo) menina ou jovem não-judia

SHIVÁ período de luto de sete dias após a morte de um parente próximo

SHUL sinagoga

SHTETL povoações ou bairros de cidades na Europa Oriental onde os judeus formavam parte significativa da população

SHTREIMEL chapéu redondo de pele que os judeus hassídicos usam no *Shabat*

SKVER movimento hassídico antissionista, chamado assim em referência à cidade ucraniana de Skvyra

SUCOT ou Festa dos Tabernáculos, festividades de sete dias que rememoram a permanência de quarenta anos no Deserto do Sinai após o êxodo do Egito

TALIT xale de oração

TALMUDE hebraico para estudo, instrução. O livro pós-bíblico mais importante do judaísmo. Escrito em hebraico e aramaico por gerações de rabinos e escribas do terceiro ao quinto séculos. O Talmude trata de todas as facetas da humanidade e inclui comentários e interpretações da Bíblia hebraica

TASHLICH a sacudida simbólica dos bolsos das calças e casacos sobre água corrente em *Rosh Hashaná*

TEFILIN filactérios de couro que são usados durante as orações matinais

TISHES reuniões de hassídicos sentados à mesa com seu *rebe*

TORÁ no sentido mais estrito: os primeiros cinco livros da Bíblia hebraica (Tanakh). Torá deriva do termo hebraico Yará. Torá, portanto, também significa o livro da Doutrina ou do Ensinamento

TZEDAKÁ a obrigação religiosa de ajudar os necessitados

TSITSIT, TSITSIOT franjas em um xale de oração

TCHOLENT ensopado tradicional de carne, batata e legumes que é mantido aquecido no forno para o *Shabat*

UPSHERIN primeiro corte de cabelo cerimonial para um menino *frum* de três anos

VIZHNITZ grande movimento hassídico, chamado assim em referência à cidade ucraniana de Vyzhnytsa

YESHIVÁ, YESHIVOT faculdade talmúdica

YOM KIPPUR o Dia da Expiação, o mais importante feriado judaico

WITZ piada

Este livro foi composto em papel Avena 80g
e impresso pela Gráfica Paym,
para a AzuCo Publicações.
Junho de 2024.